21世纪文学之星丛书 2017年卷

短篇小说集

周鱼的池塘

文 非 / 著

作家出版社

作者简介：

文非，青年作家，江西进贤人，系中国作家协会会员，鲁迅文学院第32届中青年作家高研班学员。作品曾被《小说选刊》《新华文摘》《21世纪年度小说》等选载。

目录

总序 ………………………………… 袁　鹰 1
序　不动声色的叙事世界………………… 阎晶明 1

伊势尼鱼钩…………………………………1
百羊图………………………………… 16
周鱼的池塘…………………………… 32
车过蒲寮……………………………… 43
空中的花房…………………………… 59
邻居…………………………………… 74
枣园…………………………………… 84
金手指………………………………100

水边的芦苇……118
芬芳地……134
上灯……151
温泉……169
万物生……189
葩耳朵……202
海洋馆……216
往天上划的船……236

总序

袁鹰

中国现代文学发轫于20世纪初叶，同我们多灾多难的民族共命运，在内忧外患、雷电风霜、刀兵血火中写下完全不同于过去的崭新篇章。现代文学继承了具有五千年文明的民族悠长丰厚的文学遗产，顺乎20世纪的历史潮流和时代需要，以全新的生命、全新的内涵和全新的文体（无论是小说、散文、诗歌、剧本以至评论）建立起全新的文学。将近一百年来，经由几代作家挥洒心血，胼手胝足，前赴后继，披荆斩棘，以艰难的实践辛勤浇灌、耕耘、开拓、奉献，文学的万里苍穹中繁星熠熠，云蒸霞蔚，名家辈出，佳作如潮，构成前所未有的世纪辉煌，并且跻身于世界文学之林。20世纪80年代以来，以改革开放为主要标志的历史新时期，推动文学又一次春潮汹涌，骏马奔腾。一大批中青年作家以自己色彩斑斓的新作，为20世纪的中国文学画廊最后增添了浓笔重彩的画卷。当此即将告别20世纪跨入新世纪之时，回首百年，不免五味杂陈，万感交集，却也从内心涌起一阵阵欣喜和自豪。我们的文学事业在历经风雨坎坷之后，终于进入呈露无限生机、无穷希望的天地，尽管它的前途未必全是铺满鲜花的康庄大道。

绿茵茵的新苗破土而出，带着满身朝露的新人崭露头角，自然是我们希冀而且高兴的景象。然而，我们也看到，由于种种未曾预料而且主要并非来自作者本身的因由，还有为数不少的年轻作者不一定都有顺利地脱颖而出的机缘。其中一个重要的原因，乃是为出书艰难所阻滞。出版渠道不顺，文化市场不善，使他们失去许多机遇。尽管他们发表过引人注目的作品，有的还获了奖，显示了自己的文学才能和创作潜力，却仍然无缘出第一本书。也许这是市场经济发展和体制转换期中不可避免的暂时缺陷，却也不能不对文学事业的健康发展产生一定程度的消极影响，因而也不能不使许多关怀文学的有志之士为之扼腕叹息，焦虑不安。固然，出第一本书时间的迟早，对一位青年作家的成长不会也不应该成为关键的或决定性的一步，大器晚成的现象也屡见不鲜，但是我们为什么不在力所能及的范围内尽力及早地跨过这一步呢？

于是，遂有这套“21世纪文学之星丛书”的设想和举措。

中华文学基金会有志于发展文学事业、为青年作者服务，已有多时。如今幸有热心人士赞助，得以圆了这个梦。瞻望21世纪，漫漫长途，上下求索，路还得一步一步地走。“21世纪文学之星丛书”，也许可以看作是文学上的“希望工程”。但它与教育方面的“希望工程”有所不同，它不是扶贫济困，也并非照顾“老少边穷”地区，而是着眼于为取得优异成绩的青年文学作者搭桥铺路，有助于他们顺利前行，在未来的岁月中写出更多的好作品，我们想起20世纪20年代和30年代期间，鲁迅先生先后编印《未名丛刊》和“奴隶丛书”，扶携一些青年小说家和翻译家登上文坛；巴金先生主持的《文学丛刊》，更是不间断地连续出了一百余本，其中相当一部分是当时青年作家的处女作，而他们在其后数十年中都成为文学大军中的中坚人物；茅盾、叶圣陶等先生，都曾为青年作者的出现和成长花费心血，不遗余力。前辈们关怀培育文坛新人为促进现代文学的繁荣所作出的业绩，是永远不能抹煞的。当年得到过他们雨露恩泽的后辈作家，直到鬓发苍苍，还深深铭记着难忘的隆情厚谊。六十年后，我们今天依然以他们为光辉的楷模，努力遵循他们的脚印往前走去。

开始为丛书定名的时候，我们再三斟酌过。我们明确地认识到这项文学事业的“希望工程”是属于未来世纪的。它也许还显稚嫩，却是前程无限。但能不能称之为“文学之星”，且是“21世纪文学之星”？不免有些踌躇。近些年来，明星太多太滥，影星、歌星、舞星、球星、棋星……无一不可称星。星光闪烁，五彩缤纷，变幻莫测，目不暇接。星空中自然不乏真星，任凭风翻云卷，光芒依旧；但也有为时不久，便黯然失色，一闪即逝，或许原本就不是星，硬是被捧起来、炒出来的。在人们心目中，明星渐渐跌价，以至成为嘲讽调侃的对象。我们这项严肃认真的事业是否还要挤进繁杂的星空去占一席之地？或者，这一批青年作家，他们真能成为名副其实的星吗？

当我们陆续读完一大批由各地作协及其他方面推荐的新人作品，反复阅读、酝酿、评议、争论，最后从中慎重遴选出丛书入选作品之后，忐忑的心终于为欣喜慰藉之情所取代，油然浮起轻快愉悦之感。“他们真能成为名副其实的星吗？”能的！我们可以肯定地、并不夸张地回答：这些作者，尽管有的目前还处在走向成熟的阶段，但他们完全可以接受文学之星的称号而无愧色。他们有的来自市井，有的来自乡村，有的来自边陲山野，有的来自城市底层。他们的笔下，荡漾着多姿多彩、云谲波诡的现实浪潮，涌动着新时期芸芸众生的喜怒哀伤，也流淌着作者自己的心灵悸动、幻梦、烦恼和憧憬。他们都不曾出过书，但是他们的生活底蕴、文学才华和写作功力，可以媲美当年“奴隶丛书”的年轻小说家和《文学丛刊》的不少青年作者，更未必在当今某些已经出书成名甚至出了不止一本两本的作者以下。

是的，他们是文学之星。这一批青年作家，同当代不少杰出的青年作家一样，都可能成为21世纪文学的启明星，升起在世纪之初。启明星，也就是金星，黎明之前在东方天空出现时，人们称它为启明星，黄昏时候在西方天空出现时，人们称它为长庚星。两者都是好名字。世人对遥远的天体赋予美好的传说，寄托绮思遐想，但对现实中的星，却是完全可以预期洞见的。本丛书将一年一套地出下去，十年二十年三十年五十年之后，一批又一批、一代又一代作家如长江潮涌，奔流不息。其中出现赶上并且超过前人的文学巨星，不也是必然的吗？

岁月悠悠，银河灿灿。仰望星空，心绪难平！

1994年初秋

序

不动声色的叙事世界

阎晶明

文非是创作上的新人，可我必须说，在读文非小说过程中，语言的精练、叙事的从容，在不动声色叙事中形成的独特写作风格，创造出的新的叙事空间，给我留下了非常深刻的印象。

收在这本集子里的小说共有16篇。这些小说，大都体现出文非的叙事语气、叙事腔调、叙事角度和叙事精神，显示出丰富的生活积累，用心的经营，让人读出了“草蛇灰线、伏脉千里，注此写彼、手挥目送”的笔意。这些小说，大都体现出对不同个体的深切理解、悲悯和宽容，贯穿着自我省悟的慈悲精神，这种精神又不动声色地推动小说文本的向前发展。文非的小说从人生的一个个断面切入，表达出广阔的人生世界，指向人性的终极追问。

文非不动声色的叙事和慈悲情怀，在《周鱼的池塘》里体现得淋漓尽致。“我”的三姐周鱼是哑女，“我”的母亲总是抱怨生活艰难，在把“我”两个爱慕虚荣的姐姐嫁到山外后，也带着“我”改嫁给布匹商，只留下了“我”那失业的酒鬼父亲和哑女周鱼。近20年，周鱼靠自己挖就的池塘，养活了父亲和自己。在叙事过程中，文非对所有人物没有褒扬批评，没有指责，却总体现出对笔下人物现实境遇的深切体察。母亲的改嫁看起来是伦理问题，背后却是经济原因。但又不止于此，每个个体有追求美好生活的自由，而同样亦有承担现实生活的责任。哑女周鱼承担了这种责任，开挖池塘是她的智慧，在父亲衣裤内侧缝漂浮物防止淹死也是智慧。周鱼的结局是个谜，她的去向给人们留下了思考和想象的空间，寓意深长。小说的结尾，在“我”抽干池塘的水时，父亲的身影不断在窗前晃过，无限的情感扑面而来，父女之间的一世情缘尽显。结果，没有发现预想中周鱼的尸体，却意外发现了布匹商离奇失踪的那匹马。在文非的从容叙事中，周鱼生命里无言的善良和爱憎以及人性的坚守一一呈现，一切却又不动声色，直抵人性的最深处。

在文非的叙事世界里，如果说“池塘”是一个意象，是哑女周鱼潜藏的无限广大的内心，那么，在《温泉》中，自然、原始、清澈、灵动的“温泉”，也成为主人公“继父”的意象。《周鱼的池塘》的主人公是哑女，而《温泉》的主人公是继父。“我”和继父是吹手，镇长的母亲死了，要去镇长家吹响。“我”对“那个人”（继父）的厌恶毫不掩饰：他把我喜爱的小羊“雪球”拽出羊圈，要去给镇长送礼；他让母亲怀孕像一只待产的母羊，给“我”带来无尽的屈辱；他端着一盆冒着热气的猪血让“我”治冻手被厌恶地拒绝；他伸出干瘪的手要拉“我”上山被毫不犹豫地拨开。而在这种厌恶的背后，继父疼爱“我”的博大情怀渐次凸显：他央求校长让“我”继续到镇上读高中，获得同意后还要得到镇长的批准；“我”在山路上遇到狼想用“雪球”喂狼脱身，继父却要保留这送给镇长的礼物，最终用潮湿的火把和铿锵的小号把狼逼退。从村里到镇上整整走了一天山路，情窦初开的“我”，还遇上了一个即将出嫁的女孩，红艳的围巾在风中不停地飘动。春风无限潇湘意，少男少女的情愫在萌动。善于体贴的继父，带我去泡镇上的温泉，看到了女孩脚上那双藕白色的皮鞋。“我”看到了强势蛮横的外表下继父那干瘪皱褶的身躯，看到了在这粗糙的皱褶里潜藏着的爱与勇气，看到了表象下隐藏着温情和善良的真实。“我”被感化了，主动给继父搓澡，托着泡温泉睡着了的继父，倾听窗外夜色里雪花簌簌飘落的声音，以及温热的泉水从竹筒里接入池中细碎的声响。温泉只写了一天的路上情景，其实正是人生的表征，有着路途的崎岖，生活的艰辛；而同时又有着温暖的色调，充满了诗意。人生是苍凉的，如蒹葭苍苍，白露为霜；人性则是温情的，如桃之夭夭，灼灼其华。人性，永远有着对美好生活的向往，在人生的苍凉中埋下希望的种子。

文非的叙事，就像剥洋葱，层层剥尽，不见内核。而在不动声色的表达中，意义就在那一层层剥落的洋葱皮上。比如，《空中的花房》叙述一颗移植的心脏挽救了老谢儿子的生命，同时也改变了老谢一家的生活，不动声色地写了老谢和邻居之间的无形的人情压力。《枣园》从女主角为女儿生日宴席做“枣花”为切入点，穿插着养蜂人的线索，层层剥开故事的内核，展示故事之外的世界。而在行文时，文非可以做到从容叙述，只从外部呈现故事，从不告知人物的思想和目的，一切温情、悲悯力透纸背，却没有丝毫刻意的评价和解释。

文非显然对传统短篇小说的叙事方式有着深入的体会，比如故事的悬念每每放在小说的结尾，故事的结局往往出人意料。在《伊势尼鱼钩》中，主人公爱屋及乌，疼爱神秘的女租客收养的那只流浪猫，经常在夜半时分溜出去喂猫，而妻子则把那只带有倒刺的鱼钩放进鱼肚子里，最后借助主人公之手送进了流浪猫的肚子。再比如，《车过蒲寮》开头被车压折了两只腿的瘦羊，在结束一场具有多种可能性的狂赌中发挥了决定性的作用，使人深感意外却又合情合理。这些往往需要隔了全文回头去看时，才恍然大悟，见出草蛇灰线早已伏脉千里。

文非的作品，还具有语言简洁、干净，叙事从容、温情，充满悲悯情怀的暖色调。在叙事艺术上，文非多采取第一人称叙事视角。总之，作为一个力求在短篇小说创作上寻求突破的青年作家，文非的艺术体悟较好地体现在了他的小说里，这也许是一个时尚的选择，却透露出他对文学所怀有的深情与执着。希望本书能成为他放飞艺术理想的起点，创造出属于自己的更大的小说天地。

伊势尼鱼钩

1

刘一木再次推了推躺在身边的富丽，确定妻子睡熟，看了一眼夜光表，才小心翼翼翻身起来，蹑手蹑脚去了厨房。

藏在冰箱里的鱼已经不多，刘一木拿出一条闻了闻，幽冷的腥臭弥漫。尽管如此，这条臭鱼对那可怜的家伙来说依然是一顿美味。犹豫片刻，他又拿出一条——昨夜同学聚会喝了点酒，竟然忘记给那家伙喂食。

刘一木屏住呼吸向大门走去。经过卧室，他还是不放心，探身向里看了看。卧室沉静如海，窗外汽车经过发出极其微弱的声音，“唰——唰——”听上去有些拖沓，带着长长的尾巴。是不是下雨了？刘一木没有去多想，返身开门。这门真是有点讨厌，尽管之前他让人来上过润滑油，但依然发出沉闷的嘎响，他不得不半蹲把门向上抬着转动。

楼洞一片漆黑，借着手机微弱的光亮他

摸上了楼。楼顶这家的大门依然紧闭——他很少见过这家的女租客，对于这个新近搬来的邻居，他了解并不多，甚至，一无所知。没事谁会往楼顶跑，那是别人的领地——但偶尔，会在楼洞里打上照面，一个上楼一个下楼，她低着头，垂下来的长发遮了半边脸。擦肩而过，劣质的香水扑鼻。

和往日一样，刘一木将两条鱼丢到楼顶铁门的左侧，然后闪至暗处。片刻，那只猫出现了，它一定是躲在某个看不见的角落里。这次，它没有把鱼迅速叼走，刘一木试探着从暗处走了出来。猫觉察到了动静，抬头和刘一木对视了一眼，并没有逃窜，继续撕咬利爪下的鱼，发出一连串的咀嚼声。刘一木有点高兴，又往前迈了一步。猫警惕起来，叼起最后一条鱼退了退。他放弃了试探，待在原地盯着它。

起风了，短尾猫的毛被风弄翻。似乎要下雨。

享受完美餐，短尾猫蹲在一块凸起的隔热砖上，一动不动。刘一木不敢久留，转身下楼，下了两级台阶又回头。猫不见了，隔热砖上空着。不消说，一定是下楼迎它的主人去了。

他悄无声息摸索到床上。富丽翻了一个身，嘴里嘟嘟囔囔，好似深海里冒出的一串气泡，还未抵达水面即刻破灭。外面果真下雨了，雨点噼噼啪啪敲着窗户，屋内似乎比先前凉快了许多。

刘一木睡意全无，他在暗夜中睁着眼支着耳朵。这段时间，他习惯晚睡晚起，几乎成了某类昼伏夜出的动物。屋外楼洞高跟鞋脚步声如期而至，“咯——咯——咯——”一声又一声，听上去并不干脆，有些放松后的疲沓，甚至黏稠，中间还夹杂着一两声亲昵的猫叫——刘一木的心抑制不住狂跳起来——脚步声上了楼，又是一声腻乎乎的猫叫，继而传来钥匙清亮的声音，再是钥匙疲惫地插进锁孔，咔嗒——嘭——门被合上，黑夜归于沉寂。

刘一木抬起手腕，夜光表显示深夜零时三分。比昨晚提前三分钟，比前夜晚到四分钟。楼上这位陌生的房客，夜归的时间近乎闹钟准时。也不知道是做什么工作，总有讳莫如深的闲言碎语在流传。

如果再侧耳倾听，依然能捕捉到楼上一些模糊而隐秘的声音，比如轻微的咳嗽声，穿着拖鞋“踢踏踢踏”走动的声音，木椅拖动的声音。倘若在卫生间，还能听见哩哩啦啦的水声，这种声音一般会持续很长，像是洗澡，又不像是。刘一木静坐在马桶上抽烟，从那碎屑的流水声中，仿佛获得了某种轻佻的快感。

2

小区来了一只短尾猫，和它的主人一样，名声并不好。

它是被一个男人兜过来的。那个男人，高高瘦瘦，留着一撮小胡子，粗大的手指间染有淡黄的烟熏，形象有些那个，一看就是一个乡下人。他躲着刘一木的目光，拎着工地上常用的编织袋，正要进门洞，被侧身而过的刘一木喊住。男人咧嘴笑笑，竖了根指头，向上指了指：“六楼，我给六楼的送东西咯。”说着，把手中的编织袋轻轻朝刘一木扬了扬。

毛茸茸窄扁的脑袋从编织袋伸出来。刘一木一哆嗦。

“喵——”

刘一木松了口气，忍不住想笑。见刘一木有些开心，男人索性把猫拎出来：“家猫，丑是丑了些，可通人性。”

那只猫，怎么说呢，黄白相间，乍一看上去像一条土狗，或者一只兔子，却又不像狗，也不像兔。往细里看才能认出是猫，很丑的样子，落草时或受过外力挤压，脑袋窄扁，五官局促，支着两只招风耳。腿呢，显得尤其长，尾巴短而粗，像是断了一截，和长腿极不相称。若再细看，你会觉得很有趣，眯眼噘嘴，萌态可掬，让人莫名很开心，想笑，会心地笑。

“她想要只猫，和我说过很多次咯！”男人显然有点话多。

这个男人，不知是楼顶租客的什么人，来得少，每次来手里总是提着东西，碰见了，脸上浮了笑，咧嘴找话。谁也没想到，他从乡下兜来的短尾猫，日后竟成了麻烦制造者。

起初，短尾猫混迹于一群流浪猫中，靠街边一些饭馆的残羹剩饭度日。饭馆生意日趋清冷，仅有的剩饭剩菜被一个“突突突”开着三轮的残疾人回收走了。人们晾晒在外的食物成了短尾猫的目标，比如干鱼腊肉、香肠鸡肉，甚至，干菜药材。但这样的机会并不多，且不易得手，偶尔干一票。人们汲取教训加强了戒备，将食物用铁丝串起来晾晒在野畜不可企及的高处。短尾猫在饱一顿饥一顿中遽然消瘦，这一瘦就更显得难看，怪异无比。好在，没人会去留意这样一只怪异的野猫，大街上，到处都有形形色色的流浪猫，它们远远躲着直立行走的人类，出没于城市的街巷，居无定所，自生自灭。

短尾猫开始潜入小区住户偷嘴。这一带本是垂老待拆的老房子，破损的门窗不肯再修，充满权宜和应付，这无疑为短尾猫的出没提供了便利。它也不挑，因此总有收获，垃圾篓里的剩菜剩饭，犄角旮旯的饼干水果，甚至鱼缸里的金鱼都是目标。好几次被人急吼吼堵在屋内，但想抓住它并非易事，它多狡猾，飞一般，轻而易举地从人们眼皮子底下逃脱。

猫累及了它的主人。那女子，总是被妇人堵在街上。看样子十分窘迫，半天插不上话，索性掏出钱要赔偿。人们仿佛受了辱，显得更加气愤。

刘一木再次遭遇这只短尾猫时，它在小区已劣迹斑斑。

这天刘一木又是一个人在家，他经常一个人吃饭、睡觉。富丽是妇产科医院的护士，三班倒。他在报社广告部，朝九晚五。

富丽不在家他什么也不能干。他是个有点宅的人，寡言，少趣。富丽不在，能让他感到快活的事情只有两件：钓鱼和玩游戏。当然是和星际、宇宙有关的游戏。他不喜欢血腥和暴力，那样令人不舒服，他喜欢置身浩瀚深邃的星际，那种终极的孤独感简直令人着迷。他沉浸在这种孤独里欲罢不能，觉得自己有必要出门透一口气，这个时候他通常是选择钓鱼，他走向阳台，他的鱼竿就搁在阳台上。阳台上蹲着的是什么？……是那只丑猫，眯眼噘嘴，正盯着桌上没吃完的泡面。刘一木忍俊不禁，有种油然而生的亲切感。这只丑东西，好似太空而来的生物，令人突然很快乐。他端起面，友好地朝它招手，短尾猫受了惊，轻盈地跃上屋顶，不见踪迹。

短尾猫成了他们家的常客。有时候是深夜，有时候是白天。即使关好门窗，但未封闭的阳台上总会留下它来过的痕迹。这天晚上它显然来得不是时候，富丽光着身子慵懒地去淋浴，她光着脚，悄无声息，在客厅和它意外遭遇。她和它都没反应过来，甚至对峙了那么一小会儿。随后，富丽锐如利爪的尖叫拔地而起。刘一木裸身飞奔了出去，只见窗台上一道黑色闪电划过，富丽用手挡住下身，脸色刷白。

一夜未眠，富丽神情憔悴，嘴里嘟嘟囔囔。刘一木没听清，他从卫生间探出头。富丽还在嘟囔，裸身侧弓着腰和腿，玲珑的臀部曲线在昏暗的光线中浮动。刘一木忍不住多看了两眼，他很想和富丽再来一次，最终还是忍住了。他们结婚多年，依然迷恋对方的身体。年轻人谁不喜欢这点子事情呢，不喜欢才是和自己过不去呢，不喜欢才是傻瓜呢。

富丽睡眼惺忪地又嘟囔了一句。

刘一木这回听清楚了，她在诅咒那只猫，看来昨晚吓得不轻。

“不要脸的猫。”富丽咬牙切齿。顺势把刘一木的枕头夹在大腿间。

富丽这个姿势让窸窸窣窣穿衣的刘一木犹豫了一下。他笑了起来，富丽昨晚的表现简直棒极了，如果没有那只冒冒失失的猫，堪称完美。

“你还好意思笑，”富丽嗔怨道，“恶心死了！”

“它只是一只不会说话的猫，对吧。”刘一木继续笑。

“看来你得找她谈谈，”富丽正色道，“恶心死了！”

是要找她谈谈，可谈什么他并没想好。很多人已经找过她，并没什么效果。

“还是我去吧。”富丽改变了主意，她似乎有些不放心。

这最好，为了一只猫，一个男人特意上门交涉，听上去过于郑重。这样的事情，最好在楼洞内随口说说，委婉给对方一点提醒或者建议。当然，他希望能找到别的解决办法。比如给它一点食物，也许，它真的是饿了。

刘一木试图改变这种状况，他将饭桌上的鱼骨头收集好，放在阳台废弃的花盆里，富丽并不支持他这样做。

“你少去碰那只畜生。”她说。

“为什么？”刘一木不以为然。

“那女人，脏！”

“可这和猫似乎没什么关系。”

“别自找麻烦，最好离它远点。”富丽语气有点生硬。

刘一木并不想惹富丽生气，她生气了没好果子吃，他又不是没吃过。

3

刘家的餐桌上离不开鱼，富丽爱吃鱼，无鱼不吃饭，尤其喜欢吃野河钓来的翘嘴白，肉味鲜美，用剁椒煎炒，配上各种佐料，口味上佳。

刘一木通常每隔几天就要出门钓鱼，他和别人不一样，更喜欢天气不好的时候出门，他只去一个叫“香坎”的地方，那是一条山下的河流，河面并不宽，河水清澈，没有受到污染，像这样的地方如今不多了。他在风和日丽斜风细雨暮鼓晨钟中钓鱼，不在乎技法，不在乎得与不得，愿者上钩。河面上游荡着鸭粪味，他一抬头，就能看见对岸的鸭棚，以及更远处山上寺院的屋脊、飞檐。有时候，他会划上放鸭老倌的木船至河心垂钓，作为感谢，分一些翘嘴白给鸭老倌。

晚上的投食行为似乎在慢慢奏效，短尾猫安静了许多，至少没再四处惹麻烦。这让刘一木感到快乐，也更加坚定了自己的做法。仿佛，他和短尾猫拥有了不可告人的秘密，这个秘密谁也不知道——它的主人，他的妻子。

三天，仅仅是三天，刘一木为洽谈广告出了一趟远门。匆匆回来，富丽愤然诅咒起了那只猫，她扯起裤腿，露出一截被烫红的腿：“我端了煲好的鱼头豆腐，它急不可耐从什么地方蹿了出来……”刘一木顺着富丽的目光看向花盆，那只青花煲汤锅，一直是富丽的爱物，如今已成碎片散落在花盆里。“也许你煲的汤太香了，一定是鱼香味把它给引来了。”刘一木故作轻松地抚慰妻子，他不想把气氛搞得太紧张。富丽心有余悸，恨恨地说：“为什么，为什么偏偏来我们家！”“因为你是双鱼座嘛！”刘一木开了个玩笑，开完了又不觉得好笑，只得奔主题，上前搂住妻子。富丽推开了他：“我找过她了，希望这是最后一次。”刘一木愣了愣：“她怎么说？”“‘过一段时间就要把它送回乡下去，过一段时间就要把它送回乡下去。’她只会说这句话，真让人发疯。”刘一木道：“你应该给她一些建议，比如在家留好足够的猫食，或者干脆将它拴在屋内。”“是的，我说过，你猜她说什么来着，她说她怕黑……听听，这什么屁话，莫名其妙。”

赶在妻子出门前，他还是顺利地把妻子哄上床，他想吃一份“快餐”。富丽并没有拒绝，尽管时间并不富裕。刘一木双手小心翼翼地擎着富丽红红的双腿，接下来的事情并不顺利，当然和伤腿没关系，也和时间没关系。富丽还没放过那只猫，她突然夹紧了腿，命刘一木出门查看，最好把阳台上的推拉门关上。刘一木跑出去草率地把门和窗帘都拉上。富丽不依，“说不定那家伙就躲在某个角落里。”刘一木只得返身在屋里虚张声势地翻找一遍。再回来，刘一木紧绷的身体却变得疲软无比，而且，越急越坏事。富丽没有给他酝酿的余地，穿好衣服匆匆出门。

坐在床上，刘一木越想越气，这算什么呢？怕黑，这算什么呢？

这天早晨，刘一木被窗外的喧闹吵醒，高一声低一声。刘一木将耳机塞进耳朵，他还想继续睡一会儿。一阵突兀的尖锐刺破低回的大悲咒。他摘下耳机，不错，楼下响起了“呜啦呜啦”的警笛。他高声问正在厨房准备早餐的富丽。“那家伙惹下大麻烦了。”富丽轻松地说。刘一木心里“咯噔”一下，他翻身起床拉开窗帘。楼下麻将馆门前，那位女子正在和警察比画着什么，神情是那么激动。她身边的那些人，也不说话，目光轻佻地笑。刘一木连忙转身穿衣，待他穿好衣服再回到窗户前，女人引着警察已经走向旁边的铁栅栏。他看到了那只短尾猫，脖子上勒着电线，趴在墙角不能动弹。栅栏上还吊着一只它的同党，已气绝，身子直挺，嘴巴大张。警察用脚拨了拨短尾猫，短尾猫龇龇牙，挣扎着爬了几步。那女子又开口向警察控诉，那些人笑得更为丰富。警察仿佛受了传染，突然也就笑了，露出一排瓷白的牙。好像意识到不妥，立刻统统收回了那些笑容，不耐烦地挥了挥手，像赶麻雀一般把身边的人赶走。女子在寒风中站了一会儿，又蹲了一会儿，蹲了一会儿又站了一会儿，然后抱起短尾猫，快步出了小区。

“不知羞耻……好意思报警？”富丽将叮好的面包牛奶打好包，边出门边唠叨。刘一木没有接富丽的话，他想今天在家打游戏的计划算是泡汤了，他得继续出门钓鱼。

受伤后的短尾猫胃口并不好，两条鱼勉强吃了一条。刘一木有点难过，他上前几步，短尾猫没有转身离开。他蹲下身，颤手轻轻抚摸短尾猫。这是两个月来，他和短尾猫的第一次亲密接触，一种柔软的温顺由手掌瞬间传遍全身。

他想在白天给短尾猫追加一次鱼食，抓了条翘嘴白悄悄上了楼顶。短尾猫趴在墙角舔腿疗伤，看见他“喵”了一声，满含哀怨和委屈。

身后响起开门声。刘一木慌乱地甩掉手中的鱼。

他们都愣住了。

女子穿着宽松的睡衣，抱着一盆洗好的衣服愣在门口。短尾猫朝主人也“喵”了一声，然后继续埋头吃鱼，声音很响。

“两条鱼……我看它着实饿了……味道应该不错。”刘一木舔了舔嘴。

女子冲刘一木挤出一丝笑，抱着衣盆向楼顶支起的晾衣架走过去。

刘一木不知道自己是否要立即离开，挣扎了一番，重又蹲下。看上去是个机会，他想和女子聊聊，想知道她的真实想法，妻子的转述并不一定可靠。如果她愿意，他甚至还想和她聊聊别的，比如她的名字和工作，比如那个高高瘦瘦的男人。对了，工作还是不问的好，还有那个男人，似乎都是隐私。当然，能问问她的名字也不错，看上去是个机会。

晾衣绳是那个高高瘦瘦的男人支起来的，显然有点过高，女子必须够着才能将衣服挂上。够着够着，女子露出一溜白皙性感的小腹。刘一木慌忙低下头，好像是忍不住，目光又拐弯抹角偷觑了几眼。这几眼，他甚至看清楚女子小腹上的文身，是一只张开翅膀飞翔的猫，尾巴奇短。刘一木有点吃惊，嘴巴张着，目光都被抻直了。短尾猫竟然长出了翅膀被她文在了身上，而且是靠近那个地方，真是让人有点兴奋，那个地方竟然……长出了翅膀。

很快，眼前飘满了花花绿绿的衣服，灰不溜秋的房顶登时变得生动起来。

女子抱了尚有几件内衣的衣盆，低头匆匆回了屋。刘一木反应过来时，她已经轻轻将门合上，轻得几乎听不到任何响声。

刘一木意识到自己的失态，但那若有若无、小心翼翼的关门声，竟抵消了漫漶的一点羞愧。

4

他们成了亲密无间的朋友。

晚上或者白天，当他一个人在家，它会经常来串门，围着他调皮、任性。老旧的屋内充满了生气和爱。他远离电脑，为它洗澡、掏耳朵，甚至驱车带着它去钓鱼。为避人耳目，他把它装在一个泡面纸箱里，他们一出门就是一整天，有时候干粮带得不够，就去河对面鸭棚讨口饭吃，顺便歇一下脚。他总是走神，把观察浮子的任务交给短尾猫。短尾猫真是一个钓鱼高手，只要它虎视眈眈前爪扑地，他便会把目光从对岸的鸭棚以及更远处的寺院收回来并迅速提竿。偶尔有鱼在他走神间脱钩掉在岸边浅水区，短尾猫迅速扑上去，叼住鱼乖乖地放在一边——没有刘一木的许可，它不敢擅自享用。

他们的亲密期并没有持续多久，富丽的意外闯入令事情变得几乎不可收拾。

谁知道富丽会在上班时间突然回来，直到钥匙在锁孔里转动，他都浑然不觉。这一幕肯定是富丽不想看到的，屋内窗帘四合，她的丈夫刘一木正背对着她一刀一刀地切割鱼肉，他的脚下，那只可恶的短尾猫正在和一只硕大的鱼头搏斗。短尾猫并没有完全丧失戒备，在富丽推门而入的那一瞬间迅速逃离现场。刘一木转身，撞上富丽满是惊愕的脸。刘一木放下刀，尴尬地笑了笑，顺手拿起锅铲。“我正准备做糖醋鱼呢。”他说。趁富丽快步奔向卧室的空当，他迅速将地上的鱼头捡起来抛出窗外。

那一盘无头糖醋鱼，富丽一筷子都没动。

怪异的情绪蔓延到晚上，为了不让富丽起疑心，刘一木紧闭好门窗，依然爬到了富丽身上。富丽也很配合，但身体却始终打不开，硬邦邦的。紧要处，她绝望般抓紧他后背在他耳边喘息着一连说出几个“猫”字。像是被人从后面敲了一闷棍，他一泻千里。富丽留在他肩臂上的形如猫爪的指印触目惊心。他有些沮丧，为了照顾妻子的情绪，依然装作若无其事，脸上甚至露出一丝满足的笑容。

女人的眼泪，一下子就来了。让男人有点措手不及。

他们都没再说话，空气似乎变得稀薄。附近什么地方在搓麻将，“哗啦哗啦，哗啦哗啦”，声音越来越亮，越来越亮。

刘一木不知如何修复他与妻子的关系，有什么东西，如鲠在喉。

情况越来越糟糕，只要一做爱，富丽就感到不安，杂念之须像水里的浮草，游来荡去，令她的身体变得僵硬无比，犹如休眠期的动物。怎么会这样呢，他隐约感到了事情的严重性，他必须作出决定。

深夜，他蹑手蹑脚起来，照例从冰箱取出一条翘嘴白。和往日不同的是，他还将一截棍棒隐于袖中。鱼腥味很快将短尾猫引来，它完全没有注意到他异样的脸色，蹭着他亲昵地叫唤。直到鱼被啃噬得只剩下骨架，他依然什么都没做——他终究下不了手。

5

刘一木决定停止给短尾猫投食。

饥饿的短尾猫不停地在对面屋顶游荡。刘一木关闭好门窗，没有给它任何靠近的机会。短尾猫徘徊了几天失望而去，很长一段时间没再出现过。被那个高高瘦瘦的男人抱乡下去了？刘一木不敢肯定，也懒得去求证。

是一个微雪的黄昏，刘一木冒着雪，缩着脖子抖抖瑟瑟匆匆往家里赶。在麻将馆转角处，见几个人围着一只硕大的鼠笼。他好奇地凑上去瞄了一眼，就这一眼，令他惊骇万分。里面被囚的是短尾猫，瘦骨嶙峋，黄毛凌乱，几乎不忍直视。它显然是为了笼中那块干瘪的鱼肉而身陷牢笼。围观的人认出是一只野猫，转身失望走开。刘一木也想拐走，但双脚像钉住，迈不得步。短尾猫塌陷的眼窝里注满了恐惧与绝望。它后腿直立，前爪奋力抓住铁笼，冲着刘一木喵喵喵地哀叫，声声锥心。刘一木心慌气急，躲开那哀怜的目光，费了好大劲才拔了腿，掩面疾疾逃离。

令人煎熬的是，透过自家窗户，他还能隐约看到雪幕里那个铁笼。他感到坐卧不宁，每过几分钟就要走向窗口。富丽的回来及时解救了他。富丽也应该看见雪地里那个大笼子……他不再抱有任何企图。

一夜飘雪，明天醒来，一切，都将结束。

早上，挨到富丽走后，刘一木匆匆下楼。街角落满积雪的铁笼空着，雪地里残留着几枚瘦瘦的形似梅花的蹄印。刘一木心里说不清楚是高兴还是难过，怅然了好一会儿。

大难不死的短尾猫开始躲着刘一木，它依然四处游荡、偷嘴，依然被人满街追着喊打。

刘一木十分痛苦，他不得不继续本已终止的投食。这是十分冒险的行动，一旦被富丽发觉，他将处境尴尬。尽管如此，短尾猫似乎并不领他的情，满脸困惑，心存戒备，不让他靠近它半步——他们的关系又回到了原点。

这天晚上月色很好，富丽值夜班，刘一木早早拿出几条藏在冰箱里的翘嘴白上了楼顶。短尾猫小心翼翼叼着他投下的鱼迅速跑远。也许它真的是饿了，顾不上细细撕咬、咀嚼，两条鱼便风卷残云般下了肚。刘一木正欲下楼，短尾猫却突然“喀喀”地咳起来，同时不停地抓挠嘴巴。被鱼刺卡了？真有意思，猫竟然会被鱼刺卡喉。抓了一阵，短尾猫放弃了努力，趴在地上呜咽不止，看上去十分痛苦。刘一木上前，短尾猫惊恐万状地后退了几步，随即又趴下，嘴角淌出血迹。刘一木束手无策，他试图去抚慰它，短尾猫竟然面露狰狞，冲他呲牙鸣叫。

楼洞里响起高跟鞋“咯咯”的声音，听上去有些急促。刘一木来不及多想，抱起短尾猫迅速摸下楼。

天未亮，刘一木将奄奄一息的短尾猫藏进纸箱，直奔医院。

一通忙碌，年轻的兽医将透视片举到刘一木眼前说：“看到没，鱼钩。”

“鱼钩？”刘一木瞥了一眼透视片上腹部L形的留影说，“不能吧？别开玩笑。”

年轻人有点不高兴：“取出来你自己看吧。”

麻醉、开腹、手术。那个凝有血珠的鱼钩像个问号被放在托盘里端到刘一木眼前。它细弱孤独，又锋芒毕露，满含诱惑和欺骗的本质，在白炽灯下发出倔强而璀璨的光芒。

刘一木傻眼了，这不是自己弃用的伊势尼鱼钩么？这是一款可怕的日本鱼钩，据说其扁平内弯的三角形钩尖设计灵感来自鲨鱼及蝮蛇的利齿，锋利无比，能刺穿鱼颚骨，被它咬住几乎没有逃走的可能。他不喜欢这么可怕的东西，虽然它是这般出色。他搞不明白被弃用的伊势尼鱼钩怎么就跑到鱼嘴里去了，前几天才钓来的鱼，一直藏在冰箱。他脑子里乱糟糟的，不敢往下想……

6

街角，被各种治疗疑难杂症信息占领的电线杆上，出现几张粉红色的“寻猫启事”。刘一木也驻足观望，寥寥数语，大意是她的猫无故走失，恳请大伙帮助寻找或提供线索，重谢。落款是“易慧”，后面跟着一个电话号码。这两个字让他心里不禁怦然一动。“易慧易慧”，他在心里轻轻浅浅念了好几遍，却很难将这两个字与那个散发着劣质香水味的文身女子联系起来。

时光悄然向前，那一纸粉红被雨打风吹去，不留痕迹。

春天里，富丽的身体随万物一起复苏。令人沮丧的是，面对妻子的炽热，刘一木却萎靡不振。他的脑瓜里潜伏着一枚有着倒刺的伊势尼鱼钩，只要稍一想到或者看到尖锐的钩状物，心里便有刺痛感。

刘一木日渐消瘦，富丽心疼无比，催他去看医生。在那个表情不耐烦的神经科医生面前，刘一木语焉不详地向他描述冰箱里那一排高高噘着的鱼嘴，无一例外都含有一枚锋利的伊势尼鱼钩。

刘家的餐桌上依然离不开翘嘴白，只是不知何故，味道大不如以前。

春天快过去的时候，刘一木有一天驱车去市郊谈一笔广告，往回赶的路上，发现前方右拐的路牌上标有“香坎”二字。刘一木心里一颤。他犹豫了一番，拐上了向右的简易公路。

河对岸那片鸭棚还在，淡淡的鸭粪味逆风飘扬。目光越过那片低矮的鸭棚，一线寺院的屋脊，在阳光下闪着耀眼的白光。

刘一木在河边坐了许久，微风送来寺院悠扬的钟声，一声又一声，弄皱了河水，模糊了水底的天光云影。刘一木拍拍屁股朝鸭棚走去。放鸭的老倌正在一阵刺鼻的鸭粪味中奋力杀瓜，听见屋外鸭子嘎，掀帘出来，见是刘一木，高兴地拉过一条长凳。

“有时间没来了吧……怪想你钓的翘嘴白喽。”

“戒了，都戒了。”刘一木边说边四下里瞅。

老倌意会，立即噘了嘴唤狗一般唤起来。少顷，门帘微动，一只健壮的短尾猫钻了出来。

刘一木和短尾猫双目对视的那一瞬，短尾猫登时愣住了，它惊愕地盯着刘一木，先是警惕地后退，然后前爪抠地，身体后倾，做出攻击状。刘一木满脸浮笑，欲招手，短尾猫却“嗷”的一声惊叫而去。短尾猫速度极快，贴着地面，长腿飞奔。刘一木和老倌追出来时，它已经迅速扎进了河边的蒿草，没了踪影。

老倌面露讶色：“咦，这畜生作怪，主人都认不来了。”

刘一木默然不语。远处，那一线耀眼的屋脊，已黯然失色。

百羊图

深秋的这天，我随老鬼驱车上小仓山买羊。一路上，老鬼话特多，当然谈的不是羊，而是女人，这是老鬼的做派，一个四十多岁的男人，离婚后不肯再婚，散尽家财和精力，周旋于六七个身份可疑的女人之间而乐此不疲，听上去就有些匪夷所思。我对老鬼这些充满炫耀意味的风流韵事并无多大兴趣，虽然我身边还没有一个女人。在若有若无的羊膻味以及老鬼兴兴头头的描绘中，我心生嫌恶。老鬼话头由此从女人转到了我们即将见面的羊老板身上——兴许是见我兴味索然。

这人，邪性。老鬼说。

我来了精神，催他。老鬼却又卖起了关子：

反正不好形容，怪人一个。

还能怎么怪，无非是漫天要价、短斤少两、以次充好耍点小聪明，这样的人我见得多了。当然，有老鬼在，我担心什么？既然他肯答应帮忙，一切都不会是问题。

我是“吉羊大酒店”一个小跑腿的，负责采购羊只，偶尔也打打杂干干粗活。我珍视这份来之不易的工作。两年前，我还是酒店一名小保安，老板看我还靠谱，一指头把我拨进了采购部。很多人也许会认为这是肥差，我并不这样想，我不吃请不拿回扣秉公办事，我不能为昧几个小钱废了自个儿前程。我努力工作成就自己，一不小心却把别人给废了。采购部就俩人，我去了之后没过多久老板就炒了另外一个人的鱿鱼。至于原因，我至今都没弄明白。

最近一段时间，酒店生意越发冷清，相反，几步之遥的同类酒店生意却一个比一个火，这就有点邪门。当然不能怪食客，现在的人嘴刁得很，也很能说明问题。在这闹心的节骨眼上，又在传老爷子要来。老爷子是本市的大人物，位高权重，酒店店招上有他的鎏金大字，老板办公室镶挂着他的“吉羊图”。每年秋冬交替，老爷子都要来酒店品尝羊肉。老板坐不住了，查来查去，得出的结论是问题出在食材上。老板铁了脸把我叫到办公室，敲着桌子说酒店业绩下滑和我脱不了干系，我想纠正老板应该是和老鬼脱不了干系，可我不敢说。羊是老鬼拉给我的，老鬼是酒店多年的供货商，和我半毛钱关系也没有。看样子，老鬼没有给我们最好的货，他留了一手。我找到正在和女人厮混的老鬼，他一个劲喊冤道，虽说是从我手头要货，但各家有各家的规矩，我也是按规矩办事。我明白他的意思，也不想为难他，只是想请他帮忙另找几家好点的货源，否则老板非得叫我走人。泡在“威尼斯”大浴场的池子里，老鬼终于松口答应帮忙，我瞟了一眼老鬼那露出水面桅杆一般挺立的物件，竟然有些自惭形秽。

刚下过星点雨，雨点子落在浮土上砸出一个个圆圆的小坑。荒荒凉凉的沟坎上，色彩不分明，花哩树哩，都蔫着，总觉得少了一种欣欣的精气神，仿佛是惊着怕着了，红没有红得爽心，绿没有绿得悦目，模模糊糊在风中佝着。我正走神，汽车尖叫着刹住——山路前方，一个衣衫破烂的赤脚女人示威般朝我们挥着羊鞭，她身后一群羊正轰隆隆快速地横穿过山路爬上对面的山坡。女人长得极丑，颧骨突出，下巴尖细，脑壳像是受过外力挤压，扁成了一张条形的羊脸，头发半黑半白稀疏得很。操，老鬼笑着骂了一句便把目光移开。羊群过完了，女人还不肯走，用羊鞭向路前方指了指，咿咿呀呀鼓起腮帮子做了一个抱东西吃力移开的动作。是个哑巴。老鬼不耐烦了，长按喇叭，快速从女人身边开过。我探出身，见女人从汽车腾起的黄尘中钻出，然后躬身跑上了山坡，追赶她的羊群去了，清脆的鞭响从密林间穿越而来。刚闭上眼，车又停了下来。前方塌方，巨石挡道。我们下了车，巨石被稍稍移动过，周围的浮土，布满凌乱的赤脚印子，没猜错的话，应该是刚才那女人留下的。我们合力将巨石移开，车子继续向山上行进。

羊老板是个驼子，像把折尺，每看一眼都会忍不住有把折尺折上的欲望。说是老板，其实名不副实，一溜破旧的羊圈没有看见一只羊，除了驼子和杨树下井沿边一个正在处理羊下水的女孩，看不见第三人。

那是——你女子？老鬼睨着井沿问。

我女人的女子……不听话，心里长草哩。驼子似乎并不愿意谈及这个，眼睛望向别处。

老鬼目光没有离开井边，有些意味深长地笑。

你女人呢？老鬼又问。

拦羊去了。驼子说。

我有些糊涂，来的路上听老鬼说羊老板是个鳏夫，羊就是他的女人，可以挑肥拣瘦，晚上想睡几个就睡几个。这会儿凭空又冒出了女人和女子。我对这些并不感兴趣，不想去深究，我说，看看羊吧。

羊都在山上。老鬼说，这里的羊是本地土羊和外地羊杂交品种，好斗，肉紧。我回头向驼子求证，却不见人。老鬼朝远处的羊圈努努嘴，一把闪亮的铁锹隔着羊圈一锹一锹地往外擢着羊粪，一股浓郁的羊粪味被擢了过来。这人真有意思，撂下生意不做忙着擢粪去了。别管他，我们到那边走走。老鬼指着远处一个山包说。正要抬脚，却见远处黄尘滚滚，几条黑狗赶着一群一群的羊狂奔而来，后面边跑边甩着响鞭的是驼子的女人——我们路上遇到的那个丑哑女。

从我们身边经过的时候，女人狭长的脸似笑非笑。羊群很快被女人哟噢哟噢地赶进圈。驼子从羊圈里面露出半个脑壳，向在关圈门的女人叨咕了几句。女人不待驼子说完就矮身进了屋，不一会儿又钻出来收拾廊檐下桌上的杯盘和羊骨。被女人泼洒在地的羊骨汤还冒着热气，看来驼子刚和人喝过酒，这荒山野岭，来造访的一定是像我们一样来买羊的主。

我催促老鬼把驼子叫拢谈事，老鬼瞪了我一眼说，打劫还得踩个点哩，来了就得好好考察考察。我看天色还早，只得客随主便。

晚饭是一大盆满当当的羊肉，一小盆颜色模糊味道可疑的咸菜。面对布满污渍用途不明的盆子，我有些犹豫，但最终抵不过羊肉喷香的诱惑而伸了筷子。口感还凑合，如果能去掉一些膻味可能会更好。驼子话不多，不停地给我们倒酒，心情一好我也就多喝了几盅。吃到一半，旁边的丑女人端了一个搪瓷碗犹犹豫豫想过来，被驼子瞪了回去。女人有些委屈，咧嘴抽搭，却又不敢放开。井边的女孩起身过来，拿过碗来替女人盛羊肉，驼子捞了几块羊蹄放进碗里，女人端了碗破涕为笑。我瞟了女孩一眼，约莫十八九岁，模样说不上俊俏，但身材高挑，眉眼动人，脸盘子两坨胭红，透着将熟未熟的气息。女孩又蹲到井沿边去了，直到我们醉醺醺离开，她还蹲着收拾那一摊羊下水。

酒过三巡，老鬼嚷嚷上节目。驼子起身从羊圈里捞出一白一黑两只健壮的公羊，让它们抵角站好，然后一声怪叫，两只羊奋力厮杀起来，蹄子刨开的泥土差点溅到盆里来。几个回合分出胜负，黑羊逃遁，白羊得胜。一旁鼓掌的女人颠颠地从羊圈牵来一只母羊，白羊当仁不让地骑跨了上去。母羊不知是矜持还是受惊，玲玲珑珑跑开。但很快被白羊虏获，一根鲜红的肉棒便伸了出来。老鬼嬉笑，骂了几句驼子。我被弄得红头涨脸，目光都没地方搁了。

后面的交易老鬼一手搞定，简单而快速，几乎没费什么口舌。临走，驼子却把我拉到一边，期期艾艾地说：

这么多羊……酒店很大么，需要……人手吧？

这是上山来驼子主动给我说的第一句话，带着一股浓重的膻味。说话间驼子斜眼看了看杨树下忙碌的女孩，又补充了一句：

总想下山哩……山下有那么好么。

回去问问。我说，兴许有。驼子咧嘴难得一笑，含混不清地说着感谢的话。

辞别驼子，趁着稀朗的月色，我们下了小仓山。

第二天，老鬼给我打电话说，买了 16 只羊，驼子给他的价格是 18.2 块钱一斤，他给我 18.8 块。这个价格略高了一点，但只要货好，也还能接受。这些杂交羊性子烈，得多弄几个圈，老鬼叮嘱道，另外有几只卖相不好，这是驼子搞的鬼。我没太当回事，坏笑道，不打紧，剥了衣服都是一样的。

赶回酒店，昨晚到的羊有几只已经端上了餐桌，服务生说食客反映不错。我心里一乐，紧步去了后院。几个圈挤满了羊，饲养大爷说从昨晚到现在，除了偶尔的小骚动，倒也没出现激烈打斗。看来我们的担心是多余的。我找到了老鬼说的那几只丑羊，确实是丑得稀罕，应该是杂交变异的产品，其中一只扁脸羊更是丑陋不堪，额上花纹凌乱，嘴唇外翻，鼻孔大张，让人无端地想起驼子的丑女人。

“吉羊大酒店”生意在回暖。老鬼也隔三差五地上山拉羊。

这天，后厨的人都在议论昨夜羊斗架，死了好几只。我奔向后院，饲养大爷情绪激动，一个劲地向我诉苦。原来一只羊生性好斗，弄得他彻夜不宁，昨夜斗得尤其厉害，死了两只，肠子都挑出来了。大爷说着指了指最边上那个羊圈——肇事者正是那只扁脸，如今已经被隔离。我诧异道，这畜生是第一批来的货，算算也有小半月了，怎么还没杀。大爷苦了脸摇头，哎哟喂别提了，长得丑，顾客也没胃口，没人点呀。越留越瘦，这不几天前师傅们合计先宰了，哪承想近不了身，还把师傅给顶了。我来到羊圈边，被隔离的扁脸眯缝了眼，噘了大嘴，跪卧在地上，样子有些惹人发笑。要不退回去吧，大爷说，留着也是个祸害，指不定再出什么乱子。我当即给老鬼打电话，老鬼夸张地骂了一句娘说，退不了，乱棒打死算尿，回回，我可是厚着脸皮求驼子。我挂了电话嘬着牙花子，要不这样，你告诉师傅每次都在这宰羊，也就是移个地，让这畜生看着，我还就不信降服不了它。大爷乐了，说，至于吗，你还真把它当人啊，我嘿嘿笑说还就得把它当人看。

我们的计划尚未实施，情况在几天后却出现了大逆转。

老爷子这天夜里悄悄来了，还带来老老爷子等一干人。装扮一新的酒店七点不到就闭门谢客，老板要亲自下厨为老爷子烹制羊肉羹。老爷子兴致勃勃，来到后院挑选羊。给老爷子留下的自然是精挑细选的好羊，连毛色都无可挑剔。老爷子挑了两对双角玲珑有势的花脸羊和一只雪白的羊羔。正准备离开，黑下里一声鬼叫把老爷子惊了个哆嗦。下人忙和老板耳语了几句，老板堆着笑又向老爷子解释：一只不听话的丑羊，闯了祸，正关禁闭呢。老爷子含笑“噢”了一声，已经迈出门槛的腿又收了回来。看看，怎么个丑样。众人于是引着老爷子移步来到扁脸跟前。老爷子“嚯”了一声，啧啧称奇道，额上的花纹，歪点头看不就是一个“王”字嘛，了不得，明明是一头小虎啊。众人一律都歪了头，看明白的没看明白的都跟着附和起来。就是呢，喜欢斗，挑死了好几只。一边的饲养大爷忍不住多嘴。老爷子听了，异常激动，连说了几个好，最后对老板说，这是我一直在找的东西，没想到隐居在你这儿。众人都没听明白，待上了桌，在琳琅满目的羊肉宴中，大家才明白了过来。原来以画羊著称的老爷子正在潜心创作一幅百米百羊卷轴，取名“百羊图”，洋洋洒洒意欲包罗各种神态的羊，唯独性子狠及模样丑的羊难画传神，今天不期有了收获。老爷子交代老板，好生伺候，得空再来。

谁又能想到呢，扁脸的命运从此颠了个个儿。老板在后院专门为扁脸整了个气派的羊圈，还专门从养殖场请来一位有经验的饲养员。躺在舒服的羊圈里，扁脸只要抬抬嘴，就能吃到可口的按比例配置的饲料和鲜嫩的草料。每天三趟，饲养员准时牵着干干净净的扁脸绕着酒店附近的 CBD 遛羊，引得路人驻足观望。扁脸呢，则一副惶恐迷茫，拉拉扯扯，扭扭捏捏，不情愿出门。为了不让扁脸失去原有的烈性，饲养员还经常从别的圈里牵出羊和扁脸厮杀，当然浅尝辄止，可不敢伤着了。饲养员听从了我的建议，只要赢了，除了奖励扁脸草料，还会给它牵来一只温顺美丽的母羊。

我把这些说给老鬼听，老鬼笑翻了，说我多想投胎成为扁脸。我说别痴心妄想，你就羡慕妒忌恨吧。

这样的日子似乎并没有持续多久，天气陡然转冷的时候，扁脸明显变得焦躁起来，每天夜里鬼叫鬼叫，那声音犹如潦倒伤怀的旅人，忧伤而瘆人。一墙之隔的居民不胜其扰，纷纷来酒店投诉。更糟糕的是，扁脸体重不但没有增加反而见瘦。食料检查都合格，除了一点拉稀，也没什么大毛病。这让我们很揪心，老板委婉地给老爷子打电话，老爷子正在为病床上的老老爷子忧心，没心思创作，“百羊图”暂时搁下了。老爷子请不来，那只有想办法把扁脸弄走。怎么弄却没个谱，节骨眼上还是老鬼起了作用。老鬼讥笑道，你傻呀，散养的羊非得在山里贱养，你把它供起来不出事才怪。一语点醒梦中人，我立即给老板汇报，老板却训斥我净给他添堵，要是不弄来那么一只丑东西哪来这么多事。我垂手恭立，大气都不敢出。骂完了，老板挥手说，哪来哪去，写个协议好生伺候，不得再出岔子。我喏喏退出，借了老鬼的车，带着扁脸再上小仓山。

莫名挨了一顿斥责，又接了个烫手的山芋，别提多郁闷。我怪自己多事，怨扁脸不知好歹。我故意把车开得颠簸起伏，让扁脸吃点苦头。我在心里一遍一遍诅咒扁脸：好你个狗杂碎，你以为你是谁，不就是一只挨刀羊嘛，有福不知道享，净折腾人。我甚至邪恶地想把扁脸摔下崖，死尿算了，大家都省心。

驼子以为我又来要羊，老远就摆手。老鬼几天前才来过，驼子的羊已经吃紧。老鬼每次来都劝他雇几个人扩大养殖规模。驼子不听，说打他爷爷那辈就是这样，不多不少，最好。放着花花的票子不挣，还真是蠢。我把扁脸从车里赶下来，驼子生出尴尬之色，嗫嚅道，难看是难看，但羊不赖哩。他误会了我的意思，我把羊拴在树上，把驼子拉进了屋。屋里没有人，我下意识地朝杨树那边望望，也没有人。费了一番口舌驼子才明白了我的来意，我掏出一扎票子砸在桌上说，一月一千，不亏待你，先预支你仨月。驼子眼珠子滴溜溜转，将信将疑，但手已经伸了出来。我按住他的手说，你要把羊养好，不得有任何闪失，同时呢我们得立个字。驼子狡黠地说，字就不写了吧，我把它当祖宗敬着还不成。我摇头说不成。在我写字的时候，驼子用满是唾沫的手飞快地数着票子。

办完事，驼子拉住我喝酒，依然是大盆羊肉小盆咸菜，但羊肉已不新鲜，估计是几天前宰杀的。

看到……我女子了么？驼子嗞嗞抿酒说，帮我捎个信，一定回来一趟，你们那个人都捎了好几回话哩。我一时没反应过来，记起上次驼子托我的事。难道老鬼……我心里莫名地疼了一下，针扎一般。这个该死的老鬼，竟然下得了手。我点头敷衍道，一定给你把话带到，你放心。哑巴想她，夜里闹得厉害。驼子看着远处虚茫的群山，颤颤地说。

下山的路上，我的情绪变得更加糟糕，把车开得飞快。

随着冬季的来临，生意出奇的好，三班倒天天不打烊。据说这是“吉羊大酒店”自开张以来最跑火的时刻，火了难免遭人眼红，曲里拐弯来打探货源的不少。老板差我去和驼子谈合作，稳定供货渠道，同时拓展养殖业。老板心情好，我也就多了几句嘴，把之前碰钉子的经历细述了一遍。老板没听进去，不耐烦地说，不管什么代价，哪怕是将对方赶走，也要在小仓山建立我们自己的散养基地，否则好光景难以为继。

我想找老鬼商量个法子，可因上次驼子女子的事情，老鬼已经不太搭理我。他先是否认了一切，后又嫌我多管闲事，他说他也在四处寻找驼子的女子。这么大一个城市，要找一个连身份证都没有，普通得不能再普通的乡下妞，并不是件容易的事情。

正当我陷入了极度苦恼之中时，驼子来了电话。驼子没头没脑一句话把我震蒙，他说扁脸自杀了。驼子提高了嗓门又重复了两句。后面驼子说了什么我没太听清楚，我在想象扁脸自杀可能带来的严重后果。

扁脸是撞墙而死，准确说属于他杀，墙根留下大摊血迹，犄角折断，死状惨烈。我在驼子前言不搭后语的叙述中大致了解了事情的经过：扁脸归来后并不合群，常常遭受其他势利羊攻击，扁脸似乎大不如以前，总是在吃亏。昨天在山坡上扁脸再次被几只公羊围住猛戳，幸得驼子的女人解救。今天一早刚出圈，扁脸突然发飙向墙根下一只啃草的羊冲去，这只羊就是昨天带头挑衅的羊，但它狡猾得很，它装着若无其事，待扁脸快靠近才轻巧闪身。刹不住腿的扁脸腾起四蹄犹如离弦的箭兜头向墙根撞去。

驼子颠颠地牵来一只被五花大绑且套死了嘴笼的羊，正是那只肇事的家伙，眼仁里透着狡黠。驼子说你看怎么办吧？你这是闹哪样？我哭笑不得，负荆请罪？管用么？赶紧放了吧。我抖出了之前写的字，按协议，扁脸在代养期间因看护不力等原因意外死亡，驼子得赔偿酒店损失费三万七千元。驼子哭丧着个脸说，不就是个羊嘛，你们还来真的呀。我说字就是这么立的，你自个儿还戳了指印哩。驼子跌坐在地上，头勾得像六月的稻穗子。还有别的法子么？驼子抬头可怜巴巴地说。我恶声说有，除非在老板和老爷子上山时，你能让扁脸死而复生。驼子愣了半晌，爬起来，弓身远去。

下山途中，驼子的女人突然从路旁蹿出来，若不是踩车及时，女人恐怕早被撞成一团血肉。站在车窗外，女人把手放在胸脯上嗯嗯啊啊不停地比划，我似乎懂了，高声说你女子在城里很好，不久就会回来。女人立即拍着手掌露出满足的笑容。

我没有向老板报告扁脸的死讯，我准备死扛。扁脸没了，毫无疑问，驼子会因此而失去他的牧场，我也会因此而丢掉工作。我都三十好几了还没娶上媳妇，连死去的扁脸都比我幸福。我每天都在担心中度过，我甚至天真地想老爷子的病永远不能好，或者老爷子已经找到了灵感画出了满意的“百羊图”。

我叮嘱驼子尽快找到和扁脸长得相像且喜欢斗架的羊，老天眷顾，当麻烦来临的时候也许可以蒙混过去。驼子并没有我想象中的上心，他在为更堵心的事发愁——寻找他的女子。每次通电话，他都在期待我带给他好消息。我也只能拖延并竭力安慰。驼子根本没想到过他的女子可能是失踪了，他一直固执地认为女子在躲着他们，毕竟，女子曾经是那么渴望逃离那个破败的家。

最令人担心的事情还是来了，老爷子在料理完老老爷子的后事后要上小仓山。老板将其作为头等大事交给了我来安排，叮嘱务必使老爷子满意而归。

我扛不住了，找老鬼商量。老鬼乜着眼丢下四个字：自作自受。我拽住准备开溜的老鬼说，别落井下石了，无论如何你得救我，否则兄弟死定了。老鬼叹道羊死不能复生，只有赶紧找一只“替罪羊”，老爷子老了，兴许能蒙过去。我说老板可不笨。老鬼来气了，说你傻还真没冤枉你，现在顾不了什么屁老板，哄老爷子高兴了就万事 OK。……对了，你得死逼驼子，他比谁都精，别被他给蒙了，净装可怜。

我打定主意准备再上山，驼子的电话却打了进来，他说他在淮海路。

我赶了过去，驼子坐在马路牙子上，垂着头，面目黯淡，很是疲沓。我把他拉进一家面馆，我说先吃点什么吧，吃完再说。驼子摇摇头说我吃不下，我不是来吃面的，我是来寻女子的。女子没找到，我没脸吃饭。我说你不吃怎么行，吃饱了喝足了才有精力找哇。驼子这才眼泪叭嚓地抓起筷子，几乎是趴在桌上吃完那一碗面，汤水都没剩下。

我说你先别着急找人，先帮我把事情摆平。老爷子过两天就要上山，十万火急。驼子抹着嘴咕哝道，山上有的是羊，都会斗架。我有些恼火，翻脸说如果事情搞砸了大家都不好过，我将失去我的工作，你将失去现在的一切。驼子并不吃我这一套，一副死猪不怕开水烫的样子。女子都没了，要这又有啥用呢？你们都拿去吧。说完呜呜地哭起来，惹得邻座的食客都朝这边张望。我一急脱口而出，只要你把事情办好了，我包给你找到女子。驼子仰起脸，半信半疑地说，此话当真？我说你也不想想看去你那的都是什么人，呼风唤雨哩，你应该感到荣幸，帮你寻个人还不是小事一桩。驼子破涕为笑，那我这就回去想法子。

我心里依然没底，追着驼子一天打好几个电话。驼子拍着胸脯说妥了，让我把心放肚子里。话到这份上我也只能故作轻松。

当天天气晴好，老爷子兴致也浓。大小数辆车沿着山路逶迤而上。我特意叫上老鬼，遇到麻烦的时候，也只有他能帮一把了。

这场面把驼子也惊住了，要的就是这种效果，只有震住了才不至于敷衍，甚至胡来。

按照安排，先品羊肉，茶歇的时候观看斗羊。随行人员从车上卸下活动桌椅、酒水及烹制羊肉的炊具。趁着忙碌的间隙，我把驼子拉到僻静处。我说羊呢，让我先瞅瞅。驼子古怪地冲我一笑说放心，待会儿你就能看见。说完丢下我，引着酒店来的厨子去牵羊。我和老板说话的当儿，厨子已经牵出三只俊俏健壮的公羊，在杨树下准备宰杀。

老板一直在抱怨环境差，没有丝毫接待能力，他甚至在质疑供酒店的羊是否都是来自这破烂不堪的鬼地方。我想指天发誓，驼子却小跑了过来，由于昂着头，跑得急切，驼子看上去像一只滑稽的鸵鸟。

不对不对。驼子边跑边说。我蹙眉问什么不对？驼子喘气说羊不是这样杀的。我们朝院场望去，杨树下，井沿边，几个厨子正合力抓住羊的四蹄摁住羊头准备下刀，其中一个厨子高帽子不小心被挤落。老板收回目光，困惑地说那该如何杀？驼子说不能见血，羊痛苦了肉就不好吃。你是说掏心？我说。也不能用刀。驼子说。老板板起脸正欲发作，却见杨树下一片哄闹。驼子的女人不知何时冒了出来，双手要来蒙住待宰公羊的眼睛，被老鬼和人强行拖走。我给驼子使眼色要他别胡闹。驼子却毫不理会，看着老板说，我从来不扯谎。一直在旁边品茶的老爷子过来了，温和地说，让他试试。

于是都朝杨树下走去。

驼子并没有立即动手，变戏法似的弄来一个小香炉，点上几炷香，跪在香炉前念念有词。祷告完毕，驼子裹上一件红黄相间的对襟大袍，又变戏法似的从香案下抽出一把黄灿灿的宝剑——看来驼子早有打算——穿戴停当，在优雅的乐声中，驼子围着台子上的公羊开始装神弄鬼，弯弓一般的身子限制了他手舞足蹈的幅度，但他依然一招一势毫不含糊。我们不知道驼子在搞什么名堂，有人困惑不解，有人掩嘴而笑。我瞟了瞟老板，脸阴得都能拧下水来，我知道一切都玩完了，垂了头等待老板爆发的那一刻。

折腾了近半个时辰，驼子才开始慢腾腾动手。他将口中的一口白酒噗在公羊身上，然后脱掉黄袍，光着佝偻的上身搂住公羊的头，空无一物的右手不停地在公羊滚圆的肚皮上翻滚。说来也怪，先前躁动不安的公羊渐渐安静了下来，瞳孔里的恐惧在一丝丝褪去，当恐惧褪尽瞳孔变得无比澄明的时候，驼子的面目一拧，屁股下蹲，“嗨”的一声，右手奇迹般打开了羊肚。未及众人反应过来，驼子探进羊肚的手已飞快地掐断羊动脉。公羊甚至还没来得及哼唧，抽搐两下就耷拉在驼子臂弯里。人群有些小骚动，老爷子兴奋地说，好啊，徒手杀羊，真是一幅活脱脱的“受难图”，我这“百羊图”又新添了一“图”哇。说完饶有趣味地抓住驼子滴血未沾的右手翻来覆去细看，却看不出门道。问驼子，驼子笑而不语。问身边的厨子，面面相觑无人应答。

我长吐了一口气，顿然也明白了驼子的刁滑。他在拖延时间，可后面的戏又该如何演下去？

羊肉宴持续了近两个小时，乐声悠悠，推杯换盏，宾客尽欢。不觉间，天际已泛出了点点红星。

现煮的茶被袅袅婷婷的服务员端了上来。老板看看天色，俯身问老爷子还看不看扁脸斗羊。老爷子呷了一口茶，醺然说看，我这“斗羊图”还差一味……那可是一只小虎啊。老板转脸给我使眼色，我和老鬼回身找驼子，却不见了人。刚刚还涎着一张老脸在老爷子跟前端茶续水，眨眼间就不见人了。我惊出了一身冷汗，四下找了个遍，依然不见人影。我预感到不妙，返回场院时，却已经斗上了，两只体格相差无几的羊正在对峙。细一看吓人一跳，其中一只不正是扁脸吗？虽然身形有点弓，四腿格外短促，但那丑模样，那额上竖着的“王”字，甚至连那折断的犄角，和死去的扁脸都毫无二致。我心里一乐，这驼子还真有能耐，找来的羊简直可以以假乱真。

我举起相机——这是老板交代过的，老爷子眼神不好，多拍几张供其回去揣摩——取景框深处竟然出现了一个手舞足蹈的人。镜头拉近，是驼子的女人，不知被谁锁在屋里，也许是怕她再次闯祸。女人捶胸顿足面露狰狞，她拼力击打、摇晃铁窗，试图引起人们注意，但被嘈杂的人声彻底淹没，即使有人和我一样注意到了，也没有谁会去理会。

几个回合，扁脸渐渐不敌，一次次被对手掀翻，一次次又艰难地爬起来，它乱了阵脚，没有了章法，似乎在死磕。到后来，扁脸变得十分笨拙，毫无还手之力，步态也现出异样，踉踉跄跄竟然前蹄离地立了起来。在遭受了一次最为猛烈的撞击后，扁脸发出了一声区别于羊的惨叫声，虽然短促，但还是让许多人开始感到不对劲。我变得困惑起来，心里擂鼓一般紧张得不行。老板一把把我拽到边上质问，怎么回事？这是怎么回事？我预感到不妙，难道场上的扁脸……我张大了嘴，不敢想象，也难以置信。但现在铁的事实是驼子确实不见了。不能再打下去了，我大汗淋漓，支支吾吾。老板扬手给了我一记响亮的耳光。这一记耳光，扇掉了我的三魂七魄，拧开了我脑壳里的鼓风机，嗡嗡嗡——嗡嗡嗡——，而且越转越快，越快越响。周围的声音也跟着消失，人们表情各异都在朝这边看。我捂住鼓噪的耳朵，恨不得冲上去把还在挣扎着爬起来的扁脸一刀给宰了，可我不敢，我心里乱得不行，我祈祷这一切赶快结束。

夜，无可挽回地黑了下来。空气中飘荡着一股被香槟稀释了的血腥味。

扁脸在这种淡淡的血腥味中摇摇晃晃再次爬起来，惨烈而悲壮。它的额头血迹斑斑，毛皮被对手挑破，在夜风中旗帜一般地飘呀飘。它环顾了一眼为它欢呼的人群，它犹豫还要不要再进攻，但人们兴奋的表情告诉它别无选择……老板俯首在老爷子耳边说着什么，老爷子仿佛受了感染，鼓起掌来，瞬间，众人也跟着鼓掌。我听不到那掌声，我脑壳里飞满了无数只蜜蜂。

后来，不知发生了什么事，人们纷纷扭头向身后看，表情愕然。我也跟着扭头，只见先前还在铁窗里捶胸顿足的哑女人已经破门而出，挥舞着羊鞭向人群冲了过来。没人敢阻拦，她已经疯了，而且，一定在嗷嗷大叫，大张的嘴巴一张一合，一张一合。那张狭长的脸因愤怒而变得扭曲，因扭曲而变得更加丑陋。女人飞奔到场院，一记响鞭便将扁脸的对手赶跑，然后抱着弓身侧趴的扁脸呜呜痛哭。

老板脸色骤变，扶起老爷子准备离开，可还是晚了一步，女人已朝老爷子狂奔而来。仓皇失措的人们在奔逃、呐喊。到处是散落的折椅、高脚杯和高跟鞋。我大叫拦住她拦住她，可是根本没有人停下来，唯恐落后。女人已经追上来啦……我嗷的一声，奋力一跃，失去魂魄的躯壳如同离开了枪膛的子弹，向已经抡起了羊鞭的女人射了出去……

周鱼的池塘

那是一个阳光好得无法挑剔的早晨，我被父母的争吵声吵醒。

母亲坐在床沿黯然垂泪，父亲醒来不久，眼角凝结着一朵朵橘黄色的眼屎，浓密的络腮胡还残留着点滴的呕吐物，脸膛上乌黑的煤印子并没有盖住他的不快。他用粗壮的双手反枕在脑后，眼睛一动不动盯着屋顶。

“喝不死你……等她们嫁出去后咱们就分开，我没法想象和一个酒鬼过完下半辈子是怎样一种折磨！”母亲泪水汹涌，口气决绝。

母亲这句话我听过无数遍，我相信父亲也听得耳朵起了茧，一定是不以为然了。一个人天天把一句话挂在嘴边唠叨，谁又会去当真呢。

“走吧，走得越远越好，老子还不稀罕！”父亲有点讥诮的味道。

我对他们日复一日毫无新意的争吵并无兴趣。我爬起来趴在窗户上，看见三姐周鱼扛着铁锨钉耙正要出门，白亮锋利的耙钉在阳光下一闪一闪，几乎刺痛了我的眼睛。我转身嚷了起来：

“看，她又去挖了。”

父亲用手肘在床上探起了身子望了望窗外，含混不清地咕哝了一声，随即又躺了下去。

“你应该去阻止她。……萨拉家给的钱越来越少，再不行人家就得雇别人啦。”

母亲说得没错，昨天萨拉家已经雇了一个黑鬼抓鱼，可这家伙的水性哪里比得上周鱼，腿短脖子粗，潜下去四五回才捞到一条巴掌大的鲶鱼。酷爱吃鲫鱼的萨拉家的老爷子气得拿拐杖笃笃地杵着地皮。

“随她去吧，反正她有的是力气。”父亲咕哝了一句，翻个身又闭眼睡去。

那个大坑已经挖了好一段日子了，谁也不知道周鱼要干什么，倒是母亲给出了一个恶毒的解释：大坑是哑巴周鱼为父亲准备的，父亲随时会有喝趴的可能。母亲每次这样说着的时候，父亲就笑，露出一口白牙。父亲根本没有把母亲的话放在心上，更没有去阻止周鱼，只要她出门捞鱼并给他换来每天的酒钱就足够了，其他的事情由她去吧——一个脑子有问题的哑巴，你还指望她能干些什么更有意义的事情呢。

隔壁屋里大姐和二姐正在为什么东西起了争执，声音一声比一声高。母亲擦干了眼泪，丢下我和父亲赶紧过去解围。

我拎着水壶找到周鱼的时候，她还在灰头土脸地挖，像一只勤快的土拨鼠，吃力地把挖出来的泥土一筐一筐运到很远的山脚下。我不明白周鱼为什么要这样做，难道她要挖一个巨大无比的坑？

“三姐，他们都说你在做一件蠢事。”我盯着周鱼的脸，语气充满了讨好和巴结，我想证实这个坑到底和父亲有没有关系。

周鱼并没有理会我，钉耙抡得老高，一阵金属吃土很深的钝响不断从坑底升起，这种声音在夏日的晌午显得异常沉闷，未及传远便被炽烈的太阳烤化了。……钉耙像是遇到了一点阻力，发出金属与坚石铿然碰撞的声音。周鱼停了下来，摊开满是血泡的手掌，舔了舔干裂的嘴。我为周鱼的轻慢有些生气——当然她对谁都这个样子，傲慢而冷漠——我眯缝起双眼，犹豫要不要把手中水壶给她的时候，周鱼却弓身爬上来拿过水壶咕了个精光。我的目光并没有从周鱼挂满浊汗的脸上移开，我在等待她告诉我答案。周鱼把水壶“哐当”丢在地上，张开细长的双手箍了一个圆，然后交替前伸做了一个划水的动作。

“池塘——”我惊叫了起来。

周鱼不置可否，放弃刚刚挖掘的地方，转身向另一个土质相对松软的方向开挖。

大姐和二姐也来围观了，听我说是挖池塘，她们看上去很是失望。

谁都知道，哑巴周鱼是个不受欢迎的人，除了依靠长臂徒手抓鱼，几乎没有什么出众的地方。令人嫌恶的是这个并不安静的哑巴给人们制造了不少麻烦和恶作剧，人们显然是无计可施。不过话又说回来，谁又会去和一个可恶的哑巴理论？那样非但讨不来正义，反而有失体面，所以在遭受麻烦的时候大多数人选择了容忍。现在，哑巴周鱼要为自己挖一个巨大的池塘，这听起来有点疯狂，但不失为一件好事，因为人们摊上的麻烦事似乎越来越少。

眼下，那个锅形的池塘已经比前些日子大了许多，由于池塘的一头正处于一片山脚下的低洼地，土质相对松软，且靠近河边，池塘里面很快就有水渗了出来。二姐正在为紫色裙子上溅上了一点泥水而大喊大叫。周鱼像是被吵烦了，摆脱了脚下泥水的纠缠，从沟渠边扯了一把草要来替她擦洗，二姐尖叫着跳开。大姐护着自己的碎花裙笑得前仰后合——几个小时前，她还在为没有得到那条紫裙子而心生懊恼。

你是知道的，大姐二姐花样翻新的裙子是那个神秘的布匹商送来的，每年夏秋两季，戴着礼帽的布匹商来得比较勤，最近一次来是一个月前的入夏。那天，布匹商和往常一样，“嘚嘚”地骑着马悠悠而来，“叮铃铃”的铃声洒满一路。他把马拴在房前的枫树上，隔着竹篱和母亲攀谈。母亲脸上始终微笑着，专心倾听客人唠叨他的伤心事。他说他在城里开了爿布料店，原来一直是孩子和妻子在打理，妻子去世了，他不得不放弃悠闲的生活帮助孩子照看生意，当然他也仅仅是骑着马给路远的老主顾送点布料。说完他卸下马背上的布料，像老朋友一样进了房间。二姐嘱咐我给马饮水，吩咐周鱼去割草，随后便和大姐迫不及待地进了屋。

那真是一匹好马，我敢打赌你从来没见过那么漂亮的马，通身白亮，体格健壮，那一双眼透出说不尽的温驯和悠远，最有意思的是脖子上的那一串闪着光泽的铜铃，不时发出细碎的响声，好听极了。我提着半桶水远远地站着，我担心它粗壮的蹄子把我的脑门踢开花。

“它早就把你当作朋友啦，勇敢点小伙子！”布匹商站在窗前双手抱胸微笑地看着我。我壮着胆子把水桶放在马跟前，趁它嗞嗞饮水的当儿，我摸了摸它的后臀，摸出一手的光滑。我有些得意地扭过头，布匹商却离开了窗前正和母亲聊天，大姐和二姐则在一旁挑选布料。布匹商“嘎嘣嘎嘣”地咬着红薯片，笑眯眯地盯着母亲的脸，那样子看上去并不像妻子死了不久的男人。母亲被看得有些不好意思，慌慌张张把一瓶羊奶打翻在地。

在父亲回来之前，母亲非常有礼貌地把布匹商送出了家门。

布匹商每次留下的布料，将大姐二姐点缀成了翩翩蝴蝶，来我们家提亲的人多得踏破了门槛，他们多是本地的伐木工、货车司机、小职员和煤矿的小老板，可母亲一个也没看上眼，她改变了主意，决意要把女儿们嫁到山外去，并将物色人选的事情托付给了布匹商。

“我不能保证你们的酒鬼父亲将来不给你们制造麻烦，这对你们来说不公平，”母亲说，“所以，你们走得越远越好，我们已经受够了。”

这话不知怎么就传到了父亲耳朵里，父亲却不以为然。他从来没想过自己的女人和儿女们会离开自己，这听起来有些荒诞滑稽。他关心的是眼前的事情——矿上那个可恶的工头搜出了他藏在井下的酒，他发誓连瓶盖都未曾拧开，可该死的工头不容分说还是将他撵了出来。丢了工作，酒馆又赊下了许多回酒钱，这实在让人懊恼，他不晓得怎样去和母亲说。当然，这对母亲来说是一件非常不幸的事情。

走投无路的父亲悄悄拿走了母亲藏在房梁吊篮里的钱，父亲这个不够理智的行为累及了我们姐弟几个，也令他的隐情彻底败露。

争吵不可避免地爆发，说是争吵其实很勉强，自始至终都只有母亲一个人的责骂声。母亲的伤心是可想而知的，那些藏起来的钱，她是预留给某个不留情面的债主的，还有那个有意思的布匹商，说不定哪天就会不期而至，虽然说布料是送给我们的，可多少总得给一些钱，否则她真是有些过意不去。现在一切都成了泡影，父亲没了工作，生活将成为令人头疼的问题。

伤心欲绝的母亲带着我去找周鱼，她已经不能容忍哑巴这种不可理喻的行为，父亲丢了工作，必须有人来分担。

“这些没有良心的讨债鬼，就晓得张嘴要吃，不晓得老娘的艰难……这日子怎么过啊！”母亲边走边唠叨。她的怨言越来越多，终日愁云笼罩，总能看见她隔着篱笆泛着眼泪和那些长于嚼舌的女人们诉说自己的不幸，回到家又厉声地叱责着她的牛羊。

“妈，你真的会离开我们么？”穿过阳光斑驳的竹林时，我站住了。

母亲并没有发现我没跟上，她边走边说：“我不知道，你不要问我这些，我已经够难受的了。家里已经吃不上小面，就连萨拉家的几个小钱也得不到啦，债主却是越来越多，可你们的爸爸并不知道这一切。……我得尽快把你的姐姐嫁出去。否则，活着真是一件生不如死的事情。”

周鱼并不在，铁锹钉耙和土筐等散落在坑底。四周很静，烈日下隐约听见地里豆荚炸裂的声音，一声又一声。空气中飘荡着新翻上来的泥土的味儿。我估摸周鱼八成是在竹林里睡着了，那一块浓密的竹林是她歇息补充体力的好地方。

“周——鱼——”

我沙哑的声音像折翅的飞鸟，没飞出多远便前赴后继栽倒了下来，对面远处竹林没有半点动静。

母亲沉着脸从缓坡下到坑底，扛起铁锹钉耙拉着我往回走。在接近竹林时，我看见周鱼悄无声息一阵风似的向池塘边跑去，那不断摆动的双手，使她跑起来像极了长臂猿。

漫长的雨季提前来了，周鱼的池塘还未完工，繁重的家务让她顾此失彼。接连下了几天大雨，池塘蓄满了雨水，岸边还未修好的木船都漂到池塘中心去了，显然是没办法继续再挖了。周鱼只得作罢，她从萨拉家的鱼塘捞来一些鱼苗放入池塘，在岸边栽上塘藕、水葫芦和茭白。她甚至找来了许多木板和石块，在池塘边上搭起了一个小木屋，小木屋门口用篱笆扎起一条长长的甬道，直通竹林那边起伏而来的大路。

每个打池塘边路过的人，无不为哑巴“荒唐而不寻常的作品”而惊讶。有许多人不禁喜欢上了这个幽静的所在，可以想象，来年春天的时候会是怎样一番景象。

趁周鱼去为萨拉家捕鱼的空隙，母亲和父亲一同去看过那个池塘。他们站在黄昏的甬道上，打量着斜阳下金色的池塘，长时间没有说话。父亲提出要进小木屋看看，母亲返身走了，她嫌里面阴暗潮湿。

这一天，周鱼扛起了自己的铺盖和简单的衣物朝池塘方向走去，没有人知道她将要干什么，她总是做出一些令人瞠目结舌的事情。我跑去告诉母亲。母亲捅着腰眼从羊群中直起了腰身，看着周鱼瘦小的身子渐渐隐入池塘边的竹林：“让她去吧，少了一口最好，家里没有多余的粮。”

父亲和母亲爆发了一次最为激烈的争吵——父亲怀疑是母亲赶走了周鱼。母亲反过来指责父亲过分溺爱哑巴。父亲气咻咻地去了小木屋，没过多久依然是一个人回来，父亲说她“执拗得像一头小母牛”。

不幸的事情像眼下冰冷的秋雨没完没了，布匹商却在这样的鬼天气来到了我们家，他高声叫着母亲的名字，然后把马系在枫树上径直进了屋，连马背上的布料都未来得及卸下。突然来了尊贵的客人，母亲慌了手脚，吩咐我去把大姐二姐寻回来，我并不情愿，怏怏而去。待我转回来时，却在路上碰见神色慌张的母亲，她说门前的白马丢了。……这是一件很蹊跷的事情，我离开半个时辰不到，马就没了踪影，湿冷的地面上连蹄印子都没找到，布料却挂在树上。

布匹商只有自认倒霉而没有选择报警，这只会给自己带来更多的麻烦，他只是希望赶在父亲回来之前赶紧离开这个是非之地。他看上去并不是很沮丧，或许从母亲那儿得到了意外的东西，他轻松地和母亲告别。母亲一直在道歉，她甚至拿来她背着父亲藏了很久的一坛老酒给了客人，也许这样做她才会好受一些。

霉运似乎随着漫长的雨季而结束，这个阳光久违了的日子，母亲收到了两笔彩礼。中秋后不久，大姐和二姐就嫁往山外去了。布匹商介绍的两位外地人年纪虽然大了一点，但家境却是殷实。大姐二姐的婚事父亲一直是反对的，但女人们的坚持让他感到自己的处境似乎有些不妙。

你是知道的，大姐二姐出嫁前的那段日子是我们姐弟几个最快乐的时光，即将出阁的大姐二姐突然对家里人好了起来，她们给我买来了变形金刚和铁皮青蛙，给父母分别买了冬衣和烧酒，这是我们一直想要的东西。她们还破天荒地把之前穿过的裙子给了周鱼。可周鱼并不领情，我想周鱼拒绝得有道理，因为你没法想象，那色彩艳丽的裙子穿在瘦小的周鱼身上会是怎样一种滑稽的模样。

中秋的晚上，周鱼不肯过来和我们团聚，大姐建议去塘边赏月，母亲破例同意了这个看似有些浪漫的提议。明月升起来的时候，我们将果品移到船上，一桨一桨向池塘中心划去。大家的心情看起来都不错，母亲始终微笑着，大姐二姐谈论起相亲的趣事，高高低低的声音被晚风送出去很远，说到关键处，忍不住笑得微波荡漾。远处，一两声短促的泼剌，漂在水面的月亮碎了又圆，圆了又碎。父亲则靠在船头独自咂酒，倒映在水面上的身影有些模糊潦草——自从丢了工作后，父亲变得颓废了许多，内心似乎藏着许多不为人知的苦闷。谁也没去留意父亲这些糟糕的变化，更懒得去多想。

……

在一个微雪的早晨，母亲带着我离开了家，除了一缸酒和一张字条，母亲没有再给父亲留下任何东西。……你说得对，那个出门习惯戴礼帽的布匹商成为了我的继父，我和母亲从此过上了无忧的幸福生活，我的两个姐姐也离我们不远，她们时常过来和我们团聚，其乐融融的情景让人觉得一切都很圆满。我深知这种生活来之不易，不敢做半点忤逆母亲意愿的事情，虽然在大街上遇见某个蓄着络腮胡的醉鬼就会想起父亲的模样，但那稍纵即逝的闪念，并不影响我一天的好心情。

时间如水一般向前缓缓流淌，二十年过去了，我已为人父，一些内心的东西在悄悄地发生变化——我想回去看看，只是看看，内心谈不上有多想念。

并没有费多大周折我就到了，出人意料的是房屋已成葳蕤的野草所覆盖的断壁残垣。我哑然了，心底有东西轰然坍塌。我忘了家乡几年前曾遭遇过一场地震，其时我还为父亲和周鱼真切担心过，可后来……后来接踵而来的麻烦事把心底的担心冲得一干二净。我满怀懊恼和羞愧，无颜向邻居打听这满眼荒芜背后曾经惊心动魄的一幕。

离开前，我决定去看看那个池塘。

完全不是原来的样子。婷婷的荷叶摇曳的茭白以及四周深翠的树木将池塘托出一派生机盎然的景致，金色的水面，有鸭子在嬉戏。通往小木屋的甬道上苔藓点点，一种若有若无的酒味被风送了过来。……我的心“怦怦怦”剧烈地跳动起来，在甬道上几欲止步。

一个佝偻着身子脸庞消瘦的老人，正靠在窗户边的阳光下小口小口地咂着酒，老人哆嗦的手看起来不是很灵便，稀疏枯槁的胡须上悬着几滴闪着光芒的酒液，阳光中有微尘在轻舞。我颤声叫了一句父亲，父亲缓缓抬起头，并不感到意外，一句淡淡的“回来啦！”便没有再吭声，仿佛是刚刚出门的儿子回来了。

我在山中木屋住了七天，这七天和父亲并没有多少语言交流，晚上父亲挨上床板就鼾声骤起，我却在纷纷扬扬的蛙声中无法入睡。白天，父亲不断地给我准备丰盛的饭食。他用颤巍的手教我在池塘边用网兜捕鱼，用蚯蚓钓黄鳝，教我割茭白挖莲藕，最有趣的是晚上捉青蛙，那些潜伏在池塘边的青蛙，被手电筒照见了呆呆地束手被擒。这是一段短暂而美好的时光，我没料到在出走二十年之久后我和父亲还能找到这样一种简单的快乐，这些日子里我们都没有提到母亲，就像和母亲在一起我们都从未提及父亲。在享受池塘馈赠的那几天，我也断断续续从父亲口中了解了一些他们过去的生活。

其实我已隐约猜到了，父亲在我们走后也搬进了小木屋，为此他们在突如其来的地震中幸运地逃过了一劫，这似乎暗合了某种不可捉摸的命运。哑巴周鱼侍奉着孤苦的父亲，日子并没有人们担心的那样艰难——四季变幻的池塘就像一个取之不竭的聚宝盆，足够他们维持生计。

变故发生在我们离家后的第十七年，习惯了被人照料的父亲看着临水梳头的周鱼，忽然觉得应该给她说一桩亲事。父亲想到这一点的时候，周鱼已近中年，两鬓已现白发。父亲为自己的自私和疏忽而愧疚，他说他“永远无法原谅自己”。周鱼并不配合，父亲拿她一点办法也没有，也许是父亲旷日持久的痛苦和内疚令她感到不安，周鱼最终还是答应见了几个男人，这些男人多是本地的鳏夫，他们无一例外被周鱼一脚一脚踹进池塘，望着呛水扑腾的男人，周鱼摇摇头扬长而去。

这种恶作剧式的相亲方式令人避之不及，也令父亲大为恼火。

在父亲准备物色新的人选之际，我的三姐周鱼莫名其妙地失踪了。周鱼的失踪几乎击垮了父亲，他形容枯槁，整日酗酒夜归，不止一次醉酒跌落池塘，奇怪的是每次都是有惊无险——父亲每件衣裤的内侧早已被周鱼缝补了大块的漂浮泡沫物。

三姐周鱼去了哪里，至今还是未解开的谜。比较一致的说法是失足掉进了鱼塘，可这是一种毫无依据的猜测，并无目击者，再者周鱼水性那么好……除非是沉塘自杀——她是如此喜欢这个池塘。想到这种可能，我禁不住浑身战栗起来。

我希望有个结果，让三姐入土为安。父亲并不支持，他说他在等，在他看来周鱼只是和家人一样出了趟远门，或者根本没走远就藏匿在附近，说不准哪天就会和我一样突然出现在他面前。

离开父亲返城前，我雇来了几个人和一台抽水机。天气再好不过，抽水机突突的马达声打破了池塘惯有的宁静，匍匐在草丛、睡莲上的青蛙纷纷钻入水中，模糊了水面上的天光云影。池塘边挤满了看热闹的人，人们表情轻松地历数水底下的亡人曾带给他们的种种麻烦，也有一些上了年纪的人叹息着起了怜悯之心，他们追根溯源，将这一切不幸归咎于酒鬼父亲：若不是醉了的父亲将刚出生的只有鲤鱼般大小的周鱼抱起来，若不是好动的周鱼从父亲怀中滑落，周鱼何至于会落得眼下这般境地。

我的父亲没有走出他的小木屋，我看见老人佝偻的身影不断地在窗前晃过。

塘底的水一圈一圈瘦下去。在一阵短促的惊叫声中，人们先是看到几根类似肋骨的骨头顶着零星的水草慢慢露出水面，我心里痛了一下，绝望地闭上眼——耳旁继而响起一阵轻慢的喧哗——我睁开眼，分明看见一具硕大的马骨骼，一半陷在淤泥里，一半向上裸露着，马头那黑洞洞的眼窟窿，填满了惊恐和绝望。

车过蒲寮

上路后，女人一直盯着窗外，一声不吭。外面并没有什么好看的，没完没了的山和树，不时闪过被雨淋湿的灰不秃噜的村庄和收割后芜杂的田野。偶尔，有那么一两只胆大的野兔黄鼠狼箭一般横穿过马路，消失在山林中。

大雨渐零落，雨刮器摆动幅度小了一些，发出的单调干涩的声音，依然令人难以忍受。

男人很想表现得大度一点，打破这该死的僵持。

“讲一个？”男人调整了一下坐姿，打着哈欠。

女人没有理会，这种氛围下讲笑话，多少，有点不合时宜。

男人懊恼，出发前不该带女人去吃面，可他的腿已经习惯了往面馆拐。货场那家山西面馆受欢迎，不仅因为面好，分量足，更为重要的是老板娘长得撩人。跑货的司机什么样的女人没见过？但一本正经里面透着骚劲的女人却是少见。填着肚子，开些半荤半素的玩笑，是最好不过的调料。女人在男人们嬉笑中默然吃着，结账，女人居然提出抹掉两块零头，理由是面太辣了，没吃上几口。女人说这话的时候，声音有些冲，有些毫无来由的不满。老板娘接过女人的钱，上下打量了一眼女人，又瞟了一眼男人。这一眼，让男人好生羞愧，出了门，就火了，火火地火了。

男人从方向盘上腾出手拿烟，烟盒却空瘪。这阵子，女人不声不响藏匿了他不少烟，他心里清楚得很，也不想去说破。他旋开音乐——解乏的法子永远是抽烟、讲笑话、听歌——秋裤大叔沧桑沙哑的声音顷刻灌满了驾驶楼，将滞涩的雨刮器声以及汽车轰鸣声掩盖。他最近喜欢上了这个满脸委屈的男人，唱出了中年男人的辛酸和无奈。

女人摇下一点车窗，灌进来的冷风迅速将驾驶楼残留的烟味荡远。

“能换一首么？”女人说，脸依然侧望向窗外。

“你自己点吧。”他说。

这是他们上路后的第一句对话。女人收回目光，侧身，胡乱摁了一首。里面的歌不多，周华健、刘德华、杨钰莹、汪峰……七十年代的老歌居多。其实在路上他也很少听，尤其是一个人跑货，困了就抽烟，一根接一根，好这一口。

山里的路不好走，飘着雨，车速并不是很快，一晃一晃，颠得厉害。若不是节省一点高速公路过路费，他才不会选择这条见鬼的国道。不过过了蒲寮，上了高速，也就快了。

“‘小虎’——没事吧？”女人扭头望向车后窗。其实什么也看不见，玻璃窗爬满了脏兮兮的水渍。

“它是条狗。”男人说。

“跑完这趟你回去吧。”男人像是下定了决心。

“嫌我碍事？”女人“嗤”的一声，嘴角悬着一丝冷笑。

“你什么意思？”男人刚刚好受的心情又变得烦躁起来。

女人张嘴，却又忍下了，外面路况并不好。

“净给我添堵。”男人嘟囔了一句，脚下跟着用力，货车轰然向前。拐过一段“Z”形弯路，上了一个坡，又下了一个坡，路边闪出一块湿漉漉的路标，显示前方是蒲寮——后边那个字怎么念，他不敢确定，反正，这地方不陌生，跑过好几回——路两边有了人烟的迹象，雨雾竹林中不时闪现灰黑的屋瓦和静默的檐角。女人翻了一会儿手机，把窗户摇上，掐了音乐，闭了眼，歪在椅子上补觉——昨夜在货场的小旅馆，男人将她折腾得整宿失眠。

……一声沉闷的撞击声把女人从睡梦中捞了回来，剧烈的踉跄过后，车子尖叫着刹住。女人悚然惊醒，不知道发生了什么事，恍恍然跟着男人下车。车后十来米处，几只被碾压成肉饼的山羊贴在路面上，压爆的眼珠突出眼眶，面目可怖，内脏模糊了一地，血水混合着雨水恣意横流。路边，还有两只折了腿的，眼里注满了痛苦和恐惧，试图爬向路基的草丛。男人有些沮丧，四下张望后，随即命令女人上车。女人看了看地上剧烈抽搐的羊，捂了嘴，手足无措。

“杵着干啥，走！”男人边走边回头喊。

“不管了？”

“咋管？”

“有两只——”

“少给我惹事。”

“我是说……”

“够了。我们已经够倒霉了。”男人烦透了，他必须让女人马上闭嘴。

“你就不怕……”女人表情有点怪异，爬上车，似乎不想往下说，但最终，还是从牙缝里挤出俩字，“报应？”

这俩字把男人彻底给浇火了，他黑下脸想发作，却见水箱表亮起了红灯。他瞪着女人，蹦出一句粗，迅速将车驶离现场。走出去很远，男人才下车查看，水箱居然快干锅。出发的时候光顾着和女人怄气，竟然忘记检查水箱。他爬上驾驶楼拽出水桶，四下望望，然后朝不远的一处低矮的灰砖房走去。很快，他又回来了，看他提桶走路的样子，就知道是空手而归。

“什么人！”男人将水桶“咣当”扔下，踢了一脚水箱。

女人僵了一阵，捏了几个桃下车，提起铁桶朝灰房子走去。

屋里光线不好，零乱的杂物在暗中静默，檐下的竹竿上挑着几件还在滴水的衣服。女人喊了几声，久无应答，于是将桃搁在檐下木凳上。女人刚转身，却见屋角突然闪出一个怀抱柴火面容黑且瘦的妇人，细小的雨珠挂在发梢上，闪着明亮的光泽。

“车子没水了。”女人尽可能使自己的笑容看上去充满善意。

“那是你男人吧，”妇人把湿漉漉的柴火放在屋檐下，“火气不小。”

女人朝公路上的货车望了一眼，男人正弯腰给铁笼里的“小虎”喂食。一天没吃，那家伙肯定饿坏了。

妇人向后捋了捋缀满水珠的头发，抬手指了指。女人顺着她手指的方向发现羊圈旁有一口锈迹斑驳的压水井。女人走过去，却怎么也压不上水——活塞似乎松了。妇人过来，三下两下，很轻易地就将水压出。

女人绕着纷乱的积有雨水的羊蹄印及散落的羊粪球，来回三趟才勉强将水箱填满。男人也不搭手，倚在车头一边抽烟一边懒懒地往这边看，天知道他是怎么找到那些被藏匿的烟。

再次上路，天已擦黑。前面就是高速公路蒲寮入口，男人打算在前面的饭店打尖歇脚，明天一早赶路。

“这样的事情，摊上就是大麻烦。”男人惦记被窝里的那点事，试图安抚女人。

“你看见么，井边的羊圈，门敞着，空落落。”女人幽幽地说。

“……怎么可能。”

“出事后一路过来，只发现她那点房子。”

“路上跑货，难免意外。”男人尽量使自己看上去不那么恼怒。

“……那两只折了腿的羊，我们应该做些什么。”

“你能。”男人压住火气说出这两个字的时候，依稀看见远处饭店昏黄的灯光。

饭店就蹲在路旁，像一只不怀好意的巨大的黑兽。这样的路边店，多是民房，一楼吃饭二楼住宿，招徕的是外地司机的生意。一块写有“吃饭，睡觉”的木板歪在院门前，黄灯冷雨里，这几个蹩脚而潦草的字，倒让人心里莫名暖和起来。

院门半开着，光滑的铁环泛着清冷幽寂的光。迟迟不见人出来，男人摁了一气喇叭。二楼的窗户应声推开，伸出一个肥硕的光头，怒骂：“娘那个 ×，号丧啊。”未等男人探身回骂，窗户便“砰”地关上，紧接着，从屋里颠颠地跑出来一个干瘦的老头，赔着笑脸道：“师傅，莫急，莫急，吃饭睡觉，独这两件事急不得哟。”说着，打着手势引导男人将车移进遍地泥泞的院子。

屋里比外面暖和多了，男人跺掉脚上的泥，准备先登记住宿。柜台里面没有人，老头朝楼上“阿雅阿雅”地喊。只听得楼上一片纷乱的麻将声，并不见人下来。“要不，二位先吃吧。”老头递过来一张布满油渍的菜单。男人简单点了几样菜，要了一瓶二锅头。

饭菜倒很快就上来，男人胃口好，中午就啃了半个馒头，早饿了。女人还没从刚才的情绪里转出来，索然地扒了几口饭菜。男人很想再叨上几句，但转念又觉得不能继续讨论这个话题，纯粹是个陷阱。

楼上的麻将洗牌声愈发地响亮，女人放下碗筷，不断地朝上面张望。正在上菜的老头赔着小心说："几个玩牌的朋友，很快就会结束的。"说完，噔噔噔上楼，站在一楼至二楼的楼梯间大声喊那个叫阿雅的女人把客人的房门带上。话落，哗啦哗啦、哗啦哗啦的洗牌声退潮一般远去。

吃完饭，老头给男人办理登记手续，女人则将桌上的残羹剩饭用一个盆装了，朝货车走去。老头不解，目光追着女人。

"一条狗。"男人点上烟。

"最好让它在笼子里老实呆着。"老头似乎有些担心。

"它一直很听话，也很友好。"

"哪怕是面对油耗子？"老头笑起来。

"那不一样，即使在笼子里，也会令人感到胆寒。"

拿了钥匙，他们一前一后上楼。迎面一个女人捂了嘴，急促下楼，似乎就要吐了。他们下意识地把身子贴在墙壁上避让，一阵香水及烟酒的混合味拂过男人的鼻翼，他游移的目光迅速落在女人丰腴的臀上。如果没猜错的话，这女人就是阿雅。

经过 208 房，女人从虚掩的门缝里往里瞄了一眼，并不能看清什么，烟雾弥漫中，浮动着几个虚幻的身影。

他们的 216 房，在走廊的最深处，虽然和 208 房隔了好几间，但关上门，外面的喧闹依然响亮。男人想换间房，转念又作罢。就这么几间房，换哪都一样。而且，站在 216 房窗前，可以照看院内的货车。

下水道居然坏了，马桶缠了黄胶带。他想起老头在他们办完入住手续后，狡黠地提起过院子里的厕所。

“还是回车里吧……心里踏实。”女人犹豫。

“烧得？”男人瞪了女人一眼，把自己放倒在床上舒展身子骨。催促女人先去洗洗，他要让今夜的一百二十块钱花得够值。

女人不敢违拗，磨磨蹭蹭洗漱完出来，男人却佝在床上，鼾声如雷。

……从来没有见过这么辽阔的海，一眼望不到尽头。男人在哗啦哗啦的海浪中尽情凫水、撒欢，他好久没这么畅快过，感觉真是妙极了。女人穿比基尼的样子真是好看，男人抱着不敢下水的女人向深水处游去，女人吓得抱紧他大呼小叫。男人开心极了，可就在某一瞬间，他像突然失去了游泳的本领，手脚完全不听指挥，一切的努力都是徒劳，他们呼叫着、扑腾着，渐渐向无意识状态滑下去……

挣扎着醒来，男人意外发现自己手脚被捆，货车上的尼龙绳，勒得腿脚生疼。男人迷迷瞪瞪，分不清到底是梦境还是现实。咬了咬舌，疼。

他大声喊叫。卫生间传来女人“呜呜”的回应。

“你还好吗？”他冲里边喊。

里边发出更为急切的“呜呜”声。男人一骨碌翻下床，双膝跪着向卫生间“走”去。他看见了，女人被反绑在水管上，口中塞满毛巾，如若不是开着暖气，女人这会儿肯定冻僵。男人艰难地移到女人身边，跪着，示意女人低头，几经努力，他咬住了女人嘴里的毛巾。

“他们……半夜……把我从车上绑下来。”女人大口喘气。

“他们是谁？想干什么？”

女人摇头，惊魂未定。

屋外响起哗啦哗啦的洗牌声，男人想起昨夜梦里的海浪声。一定是那伙人干的，他们究竟想干什么？把人绑了，却还在悠闲地斗牌。

“没把你怎样吧？”

女人又是摇头，眼泪都要下来了。

男人搞不懂，放着舒舒服服的床不睡，却偏要在车上蜷着受罪。他似乎又想到什么，用背部蹭着墙壁，一点一点地站了起来，然后僵尸一般“咚咚咚”地向窗口蹦去。老天保佑，车还在，货物安然无恙。车边散着泥泞的脚印，昨夜女人被他们从车上绑到房间时，一定发生过拉扯，可他居然一丁点都没察觉。“小虎”呢？这么大个事它怎么都没半点动静。那畜生也许和他一样睡得死，对昨夜发生的危险，浑然不觉。

门突然开了，老头领着一个板寸头的汉子进来。男人本能地向后退步。

“到哪里？”“板寸”扫视了一眼屋内，一副审讯犯人的口气。

“深圳观澜。”男人如实回答，在没搞清楚他们的意图前，他不打算和对方发生冲突。

“什么货？”

“桃。”后边的老头抢了一句。

“板寸”把眼一瞪，老头赶紧缩了回去。

“老实待着，否则有你好受。”“板寸”说完往门口走，回头丢下一句，“解了。”

老头给他松绑的当儿，男人总算闹明白了咋回事。昨夜进院门的那几声喇叭，把屋里打牌的几个家伙给惊着了，其中一个快要输光了的瘦子，哆嗦间居然出错了牌，输掉了仅剩的几张票子。输光了钱的瘦子为了使赌局继续下去，打起了院里货车的主意，当即将货物估价，每人均占一份，最后输掉的那位出手把货物扣下变现。

男人气冲冲摸手机要报警。老头冷冷地说甭找了，手机、车钥匙、身份证，早给收了。政府要是管得了，天下早太平啰。

“连车带货，可是我一家老小的性命。”男人气急。

“稍安勿躁，就一游戏。”

“游戏？”

“对，游戏。你们不是第一个，也不是最后一个。运气好的话，你可以毫发无伤地走人。”

“我们耗不起，晚到一天就得赔。”

“我也是受害者，收不上房钱不说，还贴上好酒好菜。”老头的语气明显不满，“我巴不得把这伙瘟神送走。”

“都是些什么人？”

“附近村上的无业游民，城里混不下去，回来了。”

老头开门离开的一刻，喧闹犹如开闸泄洪的水灌进来。

女人揉着发红的手腕坐在床沿啜泣。男人“嚯”地起身出门，女人连忙跟了出来，被男人铁着脸喝住。在怒冲冲走向208房的过程中，男人的脚步慢了下来，他似乎改变了主意，或者说在那一瞬间丧失了冲动和勇气。经过那扇虚掩的房门，他的脚步并没有停下来，仅仅是朝屋内匆匆一瞥。他看见几个面目不清的男人浮在烟雾中吆五喝六，麻将拍得山响。

男人低头拐下楼，柜台前那个叫阿雅的女子正在对镜补妆。来一包芙蓉王，男人说，声音有点阴冷。女子眉眼没抬，丢过一包芙蓉王。男人并没有拿烟，他捏了捏手中的几张钞票说，来一条吧。对方眼角向上挑了挑，睨了男人一眼。再来点饮料，王老吉、果汁，还有啤酒，都来点。女子照办，把东西窸窸窣窣用塑料袋装好。男人递过两张老人头说，帮个忙，给楼上打牌的那间送去。女子怔了怔，嘴角迅即掠过一丝魅笑，怎么谢我？男人勉强也笑了笑，不用找零了。女人拎起烟和饮料，穿着拖鞋扭着腰肢踢踏踢踏地上楼。不多时，又扭着腰肢踢踏踢踏地下来了。搁那儿了。女子说，领不领情我不知道。男人点了点头，在柜台前木了一会儿，看着女子抿了抿红唇，将口红旋上盖。

男人推开门，一阵寒风顿时卷进来。外面不知何时又下起了雨，屋檐滴滴答答。男人呱唧呱唧踏着泥泞往车边走去，车门紧锁，他试着拉了拉，没用。雨水溅进了铁笼，“小虎”支棱着湿漉漉的黑毛显得有些躁动不安。男人爱怜地摸了摸它的头，然后从车底下解下一块油布，盖在铁笼上。做完这一切，男人低头返回屋内。

那个叫阿雅的女子已经离开了，柜台上搁着一把银色的扳手，该是哪个粗心的司机落下的。男人想打听打听楼上的牌局，他靠在柜台前等了一会儿，久不见人过来，倒是有厨师模样的人以为他是新到的客人，从那边走过来询问。男人又等了一会儿，离开的时候，很自然地把那支明晃晃的扳手隐在袖里。

女人一直坐在窗前，守着院里的十二轮货车。

“跑不掉。”男人重重地把自己抛在床上。

“得想点法子，不能干等。”女人忧心忡忡。

“没什么大不了。”男人口气轻松，像在说一件与自己无关的事情。

“找他们好好说道说道？”

“大不了拼命！”

女人看着男人翻过身留给他的脊背，心里发虚。这显然是她不想要的结果，当然事情也不会走到那一步，不值当。

除了耐心等待，似乎什么都不能做。

“他们出来了。”女人急切地说。

男人抢到窗前。院子里，一胖一瘦两人正拉着裤链向西北角的厕所走去。胖子正是昨夜推窗骂人的那位，并不是光头，而是留着郭德纲式的发茬，腿脚看上去不是那么灵便，一高一低，显然是个伤了腿的瘸子。瘦子穿着皮衣，下颌尖突，还蓄着一丛山羊胡，应就是输钱的那位。

“是他们？”

女人点头。

瘦子矮身钻进厕所的那一刻，男人似乎发现了异样——那只一直下垂的左手臂看上去更像是一截有气无力的袖管。

“两个废人。”男人笑着说了一句，声音羽毛一般。

“你说什么？”女人从男人的脸上看出了不屑。

“两个废人。”男人笑着又说了一句。

208 房嘈杂依然如故，除了板寸头，屋内至少还有另外一个人，这个人他们都没见过。男人返身把门敞开，试图捕捉到对面屋里的信息。

上厕所的两人很快都出来了，瘦子边走边艰难地用右手系着裤带——男人更加坚定了自己的判断。他们站在货车边点烟，胖子觉察到了笼子里的动静，伸出手欲揭开笼子上的油布，一声汹汹的狗叫吓得他一屁股坐在泥地里。

“狗日的惹事了。”男人攥着拳头骂了一句。

胖子恼羞成怒，爬起来抢过瘦子找来的晾衣竿，朝铁笼一阵乱捅。笼里的“小虎”毫不示弱，呲着利齿死死咬住了晾衣竿，胖子进退不得，只得撒手，悻悻地和瘦子回屋。

“‘小虎’好样的。”女人说。

男人翻了女人一眼。

中午，老头给他们端来了两份盒饭。说是 208 屋给送的，抽了男人的烟喝了男人的饮料，怪过意不去。老头说话的当儿女人看着男人，把男人看得有些不好意思。男人搞不明白他们这是在闹哪一出，坚持要老头端回去，老头不高兴了，搁桌上走人。男人不敢吃，示意女人泡面。

一天过去，没有任何结果。那一车货，在 208 房的牌桌上不断地易主，目前胖子是赢家，瘦子的那一份，几乎又要输光。这是男人今天得到的唯一有效消息。

夜里，男人抱着女人，无法入睡。

“讲一个？”男人知道女人也没睡。

“说，一头公鹿在路上越跑越快，最后……变成了啥？”

“能变成啥，公鹿呗。”

“再想想。”

“别卖关子了。”男人不耐烦。

“讲出来就不好笑，得想。”

男人想：“小虎”得罪了胖子，事情会变得更加糟糕，明天要不要去找他们呢？

“高——速——公——路。”女人一字一顿。

男人愣了愣，暗夜中瞬间却又笑起来。

“操。”男人说，“高速公路原来就一畜生，坑人的畜生。”

“那四个家伙在屋子里打麻将，警察来了，却带走了五个人，为啥？”

万一动手，胖子和瘦子不会成为麻烦，但另外两个人肯定不好对付。男人想。

“因为被打的人叫‘麻将’。”

“麻将，警察，屄包。”男人狠狠地骂了一句。

一早，女人被饿醒了，男人正蹲在床角，将那几股绳子拧成结。那尼龙绳，黑不溜秋，手指头粗，被汗水滋养得失去了本来的颜色。她不知道男人要干什么，看男人那股狠劲，心里生出说不出的忐忑。

雨不知何时停歇了，要放晴的样子，刮干风，依然阴冷。对面搓牌声也歇了。

“该不是走了吧？”女人问。

男人鼻子哼了一声，沉着脸摇摇头。

"'小虎'该是饿了，我去看看。"男人推门下楼去了。

人都还没吃呢。女人想，昨夜只吃了半桶面，早已饥肠辘辘。可男人不会想到这些，"小虎"比她重要，路上捡来的流浪狗，跟他有好几年了。女人没跟车前，"小虎"是他的伴，吃住和他都在驾驶楼。后来女人来了，男人才在车厢下靠近油箱的地方焊了一个铁笼，作为"小虎"栖身的地方，同时看车防油耗子。

男人端着盆往货车走去，里面是什么呢？肉，或者骨头？女人看不清楚，那些东西被男人塞进铁笼，"小虎"看上去吃得挺欢。男人将"小虎"抱了出来，半蹲着，摩挲着"小虎"被风吹翻的黑毛。"小虎"摇着尾巴，亲昵地用舌头舔着主人的手。女人不知道男人要干什么，这种时候，他还有心思逗乐。但就在那一瞬间，她的心悚然一惊，蹲在地上的男人，裤腰下露出半截绳头，正是下楼前打好了圆形结的麻绳。女人张大嘴，她转身出门，在通过走廊奔向楼梯口的当儿，她已经听到了"嗷嗷"的狗叫声。

那一幕令女人感到恐惧，"小虎"吊在卡车铁钩上，呲牙嗷叫。男人疯了一般双手死死地拽住绳索。屋里的老头和伙计听见动静颠颠地跑出来。二楼，那伙人也出现在窗前，嘴里叼着烟卷，饶有趣味地看着楼下的一切。"小虎"没有被立即吊死，它悬在半空垂死挣扎，它居然时不时抓住苫布得以喘上一口气。那苫布很快被撕破，露出里面印有猕猴桃图案的黄色纸箱。这显然出乎男人的意料，他有些急慌了，狠命拽绳。楼上的那伙看客不耐烦了。

"喂，行不行啊？"胖子在起哄。

"狗都弄不死，还装啥逼。"瘦子的声音。

老头从屋里找来一根木棍，递给男人。男人让老头拽住绳子，自己举起木棍狠砸，那狗惨叫着咬住了绳，对着木棍猛呲牙。楼上响起一阵嘘声。男人有些气急败坏，丢下木棍，阴着脸，径直往厨房走去，出来时，男人手里多了一把菜刀。他这是要干什么呢，难道他要像杀猪一般给狗放血？这真有趣。楼上有人打起呼哨，他们倒要看看这个衰人怎么弄死这条狗。

狗被放了下来，离地两尺吊着。男人提着刀走过去，狗咬住绳，看着疯了一般的男人，眼神里填满了绝望。男人将油布盖在狗头上，抡起菜刀，一声沉闷的声响，狗脑被炸开了花，红色狗血白色的脑浆迸射而出，溅了男人一脚。楼上的笑声戛然而止，胖子拍着巴掌叫好。“上桌吧。”输了牌的瘦子催促。于是都离开窗前，不再理会楼下呆若木鸡的男人。

那伙人在208房划拳猜酒吃狗肉，香味从房间里窜出来，弥漫了整个楼道。女人抹着红肿的眼，关上门窗，将喧哗及狗肉味儿阻隔在门外。但一切都是徒劳，狗肉香依然丝丝缕缕钻进他们的鼻孔。男人双手枕着后脑勺躺在床上，目光虚空地望向满是水渍的天花板，男人眼里，那股令女人害怕的凶狠已荡然无存。在这之前，他们有过争吵，准确来说，是女人一直在责备男人。现在，他们都安静了下来，但女人脸上的鄙夷和失望并未褪去。男人就那样躺着，不管女人说什么，始终沉默。

有人敲门，老头站在门外。

“他们……要你过去一趟。”老头说。

“做什么？”男人抢过来问。

“不知道，”老人指着女人道，“要她去。”

女人的身子不由晃了一下，又定住了。

“我去吧。”男人说，随后将一把银晃晃的东西塞进裤兜。

“还是我去。”女人还在赌气。

“这样并不好。”男人说。

女人像是下定了决心，边说边往门口走。男人没有跟上来，男人站在门口，看着女人消瘦的身影拐进了斜对面的208房。不多时，女人脸色煞白，端了一个巴掌大的碟子出来了。未待进门，便触电般将碟子扔下，捂了嘴冲进厕所干吐。碟中，两个黑色弹珠一般的东西滚落，水晶般的黑色球状体，似乎还残留着一丝未来得及褪尽的惊恐和绝望。

男人的心猛地一阵痉挛。

男人彻底愤怒了，男人的愤怒抵消了女人的一点怨恨，她感到莫名其妙好受了一些。

“我去找他们。”男人的声音压抑着颤抖。

女人没有回应，她内心是矛盾的，直到男人亮出一把明晃晃的扳手，女人才提醒：

“他们有刀。”

男人愣了愣，颓然坐下，塌塌的，就像被大雨淋垮了的一堵泥墙。女人心里跟着一声叹，心里有什么东西在一点点垮塌。

男人就着一包多味花生，沽了不少酒。女人也不劝，冷冷地看。

夜里，又下起了雨，雨水寂寞地敲打着窗户。已经第三天，不能再耗下去了，男人下定决心，明天一早去找他们。想到明天可能会出现的结果，男人竟然有些悲壮，他翻了个身，抱着女人，很想借着酒劲和女人来一次，可下面不得劲，女人也不配合，给了他一个冰冷的脊背。

未及天亮，男人悄无声息爬起来，外面的搓牌声歇了，无休止的喧闹后是一种可怕的寂静。他走到窗前，黑黢黢的院里，大货车犹如泊在码头的大船，阒静无声。他边摸索着往外走边用手摸了摸口袋里的扳手，一股铁器惯有的冰冷由指肚瞬间传遍全身，他裹紧衣服，让冰冷的铁器尽可能贴近身体，在暗中站了一会儿，自认为铁器有了体温并变得温热起来后，他

“嚯”地拉开了房门。

过道里灯光昏暗，208 房没有半点动静，惨白的灯光经由敞开的门投在过道及墙壁上。男人迅速做出预判：一、那伙人熬不住了，累了睡了；二、那伙人在深夜已经离开，游戏已经结束。第二种情况的几率几乎为零，男人将扳手隐在衣袖中，拖着沉重的双腿艰难地向前走去，犹如走向安静得令人悚然的坟墓，抑或是潜伏着死亡血腥的战场。他仿佛闻到了黏稠的血腥味。他知道，女人就站在身后，他不能停下来。

208 房人去房空，一片狼藉。

茶几上散落着酒瓶、狗骨头、烟头、果壳、纸屑及残渣剩菜。桌上是一副未打完的牌，看样子这伙人走得匆忙。窗台上，他发现了自己的车钥匙、手机及身份证驾驶证等物件，男人快步上前把东西揣在衣兜里，顾不上多想转身出门，不料差点和正欲进门的老头撞个满怀。

“赶紧走吧，”老头挥手说，“算你们好运。”

男人木然。

“瘦子家的羊丢了，他女人不敢声张，昨天夜里才来电话。”

男人黧黑的脸皮跳了跳，低头出门。

女人站在门口张望，折叠的身影一半贴在地上，一半贴在墙上。男人脚步轻快，迎着女人匆匆走过去。

很快，在 208 房收拾的老头听见了脚步急促下楼的声音，仿佛被人追着，继而是汽车发动的声音。他探出身，看见滞留了三天两夜的大货车轰然驶出院门，留下两道黄泥车辙后，直奔蒲寮通往高速公路的匝道口。那车一定开得非常快，鬼火一般的尾灯不一会儿便消失在天际线黑夜和晨曦交替的那一片短暂的寂静里。

老头转身离开，猛然发现了窗台上躺着一把银色的扳手，微亮的晨光中，它大张着凶猛的嘴，通体发出幽暗清冷的寒光。

空中的花房

1

不知是从哪一天开始，那个脸膛紫红的男孩很突然就出现在小区小卖部，给人递着油盐酱醋烟酒零货，并且飞快地收钱找零。老谢的女人，站在男孩的身后，一直笑着，看男孩忙碌。这个女人，大家都知道的，有些木讷，有些赶不上趟。给人拿东西，人都算好了她还在反复琢磨，而且老是搞错，不是多算了几毛就是少算了几块。老谢搞来的计算器她也横竖用不来。后来，女人干脆不算了，递了东西给人把单价逐一报一遍，干等着对方掏钱。

这红脸男孩儿是谁呢？

拿了工具准备去花房的老谢，并不避讳，眯眯笑：我儿，打乡下来。

不免让人嘀咕。老谢，看上去快六十了吧，老谢的老婆，那个总是略带生涩和腼腆笑容的女人，怕也有五十好儿。而面前的男孩，顶多十四五岁的模样，眉眼都还没长开，不知道的，还以为是老谢的孙子。

这个寒假，老谢的儿子一直安静地待在小卖部，没人买东西的时候，书不离手，一本厚厚的书，似乎总也看不完。偶尔，在花房，也能撞见老谢的儿子，过来喊老谢吃饭，声音尖而细，模样高而瘦，像一根秀气的竹竿，走起路来轻手轻脚，一张嘴就露出两排瓷白的牙，脸上，总是挂着紫红而羞涩的笑。

像极了他妈。

2

这个“L”形的花房，在小区最后一排房子的后面，借着小区的围墙搭建而成，有些隐蔽，但干净，有生气。外人来了，开始并不知道是个啥，走近了，才晓得是个花房。老谢，那个背微驼的花工，正一锹一锹地从一口大缸里面往外铲土，这些沤了小半年的花土，被老谢选在这个阳光纷乱的日子重见天日——这是老谢的经验，鸭场运来的草灰和鸭粪，和了土及锯末子在缸里沤着，酿酒一般，静待时间的发酵——现在，那些被铲出来的泥土在阳光下醒来，鲜活而生动。老谢浇上一点水，用刀背一点点拍碎，再用圆木，擀面团一样碾成细小的颗粒，除掉里面的石块和还未腐烂的草茎，然后拌匀、过筛。老谢的身子向前一耸一耸，褐色的细小的土颗粒从筛眼中纷扬而下，落在地上形成一个锥形的土尖儿。筛完了，老谢伸出两个指头，从土尖撮了一点花土凑在鼻子下嗅了嗅，依然是股熟悉的草木灰和鸭粪混合的味儿，细若烟丝，很好闻。搓了搓，一种柔滑的舒适感由指间指纹般弥散开来。手指离开鼻前的那一刻，老谢的手突然在半空划了划，他想尝尝这些孕育花草生命的花土味儿，侍弄十多年花不知花土味，似乎说不过去。老谢为自己冒出这样的念头而感到不好意思，花土能有什么味呢？还不是鸭粪草灰的味儿，除了鸭场的老宋，好端端谁会去尝鸭粪的味道？老谢暗自笑了一下，老宋总是和人炫耀他吃过鸭粪，好像是件光彩的事儿。老谢静静地坐在锹把上，像说服了自己，张了张嘴，舌尖在那根被烟叶熏黄的手指上轻轻舔了舔。酸酸涩涩，一阵说不清楚的味道在舌尖逗留、回旋。老谢咂巴咂巴，朝地上啐了一口。

好个老家伙。老谢咕哝了一句，他咕哝的是老宋。

老谢把筛好的土铲回花房，琢磨哪天有空再去找老宋。老宋儿子考上了大学，养那么多鸭，还供出了一个大学生，老谢有点羡慕老宋，喜欢听老宋讲他的儿子。当然，临走还得管老宋要些鸭粪，这些花土远不够用，小区有些盆栽该换新土，还有好几家业主的盆栽也需要换，早和他打过招呼。他还要用新土，培几盆鸭掌叶给小李医生，小李医生的镶牙馆抽烟的人多，他正准备和老婆要孩子，天天为被动吸烟而烦恼，见着老谢，小李医生总不忘讨几盆鸭掌叶。鸭掌叶是好东西，专吸尼古丁。

侍弄完花土，老谢提溜上那把歇了好几天的花剪。行道旁的小叶女贞和红花檵木才修剪了一半，前一段时间歇了一阵，露水较多，新修剪的花木留下的伤口不能被水淋，这几天天气不错，得抓紧忙完。活儿看上去不少，这么大一个小区，老谢一个人，总是忙不过来，即便刮风下雨，老谢也喜欢撑把伞在小区转悠，这里站站，那里看看，旁人看不懂，似乎就这样一个人。老谢决定明天把女人叫上。老谢的女人之前根本帮不上忙，小卖部离不开人，稀稀拉拉虽没啥生意，但总不好关门拒客，一两次关门倒无所谓，多了人家的脚自然会绕到小区外面的超市去了。外面的超市东西可多了，价格还便宜，脚一走顺，生意也就彻底丢了，虽然挣不了几个钱，但也是个钱。现在多好，儿子来了，女人就解脱出来了。老谢决定明天让女人帮忙剪枝，女人手脚麻利，动作也很好看，身子一抖一抖，老谢喜欢看女人剪枝的样子。

天麻麻亮，下着雾，看不清人，只听得“嚓、嚓、嚓”声，一阵一阵的，像壮牛吃草，又像车轮碾过落叶。这种声音潜进了一二楼人家薄如蝉翼的梦境，他们在努力分辨这声音的来源。过了一阵，人们从浅梦中醒来，循声走近，才发现是老谢，还有老谢的女人。两人剪着小叶女贞和红花檵木，那些球状的小叶女贞和红花檵木真是好看，红红绿绿，泊在起起伏伏的草地上，好像只要轻轻一推，便会漂走了。开车出门的，路过老谢身边，摇下车窗噢了一声，老谢应着，扭过身车已远去。晨跑的人刹住脚，和老谢唠上几句。老谢叫不上对方的名，但面熟，知道对方住哪栋哪个单元，房子的结构是怎么样的，家里都有些什么花。早些年，装修的人特别多，老谢给人驮装修材料。这是小高层的不便，一点一滴的装修材料，都得靠一双肩膀往上驮，大家都喜欢找不惜力气的老谢，老谢根本忙不过来。后来，驮不动了，背也驼了，被业主委员会推选做了花工，侍弄花花草草，顺带，把许多业主家里的花草都照顾了，比如，买个花带个盆什么的，业主招呼一声，老谢转身就买来送上门；再比如，花草蔫枯了，抱到老谢的花房寄养，返绿后，老谢不声不响地给人抱回去。不管业主怎么邀请，也不进门，客客气气站在门外，这就让人感到舒服，甚至喜欢；还有，春天里，那些从鸭场移栽过来的野花，别有风致，老谢慷慨相送，谁喜欢谁抱去。一盆盆散发着泥土芬芳的野花儿，带着老谢的真诚与善良，被摆上了业主们的阳台、书房和客厅。想想，真是一件开心美好的事情。

这个小区离不开老谢，好似小区花园里那捧着水罐的浴女雕塑，已成为小区不可分割的一部分。人们真是有点佩服老谢，佩服老谢那双指甲缝里永远残留着花泥的双手，那双手给大家带来的芬芳，不是一两句话能说清楚的。单说小区大门处的保安岗亭，就满含了老谢的心思。一个破朽的永远没人执勤的岗亭，从交房之初就立在大门旁的角落里，雨打风吹，风吹雨打，门窗斑驳脱落。也不晓得从哪一年哪一月开始，空无一物的岗亭里摆上了鲜花或盆栽，鸿运当头、富贵竹、发财树、吉祥如意、一帆风顺；蜀葵、白芍、腊梅、杜鹃、八仙花……这些个充满美好和祝福的盆栽，在人们进进出出的注视中悄然生长，独自芬芳。

下一盆会是什么呢？人们总是充满了好奇和期待。

3

小卖部对面是巴掌大的篮球场，一群男孩正在冷风中嗷嗷叫抢着球。老谢儿子的目光被那些横冲直撞的身影吸引过去，放下书，呆呆地看。抢累了，几个男孩向小卖部跑来。老谢的儿子给他们拿零食递水，目光灼灼。

老谢的女人，不太说话，偶尔说起来，却是乡下的几亩水田和栏里的猪，或者，地里的瓜菜树上的果，听上去，恍若隔世。那些抱了娃的媳妇，上了年纪的老太，谁又会认真听她讲下去，多半是附和，或者走开。儿子来了，老谢的女人话明显多了，儿子不嫌弃她，边看书边听，偶尔抬头插上一两句。老谢很不满，责备女人鸡零狗碎地打扰儿子看书，老谢的女人就忍着，边忙家务边偷偷看儿子清秀的背影，似乎永远看不够。

那一年的冬天真冷，大雪压塌了花房，小区的景观树也垮了。更要命的是，持续冰冻，屋外成了溜冰场，这就有点可怕，出门好比滑冰，小心翼翼战战兢兢。冰封的小区行道上，随处可见骑车上学的学生娃跌个人仰马翻。摔也就摔了，哄笑中咧嘴红脸爬起来，拍拍屁股扶起车继续骑。这种天气，老谢的三轮车充分显现出了优势。人们看见，穿着臃肿的老谢，四平八稳地蹬着三轮车送他的红脸儿子上学放学。其时，他的儿子已经从乡下转学过来有一段时间了，从转过来的第一天起，老谢就承担起接送儿子上学的任务。学校并不远，步行也才二十来分钟，骑车更快，小区有不少孩子在那个学校上学，俯身翘了屁股，蹬个细嫩的自行车结伴从你身边一阵风刮过，偶尔，还在路上嬉笑打闹，炫点车技。老谢的儿子并没有加入到他们当中，老谢带着儿子，离他们远远的。这就显得有些奇怪，有些另类，甚至，有点过分。老谢怎么能这样呢？还真把自个儿子当宝贝疙瘩了，还真把那破三轮当宝马了，都这么大了，至于么？但这是人家个人的事，别人管不着，也只能拿来闲聊打趣。老谢呢，只是笑了应和，也不辩解。

老谢那个红脸儿子后来让大家吃了一惊，完全出乎意料，这个不声不响高高瘦瘦的男孩儿竟然考了全校第一。初二年级，十多个班不下一千人，老谢的儿子拿了第一。这个消息是从老谢儿子同班的男孩儿那传出来的。大家拱手道喜，老谢有些难为情，老谢的儿子则剪着手，站在一旁腼腆地笑。再见老谢驼了背蹬车送儿子上学，大家的感觉就有些不一样了，他们隐隐觉着，老谢这个儿子不简单，令人吃惊的事情还在后头。

4

镶牙馆的小李医生为老谢保守了一个秘密。

每次打理完镶牙馆里的鸭掌叶，老谢都要到小李医生身边坐坐。话题只有一个：老谢的儿子。小李医生近期特别留意老谢的儿子，小卖部就在小李医生的楼下，进进出出都能看见老谢的儿子。有时，小李医生会拿着锅铲从四楼的阳台探出头，喊老谢的儿子给他送点油盐酱醋。当老谢的儿子气喘吁吁面红耳赤地敲开他的门时，小李医生更加坚定了自己的判断。问题比我们想象得要严重，小李医生说，不能再拖，得去医院。老谢默不作声，心里一痛一痛，像被细细的铁丝儿勒着、坠着。

消息还是从小李医生嘴里传出来的，再保守秘密已没有意义。小李医生觉得，老谢似乎需要大家的帮助。

老谢的儿子总是这般出人意料，小小的年纪怎么会心脏不好？还说要换心脏，天啊，心还能换？想想都让人心乱如麻，可惜了这孩子。人们不知道事情该怎么办，找老谢，可老谢还在忙碌，拖了一根老长的水管，一头连着地喷，“哧哧哧”地给花草树木浇水。进入三伏天，植物和人一样，怕渴，得一早一晚给它们喂水。在众人的劝阻声中老谢放下水管，关掉水龙头，好半天才闷上一句：唬人！全中国才几百人换心脏，下一个会是我儿？众人一愣，还犟上了，谁也不情愿得这种病，但摊上了就得治。倒是小李医生分析得有道理，老谢不是不承认，而是无能为力。移植个心脏不比移植一棵花那么简单，少说也要二十好几万，而且，不是有钱就能换，得排队，得等时机，找到合适的供体，而且，术后还有可能发生排异。远比大家想象的要糟糕。于是，在长长短短的叹息中，那么一点点淡淡的愁绪在大家心底曲曲折折地盘绕。

接下去，老谢依然蹬三轮早晚接送儿子——那二十分钟的路程，对老谢的儿子来说，确实不是件容易的事——日子在老谢早晚一送一接中缓缓流逝，如果没有后来发生的一系列事情，人们也许就渐渐淡忘了这件事，甚至，不曾觉得老谢的儿子是个病人。

消息来得很突然，医院来了电话，有一位叫刘大中的小伙，患肿瘤接近脑死亡，父母根据儿子意愿捐献包括心脏在内的器官。这对老谢来说真是个天大的好消息，这样的机会并不会常有，况且老谢儿子的情况并不乐观，外界气候的反常变化都会带来身体上的极度不适。老谢顾不上洗手，抱了盆龙舌兰去找小李医生。小李医生为这个消息感到兴奋，他问老谢有多少钱。老谢愁眉不展，也说不上个准数。小李医生宽慰道，不着急，可以找媒体，住咱对门那单元的不是在晚报么？还可以去找学校，你儿子是学校的苗子，岂能不帮？小李医生这么一说，老谢眉间的疙瘩才稍稍舒展了一些。

一圈下来，媒体报道效应并不如意，收到两万多善款。倒是老谢儿子的学校，发动了全校师生，筹到了八万多。老谢很是感动，在捐助仪式上动情地说，儿子考不上清华北大，对不住学校，对不住大家！老谢像是憋着一股劲说这番话的，咬牙切齿铮铮有声，有点发誓的味道。

碰上老谢一家子，小区的人们有些不自在了，是不是该干些什么呢？人们凑在一起悄声议论。一旦决策做某件事情，人们习惯寻找更多的理由来说服自己和别人。是谁轻声说了句：老谢头还为我们挨过一砖头呢。这一声唤起了许多人的记忆。

该有十来年了吧，小区刚建成，开发商出了事迟迟交不了房，人们上街堵马路，队伍里有建筑工老谢和他的工友，他们讨要拖欠的工钱，虽然目的不一样，但目标却是一致的。后来，工友陆续散了，业主们似乎也累了，只剩下老谢和十来个人在勉强坚持。根本看不到希望的事情，被老谢一板砖扭转了乾坤。那一板砖本想吓唬吓唬开发商叫来寻衅滋事的混混们，但混混却来横的了，梗了脖子伸了头要老谢使劲拍。老谢举着板砖，眼泪都急出来了，一声嗷叫，板砖在自己头上开了花。老谢很悲壮地倒了下去，七天后才醒来。他并不知道，在他游离于阴阳两界的七天内，媒体的曝光让事情有了结果。大家都拿到了房子，但，老谢没有拿到工钱，开发商在临大门的三栋一单元给了他一间地下室抵债，后被老谢改成住房兼小卖部。

这些个已渐模糊的往事在这种氛围下及时被人提起，一下子有了温度有了热度，有了情有了义。应该说，每一位业主都应该感谢老谢，虽然在后来，老谢被大家一致留下来成为花工，但这似乎还不够，眼下，老谢遇到了坎儿，该是大家出手相助的时候。

业主委员会在小区岗亭贴出倡议的当天，老谢的花房不断有人来赏花。那应该是世间最动人的一幕，人们闻着袭人的花香，聊着花的品种、习性和花期，聊着聊着，拽在手里带着体温的钱便不经意塞到了老谢手上，或者某一个花盆下。

那个平时用来记账的本子，完整记录了这次捐款的姓名和金额，密密麻麻却又清清楚楚，大部分人叫不出名，只能用某栋某单元某房来代替，拢共是两百二十一户，六万九千二百三十元整。老谢在灯下，一遍一遍用计算器数着这些钱，每次得出的结果有些不一样。儿子嫌老谢把计算器戳得吵人，动手飞快数了一遍，不多不少，六万九千二百三十元。老谢看着儿子，笑。后来，老谢和女人又去了一趟乡下，把老家的房子卖掉了，回来的那几天里女人偷偷抹了好多泪，老谢装着没看见。

那个千疮百孔的乡下还回得去么？

在等待手术的那段时间内，老谢把那个账本郑重地挂在了花房的一角，一有空就取下来，翻上一阵。

5

过了这个夏季，人们看到老谢的儿子，感觉就不一样了，脸膛白净，先前那一团视为病症的紫红也全然不见。上学不用老谢送了，最神奇的是，他竟然瞒着老谢的女人，给六栋四楼新来的住户扛去了一箱啤酒，真是不可思议。这件事后来被老谢知道了，吓得不轻，把女人狠狠数落了一顿。女人觉得委屈，犟了几句嘴，老谢也不知怎么就火了，突然就火了，顺手抄起一个塑料花盆朝女人扣过去。女人偏头躲过，花盆子骨碌碌跳到地上。花房外几位闲坐的老人，赶紧上前相劝。老谢的女人开始还尴尬地笑，后来，脸上挂不住了，觉得必须要做些什么，于是，汪着泪，径直走了过去，把桌上的几盆金丝菊一把掀翻。那些黄灿灿的金丝菊，开得正好，一球一球的，怎么看怎么喜欢，突然就被掀翻在地花容失色。老谢愣了那么一下，反应过来后彻底毛了，抄了一把扫把追出去。老谢哪里跑得过女人，两人弯弯绕绕在小区展开拉锯战，让人觉得有些滑稽，有些好笑。一向温和谦恭的老谢竟然会打女人，真新鲜。在大家嘻嘻哈哈的拉扯下，追打不了了之。

老谢和女人的这场追打，包含了许多喜剧元素，只能当笑话看，过了也就过了，云淡风轻。谁也不曾想到，两年后这一幕竟然重演，当然，被追打的不再是老谢的女人，而是老谢的儿子。

一切，都归咎于老谢儿子身体里那颗狂野不羁的心脏。这颗心脏本来是别人的，如今移植到老谢儿子的身体里，让老谢的儿子成为一个行动自如的正常人，让他可以打球，可以上体育课，可以抬花盆。伴随着惊喜而来的，也有一些令老谢和女人感到费解的变化，比如，儿子安静不下来，说话冲，还冲他妈发脾气，爱吃辣椒爱喝酒，这些原来都不沾边的，儿子像变成了另外一个人。当然，这些变化并没带来坏影响，他们看得出，儿子在努力克制。时间长了，问题似乎来了。起初，只是一次考试考砸了，老谢和女人没有在意，谁都有不小心办砸了事情的时候，好马还失前蹄呢。而且，老谢平常也没过问儿子的学习，儿子的学习从来不需要他们去操心，他有太多的事情要去忙碌。后来，老谢不断接到老师打来的电话，心里开始着慌了。

那一次追打来得毫无征兆，飞霞满天，人们吃完饭，在遍地金黄的小区里面散步、遛狗，自在轻松享受一天中最美好的时刻。有人从小区三栋小卖部那边斜插过来，带着风和酒味，近了才看清是老谢的儿子，慌慌张张，脸憋得通红，边跑边回头看。天，这是不要命了，跑得那么快。紧追而来的是手提花铲的老谢，脚步急促，脸上憋着狠。人们不知道发生了什么事，觉得有点不像话，真怕老谢的儿子吃不消而发生个三长两短。

人们的担心显然有点多余，老谢的儿子脚下好似装了马达，双手在胸前来回交替，如同电影里的阿甘，越跑越快，越跑越进入状态。两人穿过小区花园，绕过浴女雕塑，再从五栋前沿鹅卵石铺就的小路一路跑。老谢一定是被那些生硬而无聊的鹅卵石硌痛了脚板，跑起来一颠一颠的。跑到九栋，老谢的儿子始终和老谢保持一定距离，看老谢落下了，老谢的儿子还故意放慢脚步喘口气。戳前世个娘，良心何在？……老子非要挖出来看看。老谢边跑边骂，凶巴巴。人们被老谢给凶住了，仿佛又看见当年拍那一板砖的狠劲。有胆大的，想拖住老谢，但他根本没有停下来的意思。这样没完没了跑下去肯定会出事，所幸，在一处转弯，老谢的儿子被他同学捞进屋。失去了目标，老谢捏了花铲，像掐了头的苍蝇一般乱撞了一通，最后，骂骂咧咧折回了花房。

这场追打，缘于小卖部的烟酒总是蹊跷地失踪，老谢的女人糊涂得很，好长一段时间才发现异常，偏偏，儿子的书包里不幸抖出丝丝缕缕的烟丝。

糟糕的事情接踵而至。先是，老谢尾随儿子进了游戏厅砸掉了人家机器，赔了不少钱；后是，老谢的儿子为女同学和外面的混混干架，一砖头把对方脑袋拍烂，也把自己拍进了派出所。这件事轰动了整个学校和小区，人们蒙了，这和老谢当年一板砖何其相似，但意义和性质完全不一样。

这桀骜不驯的男孩儿是谁呢？

老谢一夜间苍老了许多。

6

老谢的儿子辍了学在外面游荡，很少回来。

医院那个戴眼镜做回访的医生真是执着，已经是第六次来花房，每次来都一无所获。

那不是我儿子，那是刘大中，我儿子早死了。老谢每次都冲眼镜医生重复这句话。他越来越坚信自己的判断，他总是想起在医院刘大中那个个子矮小嘴角长了痦子的父亲和他说过的一句话，刘大中父亲拉着他的手说，我儿性顽劣，没干过好事，就让他临死行行善积积德吧。

眼镜医生当是听气话，他对老谢的儿子在术后性格、思维和行为的改变充满浓厚的兴趣。

这一年的七月，老谢的小卖部摘了店招，据老谢说，生意寥寥，难以为继。但不久，人们发现，老谢的地下室易主，买主在临街的侧面开了个门，做起了服装生意。这让人们有些瞠目结舌绕不过来。经过几年发展，当年地处偏僻的小区已经成为城市的繁华地段，又是临街，老谢那间 40 平米的地下室被不少人盯上。就在人们猜测老谢一家（其实就是老谢两口子）是不是要在花房长期住下去时，老谢却悄无声息地搬上了三栋一单元（原小卖部那个单元）的七楼。老谢买下了七楼的复式楼，这个重磅消息不断得到证实。人们感到诧异，继而是无法言说的愤怒。他怎么能这样呢，这算什么？白眼狼？忘恩负义？好像都不准确，反正有那么点意思，反正心里就是不舒坦。但又不好去理论，说不出口哇。当年捐钱也没谁逼着，也不指望老谢能还上，但手术后相当长一段时间，老谢对大家的态度也有了微妙的变化，那般谨小慎微，客客气气小心翼翼，生怕惊着你吓着你了。而且，话题总是被老谢绕到他的儿子身上，总是谦恭地重复一句文绉绉的话：滴水之恩，当涌泉相报。老谢在暗示什么？大家猜不出，也许就是一句不必当真的客套话，关键是，老谢把那个记有捐款名单的账本挂在了花房，经常拿出来琢磨。人们从那密密麻麻的名单中找到了自己的名字（或者房号）。人们浏览着名单，相互开着玩笑，仿佛是，大家都存了一笔钱在老谢那里，单等老谢的儿子将来出息了，连本带息还给大家。这样的玩笑在花房持续了很长一段时间，老谢似乎也并不反感这样的玩笑，立在一旁拘谨地笑。后来，老谢的儿子进了局子，笑话戛然而止，一直悬挂在花房里的账本也跟着悄然消失。

买下那一套复式楼，老谢有自己的说法：替儿子还债。

听者一脸迷茫。

7

也许你已经知道，这是一个管理并不完善的小区，没有正规的物业，一切都由业主组成的业主委员会聘请人员来管理，所列开支分摊到户，和周边物业费虚高不下的楼盘比起来，小区的业主应该感到幸福。当某种幸福像吃饭睡觉拉屎一般习以为常时，就难觉出其中的珍贵，甚至想来点改变。比如眼下，不断传出要引入物业公司来管理小区的声音，似乎，只有高大上的物业公司，才能体现出业主们的生活质量。业主委员会正为外来住户杂管理难收不到钱而气愤，此种声音一出，顺手撂了挑子。在和物业公司协商过程中，业主委员会提出一个要求，尽可能收编小区现有的“三保”人员。协商最后的结果是物业公司给了五个名额，七个人五个名额，谁走谁留，只有大家来投票。

结果出人意料，老谢成为两个出局的其中一个，另外一个保洁据说已经不打算干了。

新来的物业公司很快进入角色，重新设置了智能化的门岗、规划了小区路牌和停车位，对小区卫生环境进行了集中彻底的整治，老谢的花房属违章搭建在拆迁取缔之列。既然花工都做不成，留着花房有何意义呢？有人开导老谢，老谢坐在藤椅上，勾了头，似乎睡了过去。身边，不甘低下的凌霄花，昂扬起细嫩碧绿的嫩枝，沿着花房，攀援而上。

8

有多久没看见老谢两口子了？

三栋一单元的复式楼大门终年紧闭，连抄煤气表的都敲不开，老谢两口子，好似人间蒸发。这年春天，有一对个子矮小的老人住进了七楼，像是夫妻，那老头儿，自称姓刘，嘴角长了痦子，脸上总是挂着悲伤。人们向他们打听老谢，那个背微驼的花工。老人似乎惴惴不安，一句话也没有说，只是默默走开。时间不长，老人又匆匆搬离了小区。不久，头戴贝雷帽的保安看见一个陌生的男人，搂着一个娇小的女孩从大门那边过来，径直上了三栋一单元七楼。

这个鬓角老长的男人又是谁？

不敢肯定是老谢的儿子，但从身后看，确确实实又看到了一点老谢儿子的身影。人们无端地想起多年前的那一幕，老谢蹬着三轮把儿子从医院接回来，祝福声中，老谢那瘦高瘦高的儿子突然坐起来，细声细气地说，爸，你答应给我买球衣的，NBA，可不许耍赖。

秋天快要过去的时候，有花瓣自空中悠然飘落，红的紫的白的，一瓣两瓣三四瓣，飘落于人们的肩头。三栋一单元的复式楼楼顶，不知何时垂下了一片枝叶葳蕤的蔷薇和紫藤。爬上隔壁单元的楼顶，借助梯子，从挡住视线的阳台隔墙探出头，人们被眼前的景象惊住了，那么多盛开的鲜花，几乎占领了整个楼顶，白芍、蔷薇、虞美人、夜来香、牵牛花、一串红、月季花、凌霄花……郁郁葱葱，寂静而芬芳。眼尖的人还发现，窗台上，静静地悬着一册账本，虽已褪色，但依然熟悉；窗下，倚墙立着一溜工具，仿佛在恭候主人来检阅。

出入小区门岗的间隙，人们习惯仰了脸，朝七楼那空中的花房瞥上一眼，然后，伸手捉住眼前飘落的花瓣，凑于鼻前，深情地吸上一番。

邻 居

浓重的香烟味从卧室经由客厅飘进了厨房，泰丽探出身，青羊还躺在床上抽着，做完爱默默地抽上一阵香烟，看上去是件无比惬意的事情。从半敞开的卧室门望去，泰丽只看见他一截光溜溜高高隆起的肚子。刚认识青羊那阵，他瘦，留长发蓄胡须，终日沉思，很文艺的样子，现在，这种样子在他脸上已经了无痕迹，不养宠物后，他喜欢上了烟酒，身体开始发胖，行动似乎变得越来越笨拙。

“把窗户打开啦，”泰丽从厨房探出身，冲卧室大声喊，“或者，把门带上。”

青羊并没有反应。水龙头哗哗的放水声把她的声音掩盖。

泰丽关掉水，甩着湿漉漉的手去开客厅的窗户。她推开靠近冰箱的那扇窗户，这扇窗是窥探楼下动静的最佳位置。

那条叫“巴士”的金毛已经回来了，它趴在破旧的沙发上，吐着舌头，垂着大耳，双目倦怠，风裹挟着落叶在它身边放肆地打着旋。最近一段时间，它已经没有了往日的矜持和高贵，它比几天前又瘦了些——人们已经失去了早先的新鲜感，不再按时给它投食，它需要自己离开沙发去觅食。即便偶尔有人随意扔给它一点食物，也并不都合它的口味。

客厅响起疲沓的拖鞋声，木质底的拖鞋敲打着地面，踢踏踢踏。泰丽很喜欢这种声音，大部分时间她是一个人待着，无聊极了，青羊只是偶尔借着回总公司处理公务的时候光顾他们这个临时的家。

踢踢踏踏的脚步声消失在卫生间哗哗的水声中。很快，青羊裹着洁白的浴巾坐在了桌前，他的面前，摆了好几罐啤酒。他和泰丽一样，似乎很享受他们在一起的慵懒时光。泰丽将炖好的黄豆猪蹄端上桌时，青羊已经把牛排干掉了一半。那种超市买来的速成牛排味道虽然差了一点，但青羊依然喜欢。

泰丽给青羊续上黑啤，再给自己倒了点，然后端起来碰了一下青羊的酒杯。他并没有立即回应，只是努力咀嚼着嘴里的牛排，发出夸张的声响。

“要不要再煎一会儿？”她说。

青羊嘟囔一声，端起泡沫不断外溢的酒杯咕咚咕咚喝个干净。

“‘巴士’回来了。”

青羊抬眼看了看她，眼底还残留着亢奋后的倦容。

“我说的是楼下那条金毛。”

“那个杂碎。”青羊含混不清地骂了一句。然后举杯和泰丽对碰了一下，酒杯发出清脆动听的响声。

一个多月前，对门的长发男人留下一条狗和一些用过的旧物，突然搬离了现在的住所。愤怒的房东老太太将狗随同破烂的旧沙发及旧衣物扫地出门，她并不是没想过将那条狗卖掉以弥补两个月的房租损失，但那条唤作“巴士”的狗并不好接近，它始终守在散发着主人气味的沙发旁，和直立行走的异类保持足够安全的距离，想带走它显然是一种不切实际的想法。

“我知道你喜欢它，对吗？”

“是的，但你并不喜欢。”

泰丽有些愧疚，又喝了一杯。她的确不喜欢任何有生命气息的宠物，这种与生俱来的排斥，让他们有过不少不愉快。有趣的是，泰丽最初认识青羊是在他的宠物店。当年青羊将一条草绿色的蜥蜴越过她的闺蜜举到她跟前时，自己那惊魂失魄大喊大叫的样子，她至今记忆犹新。

在最初交往的那段时间，青羊不但开着宠物店，还在家里养过宠物。一只指甲大的乌龟和一条闪烁着暗绿色光泽的蜥蜴，还有一条丑陋多皱的斗牛犬。他试图改变泰丽的态度，但情况并不乐观，甚至有些糟糕，泰丽对宠物的过度敏感到了无以复加的地步，她吃不下饭睡不着觉，神经几欲变得衰弱。青羊把宠物店盘给了熟人，换了现在的工作，得空，他依然会瞒着泰丽去宠物店坐坐，看看他寄养的那些小动物。

“那家伙铁定是不会回来了……他为什么不把它带走？”泰丽有些无来由的气恼。

“谁知道呢？那是个奇怪的人。”青羊咧嘴笑了笑。

“他看上去很孤独，从不说话，除了那条狗。”

“是的，他并不坏，也无恶意。”青羊切割着牛排，刀叉将盘子弄得叮当响。“我们曾经和他喝过。”

“是吗？什么时候？”泰丽露出诧异的神色。

“你也在呀，那一次。”青羊露出同样的神色。

“怎么可能？”泰丽放下手中的杯，笃定地说，“我甚至都不知道他的姓名，从来没进过那屋，那畜生我见了就害怕，你是知道的。”

“是的，起先只有我和他，我们喝酒、谈论他的狗……他是一个倒霉的家伙，不入流的画匠，他在大街上给人画像，二十块钱一张。”青羊说完，晃了晃空荡的酒杯。

泰丽坐着欠了欠身，但显然够不着冰箱门，她只得起身。趁打开冰箱拿啤酒的空当，泰丽再次朝楼下张望了一下。“巴士”逆风站立着，背上的毛不断被风弄翻，有人大声喊叫从马路对面斜跑过来，声音被吹跑，听不清楚他喊什么。它警惕地离开了沙发转到塞满主人衣物的塑料衣橱后面，破旧的衣橱挡住了它的前半身，泰丽只看见它凹陷的肚子和消瘦的后胯。

“他画了很多画，”青羊连着拉开了两瓶黑啤，“他的桌上堆满了画，画布沾满了各种颜料，脏乱不堪，比得过屠夫的案板。”

“你说的这些我并不知道，”泰丽强调，“我从来没光顾过对门，我受不了那味。”

“可那天我们在他屋里喝了不少。他还给我们看了他的画，很糟糕，都是他妈的女人的肮脏的身体。”青羊继续说。

他竟然用了“肮脏”这个词，泰丽很是惊讶，当然，她没有去驳斥，她不想惹青羊不高兴。

“我怎么一点都不记得了，你一定是喝醉了……”她有点蒙。

“我没醉，你的记忆一定是出问题了，你本来是过来叫我回去的，你咚咚地砸门，你生气了，站在门口一副厌恶的表情。”

“是吗，然后呢？”泰丽忽然来了兴趣。

青羊将嘴里的骨头吐出来，咂咂嘴巴，闷了一口酒说：“你进来了，端起了我的酒杯……那家伙太能喝了，你把自己整趴下了，你坚持不住了，竟然歪在了床上。”

“你是说——怎么可能，我在他的床上躺下？”泰丽惊得有些语无伦次。

“是的，这并没有什么奇怪的，你没有选择沙发，而是轻易地躺在了床上。”青羊边说边起身，他将电风扇朝自己的位置调了调方向。

“后来，我们又聊起了他的狗，我多想抱抱它，甚至牵出去遛一圈，但那畜生明显不给面子，这是很丢脸的事情。”

泰丽看着青羊有点难受地将最后一杯黑色的液体一饮而尽。他身后的电风扇，发出蚊蝇般嗡嗡的响声，将她耷拉在额前的头发不断地往后撩。

青羊描述的那个夜晚，听起来像一个飘浮的梦，是自己的记忆出了问题，还是青羊一直在说醉话，甚至说谎？泰丽不确定。她和对门的家伙并没有过接触，她讨厌留着长发养狗的独身男人——几乎是她刚认识青羊那阵子的翻版——几次在楼道里和他不期而遇，她屏住呼吸，像壁虎一样贴在墙上让道。那家伙，也不说话，躲着她的目光，裹挟着一阵很冲的味儿匆匆而去。

“后来，你们还在一起喝过，对吗？”

“是的，我们的话并不多，我只想看看他的狗，就这么简单。”

泰丽没再说话，她不理解青羊为何突然和她说起这些，奇怪的是，她并没有因此感到不快。

直到离开，青羊都没下楼。

泰丽暗示甚至鼓励他能做点什么，青羊一直无动于衷，除了一声不吭喝酒和做爱，他们什么都没做。这期间，房东老太太带着一个年轻人来对面看房，青羊也跟了去，顺便把房租交了。

泰丽听见他们站在楼道里说话。年轻人似乎并不满意，嫌屋里味儿冲，老太太立即否定了年轻人的说法。“之前住的是一个画家，”她说，“你也看到了，到处是颜料，总会有些味儿，这不是问题。”年轻人并没有接受她这种说法，他们连房租都没有讨论。

年轻人离开后，老太太开始抱怨，她不得不开始考虑将墙壁重新刷一遍的计划，还有那些不能扔却必不可少的旧家具，她打算趁天气晴稳当了再搬下楼暴晒。但这都是颇为折腾人的事，而且还得花一笔钱。她提出请青羊帮忙，作为回报，减免半月房租。青羊对这样的交易并不感兴趣，他说我下午就得走了，你可以去大街上随便雇一两个人。他还帮老太太出主意，他说其实也简单，接着租给养狗的人就 OK 了。老太太觉得这是一个不错的办法，但要找这样的租客却是件挺费劲的事情。

青羊拖着一个巨大的行李箱下楼，里面塞满衣物，泰丽弄不明白他这次为何要带走这么多衣物。和往常一样，青羊拒绝泰丽送他，出门时，他只是轻轻拥了拥泰丽。

泰丽看着青羊从门洞里出来，经过破烂不堪的沙发，他停了下来，和“巴士”对视了片刻，然后，他拖着行李箱头也不回地消失在路的拐角处。

泰丽突然难受起来，她知道，青羊这些年也许并不快乐。

一根猪的股骨从马路对面呼呼带响地抛了过来，落在离沙发五六米远的地方，“巴士”吓得逃离了沙发，躲在远处观察了许久，确定足够安全后才迅速跑过去叼起骨头。

对面饭馆里的食客经常这样取乐。它不该接受这毫无尊严的施舍。

泰丽的目光从啃骨头的“巴士”身上移开，她盯着那一溜残留有对门那家伙气息的沙发，心里生出隐隐的不适感。

泰丽给青羊打电话，她有些激动地告诉青羊，她第一次给

“巴士”投食了，当然是趁着对方远离沙发的时候。青羊并不主张她那样做。

“离它远点，”他说，“你没必要去这样做。”

“……都是因为我。”

“我对它已经失去兴趣。不要枉费心机，它不相信任何人。”

“我爱你。”

青羊没有回应，他轻轻挂掉了电话。在一阵慌乱的忙音中，泰丽的心急促下坠。

泰丽远远地陪着“巴士”待了整整一个上午，她和它絮絮叨叨说话，试图让它熟悉她的声音和气味。

“巴士”一言不发，蹲在树荫里阴郁地看着她。

一天。两天。三天。

“巴士”接受她的食物和水，却不让她靠近半步。

路过的人并不知道泰丽要干什么。最近一段时间，街坊都在议论这条有趣而又忠诚的狗，有好奇者带着狗粮大老远跑来围观，也有好事者悄悄给街道和宠物救助站打了电话，但这样一条狗并不能简单粗暴地把它带走或者撵走，那显然有违大多数人的情感和意愿。

“我说过，离它远点，”青羊在电话里大声说，“它只是一条狗。”

“我看到了它眼里的东西……你那边很吵，你在喝酒吗？”泰丽同样提高了声调。

“它眼里只有他的主人，那个倒霉的家伙。”青羊的声音含混不清，他嘴里一定含着什么东西，果然，泰丽听到打火机“吧嗒”一声脆响。

“也许，他是特意把它留给你的。”泰丽说。

“我们气味不投。”青羊变得极度不耐烦。

“需要时间和过程来克服。”泰丽说。

“你为什么这么固执？”青羊几乎是在大叫，电话那头的喧闹停顿了片刻，但随即又浪潮一般卷了过来，拍打着泰丽的耳膜。

“我知道，你，一直在寄养宠物。”

“……”

对面的大门，除了偶有人来看房，一直紧闭。泰丽盯着那扇大门，一动不动，她想起了青羊刚刚那句话，脸上竟然呈现少有的激动和兴奋，她匆匆奔下楼，很轻易地从房东手上拿到对门的钥匙。

屋里的格局比想象中要小得多，一房一卫，阳台上摆着简单的锅灶炊具。屋里陈设很简单，一桌一床一椅，占去了大半空间，方格形的木质茶几作为沙发的附属物，在沙发被弃后，孤零零地缩在壁角。绵软的秋阳被窗户分割成大小相称的四个金色方块，铺陈在床前的地砖上。

泰丽努力翕动着鼻子，她在寻找那股熟悉的异味。在这之前，那股味儿曾经从对门的屋里弥散出来，从那家伙身上及他丢弃的垃圾里冒出来，从他放在门口的枯死的花草中透出来……有意无意侵蚀着她的嗅觉神经。

泰丽鼻子足够地抵近墙壁、桌椅，以及床上的竹席，但依然徒劳，除了幽幽的霉味以及若有若无的阳光的干燥味，再也没有其他的味道。被汗水滋养过的竹席足够温凉光滑，泰丽恍然想起了青羊说过的那些似是而非的话，她顺势慢慢地侧躺了下来，再慢慢合上眼……

确切地说，泰丽是被越来越浓重的气味唤醒的，那股味儿不知何时又回来了，仿佛从布满蚊血的墙壁、有着地图一般水渍的屋顶、笨拙老旧的座椅、光滑弯曲的门把、简易的画桌以及身下的竹席里面幽幽地冒出来。屋里的陈设被气味裹着，影影绰绰地浮在陈旧的暮色里，虚幻而不真实。

她开始舒展身子，让身体尽可能暴露、浸淫在气味中。

翻身的那一刻，她猛然怔住了。

其实，一进门她就看见了墙上的那幅画，只是阳光晃眼，并不能够一眼看明白，现在，光线暗淡，反而看清楚了：一幅名叫《窗前》的女人人体油画，镶嵌在质地细腻的画框里。女人体态丰腴，侧卧于床上，沐浴在黏稠而浓烈的阳光里，眼神里荡漾着一种近似蒙娜丽莎般的宁静和忧伤。

在和女人久久的对视中，泰丽的心开始剧烈跳动，呼吸随之急促——那漾动的眼波、流畅的鼻翼线、微微上翘的嘴角、低眉惆怅的神态……完全是另外一个自己。再看女人身下的卧榻，和自己身下的床毫无二致，画中垂挂于床两侧的天蓝色窗帘，就悬在自己身边且触手可及……泰丽脑子里一片空白，她恍恍然，划拉上鞋近乎踉踉跄跄逃出了门。

……

青羊彻底失去消息，泰丽被一种巨大的不安笼罩，她不停地给那个总是忙音的电话号码发短信，那一个个充满哀伤、追问、自责和绝望的文字犹如一颗颗坠入深湖的小石子，惊不起半点回响。

泰丽把自己关在屋里，在湿冷的雨夜里黯然神伤。她很想重新回忆起那个家伙，但不管怎么努力，依旧是一个面目模糊目光躲躲闪闪的影子。

楼下孱弱的路灯，只能温暖自己。她看不见那条叫作“巴士”的金毛狗，但以路灯为参照物，她依然能够测出它和破沙发大概的位置，但今天晚上恐怕不行，它一定蜷到哪个雨淋不到的角落里去了。至于沙发，有腿但不会走，它比“巴士”还要忠诚。泰丽并不过于担心“巴士”的安危，它有足够的警惕和智慧保护自己，相反，她担心残留在沙发上那家伙的气味，经过雨水的冲刷，会变得越来越淡，直至完全消失。

她必须做些什么。刻不容缓。

第二天，泰丽搬进了对面的屋。

房东老太太是个热心肠的人，她为解决了困扰已久的麻烦而高兴，并琢磨为泰丽减免一点房租，她甚至提出要帮泰丽一块搬家。泰丽婉言谢绝，她说，除了我和青羊的极少数必用品，我什么也不想搬过去。

枣园

蜂子把娃给咬了

明宣在灶屋里发面蒸枣花，杨氏带着妮妮在屋外耍，并不来搭把手。早在开春，枣树芽米粒大，杨氏就把话撂下，今年妮妮生日的枣花由明宣来做。往年满月、周岁都是杨氏做，明宣打打下手，枣花说不上好也说不上坏，拿出去却都晓得是杨氏的手艺。

从敞开的窗户瞧往院子，杨氏费好大劲才捉住满地乱跑的妮妮。三岁的妮妮有些像男娃，变得越来越皮，即使被捉住仍然在努力挣脱枯瘪的手爪。失去耐心的杨氏虎起脸，妮妮咧嘴便哭，声音有些夸张，自然是哭给明宣听的。杨氏着势扬起了手上的黄竹条，老脸吊得更长。妮妮对黄竹条的疼痛已经有了记忆，抽抽噎噎噤了声。

被摁进睡桶的妮妮一点睡意也没有，嘲着手指头左顾右盼。杨氏靠在椅子上偷觑着灶房，里面没有一点响动。杨氏心里叹了一口气，可惜了那一盆面，少说也有五六斤。妮妮不睡，瞌睡卷上来的杨氏只得吱呀吱呀地摇着睡桶，不紧不慢地哼：

> 柳树柳，枣树枣，枣树边上搭戏台。人家那闺女都来了，俺那闺女还不来。哦，来了。骑着驴，拿着花鞭儿，穿着花鞋漏着尖儿……

花花搭搭的枣树下，杨氏的声音越来越弱，嘴巴无声地一张一合，最后头一歪，嘴就那样硬张着鼾声顿起，那鼾声并不匀顺，高低崎岖。明宣从灶屋里出来，奓开满是面屑子的手把脸蛋子挂泪的妮妮抱出来。小家伙得了赦免似的跌跌撞撞和小伙伴去了枣园。

庄户人家时兴做枣花，在一代代婆婆和媳妇们的改良下，枣花越做越有味道，且花样品种不断翻新。婚丧嫁娶，生日寿辰做席，各式的枣花烘衬着喜庆和悲伤。往往，做席的日子都远了，但那一家的枣花味道却还在人们的舌尖流传。

枣花都做不下，还是个女人？这是杨氏埋怨老大媳妇的话，传到明宣耳朵里，却让明宣有些难过。明宣性子绵，不善针线女红，十根手指头笨得就像鼓槌子，莫说枣花，包的饺子也笨笨傻傻入不了眼。当然老大媳妇也不会做枣花，但杨氏却每年会早早地帮她做好，好几次还把明宣叫过去打下手，老大媳妇只有干站着，连伸手的机会都没有。

明宣晓得杨氏是在和自己斗气，杨氏就像毒蜂子，冷不防给她一口。明宣不敢和杨氏对仗干，只能见招拆招，实在拆不了只有忍，尽量避免正面冲突。

眼下，杨氏又逮住枣花说事。杨氏看得准，专挑明宣短处戳，明宣只得硬着头皮上。当她端出杨氏为她准备好的面，心就凉了半截。小半盆面，也就够蒸三四笼枣花，杨氏这样做显然有轻视和无所谓的意思。这算什么呢，妮妮好歹也是她的孙女，不是外头捡来的猫猫狗狗，就这么不待见？明宣越想越心酸，越想越气，一边和面，一边掉泪，大颗大颗的泪掉进面糊里。

阵阵枣花香被习习的小南风从敞开的门窗洞子里送了进来，一抓一把。明宣让面团充分暴露在空气中，不能辜负了这浓郁的枣花香，得把它和进面里。甜枣昨晚就已经泡上了，藏了一冬的大枣，喝饱水后格外清莹动人。趁着面团发酵的当儿，明宣把枣剖开把蒸笼洗了。还有干柴，她劈了上好的松木。一切都准备就绪，明宣洗手开始拧剂子做枣花。这是蒸枣花的关键环节，明宣努力平复心情，像面临一项重大而神圣的仪式。妮妮属兔，应该捏一些兔儿枣花，老早就想好了的。

第一束阳光，满载谷粒的色泽和婴儿的清新，从窗户、门洞和瓦缝中打进来，幽暗的灶屋顿然豁亮，像洒满了闪闪的金子。屋外枣树下的竹椅空着，杨氏不知什么时候离开的，或许是到东头大媳妇家逗孙子去了。杨氏不在，明宣反倒更加紧张了，仿佛杨氏就蹲在壁角盯着他。明宣下意识地四下里瞅瞅，掐了自己一把，努力想把杨氏赶走，可杨氏却顽固地钉在她的脑子里，笑得很诡异。明宣心里刚刚平复的那一股气又在左冲右突寻找出路，最后跑到手上作怪，闹得十指慌乱不听使唤。

摆进蒸笼的兔儿枣花一个比一个拙，明宣有点泄气，也只能这样，得赶在杨氏回来前出笼，免得让人捞笑话。松木在灶孔里发出毕毕剥剥的声响。有一刻，明宣被这种越来越大的响声吓了一跳，侧耳细听了，丢下火钳慌手忙脚跑出门。

枣园里妮妮擎着被蜂咬了的小手，看见明宣跑来哭得更凶了，眼泪鼻涕糊了一脸。明宣揉着妮妮发面般肿起来的手背慌了神，不及多想抱起妮妮去找赶蜂人。

赶蜂人的板房驻扎在枣园边靠近国道的林子里。似乎是一对夫妻，男人有点怪异，终日戴着草帽面纱，抽烟吃饭都不肯摘下。女主人较胖，黧黑粗粝的脸猜不出真实的年纪，像三十，又像四十。

女人和枣红色的摩托车都不在，估计到镇上卖蜜去了。男人正在飞舞的蜂群中查看蜂巢。木板和驳色帆布混搭成的板房房门紧闭，门前趴着一条黄狗。两棵树间的麻绳上晾满了布片、胸罩、袜子、短裤和衬衫。

还没怎么靠近，就见蜂子啸叫着绕着她盘旋，仿佛对明宣的突然造访表示抗议。妮妮满脸惊恐直往后躲，抵死也不往前。明宣头皮发麻，壮着胆往前挪。看见来了陌生人，黄狗立刻警觉地爬了起来。明宣只得止步远远地站着，若不是为女儿，她绝不会贸然闯入这样一个危险的领地。

哎，明宣喊了两嗓子。男人抬头瞅了明宣一眼，又瞅瞅四下里，似乎在怀疑明宣是不是和他说话。蜂子把娃给咬了。明宣说。男人这才确信是在和他说话。噢，不打紧的。男人操一口外地口音，蜂子一般不主动咬人的。说完弯下腰，把一板密密麻麻的蜂搁进蜂箱，声音有些不近人情的冷淡，分明是在说一件与自己无关的事情。你怎么这样说话，蜂子咬人还有理了你！明宣提高了嗓门。男人没吭声，一阵风从枣园的方向沙沙响地荡了过来，逆风站立的黄狗背上的毛不断被弄翻，一件烟色的衬衫从晾衣绳上悠悠地飘落。把蜂箱盖上后，男人才不紧不慢地说，你自己拿吧，少不了你的。男人逆风的声音被面纱过滤，听上去含混不清。男人说完转到另一排蜂箱，给了明宣一个背影。明宣没有听明白男人的意思，蹙眉说，拿？拿什么？男人也不转身，手中的毛刷指了指。明宣顺着男人指的方向看到板房门旁的小木桌上摆着十来瓶琥珀色的蜂蜜，地上还有一块被风掀翻的黄纸板，上面写有“每瓶三十元，谢绝还价”几个歪字。明宣不禁有些恼，挥了挥手，几只被拍中的蜂子划着优美的弧线跌在草丛里。呸！你把我当什么人了。明宣恨不得朝男人脸上啐一口，他竟然把自己看成了又是来讹蜜的人。男人没再说话，专心地割他的蜜。明宣突然记起锅里的枣花，短促地叫了一声，抱起妮妮转身就跑。男人不晓得发生了什么事，面无表情地目送瘦小的女人抱着小女孩跑出了树林，继而没入郁葱的枣园。

讨工钱的金窑空手而归

去采沙船讨工钱的金窑再次空手而归，三百六十元工钱看样子要打水漂。吃了哑巴亏的金窑被一口恶气鼓动着在屋里进进出出乱蹿，再次蹿出来的时候，金窑手里掂了根锈迹斑斑的东西。

院里响起“霍霍”的磨刀声。其实不是刀，是一支用来垫缸底的锈梭镖。

金窑的动作带着狠劲，显得有些急躁。他在预想当他把这样一把梭镖亮出来时，东家老坚会是什么反应。如若老坚不吃这一套，他将一点儿退路都没有。

杨氏和明宣并不知道金窑要干什么，他们迷茫地看着俯身磨镖的男人在阳光里一耸一耸。

磨完镖，金窑用拇指在刀口上试了试，打算吃饱了再去找老坚。钻进灶屋却是冷锅冷灶，只有桌上半盆丑陋的面疙瘩还在幽幽地冒气。金窑气不打一处来，把一脸谄媚凑上来的狗踢得嗷嗷叫。一旁洗菜的杨氏眉眼没抬慢条斯理地说，你媳妇做的，尝尝鲜吧。金窑捏起两个面疙瘩瞅了半天，随即黑着脸钻出来，明宣抱着妮妮并不睬他。金窑强压了怒火，呵斥妮妮下地自己玩。被凶的妮妮嘴巴一咧，明宣赶紧撩起衣服把干瘪的奶子堵了过去。妮妮吸了几口，张嘴又哭。明宣急了，在她屁股上抽了几巴掌。妮妮并不买账，扯着嗓子歇斯底里号了起来。明宣瞪着有点要赖的妮妮，泪水汹涌而下。

被蜂子咬了，连一句好话都没讨到，反被人家给熊了。杨氏在灶屋里对儿子嘀嘀咕咕。金窑刚压下去的怒火又蹭蹭冒蹿。他甩下面疙瘩，阴着脸进了枣园。

那两团可怜的面疙瘩，争先恐后滚到明宣的椅脚边。明宣伸手捉住，吹掉上面的灰。谁也不晓得这是什么枣花，杨氏不晓得，金窑不晓得，老大媳妇不晓得，围在灶屋里看稀罕的姑娘媳妇更不晓得。只有她自己晓得，这一团面疙瘩前生是一只玲珑的兔儿，只是她一腔不争气的灶火，让它没能投胎转世。兔儿兔儿你莫怪我，让你遭人耻笑了，谁让你没有碰到一双灵巧的手呢。明宣在心里默念。面对众人笑言，她没敢说，都这样了，没脸开口。当时她的样子一定很难看，恨不得找个地缝钻进去。没想到杨氏会有这一出，这是成心要出她的丑哇。好了，杨氏得逞了，这回全村都在传她的笑话，这个笑话一定会依附在枣花上永久流传下去，不断被人们温故、翻新。好在妮妮的哭闹把她从窘境中解救了出来，大家暂时忘掉了那一笼丑陋干焦的面疙瘩，想尽各种土法为妮妮消肿止哭。

明宣兀自沉浸在悲伤里，愣怔间发现磨石上的梭镖不见了。她心里咯噔一下，放下妮妮急慌慌向枣园跑去。

金窑已经在回来的路上，手里捏着大小几张票子和一罐蜂王浆，看上去轻松多了，不像刚才那样紧绷着脸和身子。

三百六十元，多了咱不要。狗娘养的……老坚！

明宣有些吃惊，没料到丈夫出手这么……但想想赶蜂人刚才那傲慢无礼的样子，心里刚刚升上来的一点歉意顿又荡然无存。

转天一早，金窑和杨氏出门后明宣又开始和剩下的一点面。她想了一宿，不能就这样认栽，别人怎么看就不管了，就算为了妮妮，也得蒸出点像样的枣花。有了昨天失利的教训明宣变得镇定多了，她强迫自己抛弃杂念，一步一步，不疾不徐。没多久，阵阵的水雾伴随着咕咚咕咚的水声弥漫了灶屋，明宣头发上结满了一层细小的水球球，她仰脸闭目，响亮地翕动着鼻子，很享受地捕捉那逸出的枣花香。

女人是这个时候进来的，悄无声息。明宣先是被水雾中浮现的一张粗粝的脸吓了一跳。用手赶走了眼前的水雾，才看清是赶蜂的女人，鼓胀的胸前抱着两瓶蜂王浆，她心里这才定了定。好香的枣花。女人把蜂王浆放在案板上说。明宣冷着脸瞟了一眼对方，并没有接话。要不是昨天赶蜂人的无礼，她不至于在杨氏和全村人面前出丑。这关系到一个女人的声誉，是拿什么也换不来的。见并不受欢迎，女人有点尴尬，蹲下身抱起妮妮坐到灶孔前——那张黝黑的脸立即被灶火旺成了一张粗粝的红纸。妮妮手上的肿并没有消多少，女人把妮妮的手放到嘴上轻轻哈了一口气，然后解开中间紧绷的衣扣，一只饱满的奶子跳了出来，女人把着乳，迅速地朝妮妮红肿的手背轻轻一挤——一条温热的乳色的线条便射了出去——女人的动作来得有些突然，明宣发觉时女人已经扣了烟色的衬衫。明宣有些惊讶，心里某个地方动了动，下意识地想到自己干瘪毫无内容的奶，有了那么一点酸酸醋醋的感觉。妮妮呢，则像一条嗅觉灵敏的犬，被突然而至的奶香搅得躁动不安……女人把奶水轻轻抹匀，哄了一阵子妮妮起身朝门外走去。

拿回去吧，明宣揭开蒸笼盖，冲女人的背影说，咱不稀罕。女人回身说，实在对不住……枣花里面放点蜂王蜜，味道会更好些。

明宣不再勉强，把热腾腾的枣花扣在案板上。刚出笼的枣花品相不是很好，耳朵耷拉眉眼没开，还是那么丑陋，不细看根本辨不出是兔儿枣花。明宣迫不及待地抓起一个掰开咬了一小口，内里还算绵密瓷实，但味道比杨氏蒸得差远了。明宣有点泄气。看来姜还是老的辣。女人并没有走，刚刚迈出门槛的脚却又缩了回来。能——给我两个么？女人似乎有些不好意思开口。见明宣意外地看着自己，女人垂下眼帘又补充了一句，我儿他——也属兔，和你家的一般大。女人的声音有些发颤，听起来令人不能拒绝。女人竟然认出了是兔儿枣花，明宣脸上掠过一丝不易察觉的喜色。她把案板朝女人跟前移了移，开始拧剂子做第二笼。女人并没有立即拿枣花，而是拿起一段剂子，垫平、拍齐、压纹再抻长，三转两绕，再插入红枣。也就是眨眼的工夫，一朵玲珑的兔儿枣花跃然而出，比明宣捏的好看多了。明宣正愣着，女人已捏了两个熟枣花抹身出了门。女人没有走枣园抄近道，而是由村路上了国道。从门洞望去，女人越走越快，脚步近乎踉跄。

女人捏的枣花打通了明宣的手感，她飞快地捏了一段剂子，揉、压、抻、拍、绕，一气呵成，一点都不拖泥带水。一打眼，虽还有些憨，但藏拙于秀，比之前的枣花耐琢磨。明宣心里溢满了欢喜和激动，她照女人的话，用蜂王浆代替了白糖重新发面……女人的经验没错，用蜂王浆做甜料蒸出来的枣花口感松软，香味绵长。明宣彻底放松了下来，她接着把仅剩的面发掉，待杨氏的脚步声在屋外响起时，她不晓得最后一笼枣花能否出笼。

奇怪的赶蜂人

妮妮手上的肿消了后，再也不敢去枣园玩耍，对房前屋后振翅乱飞的昆虫似乎有了一种本能的恐惧。这让金窑感到事情并没结束，他变本加厉地去找赶蜂人——老旧的电视机，斑驳掉锈的天平秤，转起来嘎嘎尖叫的电风扇，都被金窑一趟一趟拎了回来。

那辆枣红的摩托看上去不错的。金窑咂着牙花又动了歪念。明宣失色道，出口气就行了，你倒讹上了，还没完没了。金窑鼻子里咕噜了一声，嘘嘘地吹着手里的红枣蜜茶，喝一口便蹾在桌上问，放了蜜？都跑味了。明宣端起喝了一口说我给你加吧，喝完茶把那些东西给人家送回去，别给我丢人。没等金窑开口，杨氏却从西屋出来接上了嘴。胳膊肘还往外拐了啊，都是他们自找的，怨不得谁，再说妮妮的罪可不能白受啊。说完又掉过脸吩咐儿子，瞅瞅那电视，蚊蝇哼，听起来老费力——电视机搬回来当天就被杨氏抱了去，里外擦了个新，还到大媳妇家要来了镂花布罩，跟个宝似的——金窑进了西屋，拧开电视，左拍拍右拍拍，捣鼓了一阵声音仍不见大。杨氏担心拍坏了，把儿子撵了出来。

一提到妮妮，明宣就更来气了，气咻咻地说，这会儿你晓得心疼妮妮了啊，平日你干吗去了，说话也不怕闪了舌头……天天吊着个脸给谁看。杨氏猝不及防，一向温吞的明宣竟然也会龇牙伤人。她把手上的脸盆咣当一声摔出去，巴掌拍得啪啪响，你把话讲明白点，我哪会儿没把妮妮放在心尖儿上？吃的穿的是藏着还是掖着了？哪会儿不是先紧着她？你倒好，红口白牙污蔑人。明宣被逼得无路可退，只有顺杆爬。莫揣着明白装糊涂，都一把年纪了，人不昏眼不花做下的事却见不得人，肚里弯弯绕绕算计谁呢？眼瞅两人话赶话急眼了，金窑踢了一脚墙角的天平秤和电风扇吼道，省省都省省吧，两破东西扔回去，给我还不稀罕，电视机留下。说完扯了褂子，呼呼带风出了门。

明宣觉得不解气，堵得慌，看金窑走远了，正要张嘴，杨氏却不见了。

杨氏躲到屋里倒气，杨氏有气管炎，情绪一激动气就喘，杨氏顺了气平了喘，颤着手拍电视机，比儿子都拍得响。杨氏这是第二次有了深深的受挫感。第一次受挫是在几天前看见橱柜里的枣花，这让她大感意外，那么入眼的枣花怎么会是出自明宣的手呢，这和前一次的枣花简直是一个天上一个地下，别说杨氏，就是村上也没几个能蒸出这么好看的枣花。杨氏把枣花放到鼻子下闻了闻，甜香便弥满了鼻腔。杨氏有些生疑，想了半天后就有些心慌，有些难受。本来是接着要看明宣笑话的，没想到反被人家扇了一个无声的耳刮子，看来明宣是个能够沉得住气的人，别看平日软绵绵的，关键时候却能绝地反击，直捣心窝。杨氏埋怨自己太轻敌了，脸上火辣辣地退了出去。枣花她没敢尝，担心明宣心里有数。几天来，杨氏都处于消沉和不安之中，那些枣花就静静地躺在菜柜里，明宣没声张，她也装着不晓得。后来屋里添了一台电视机，杨氏心情才慢慢好起来，可刚好转的心情又被明宣给彻彻底底破坏了。杨氏没敢恋战，灰溜溜地缩进屋，一下午都没出门。

明宣牵着妮妮，提着天平秤和电风扇去找赶蜂人。

枣花盛开，花香正浓。枣树叶大花细，一串串，一嘟噜，远远打眼望去像黄绿色的烟雾在枝叶间缠绕升腾。明宣家的枣园并不大，才十来亩的样子，前些年种得多，但枣多愁销，卖不到好价钱。有一年金窑与人合伙出远门卖枣被骗，血本无归，还染上了赌牌的恶习，杨氏一气之下把枣园给了别人承包。

这回女人也在，坐在杌子上埋头挑蜂王浆。男人在弯腰打蜜，面纱时不时被风贴在脸上。明宣喊了一声。对面没有反应，她又喊了一声。也许是明宣的声音不够大，也许是被远处国道呼啸而过的汽车声淹没了。明宣放弃了喊叫，站着打量眼前的一切。斜阳下，各自忙碌的男人和女人，披着霞光振着薄翼嗡嗡飞舞的蜂子，驳色的帐篷和绳上随风飘动的衣服，趴在帐篷前慵懒的黄狗……明宣忽然觉得眼前的景象是多么温暖，多么静谧，她有些不忍惊扰。明宣把东西搁在地上，转身走出几步远，身后传来狗子的叫唤，继而听到女人的声音。明宣转过身，女人已追上来了。明宣嘴角向上扬了扬，勉强挤出一丝笑，女人也笑，捏了捏妮妮的脸蛋，弯下腰张开双手，妮妮迟疑了片刻便扑了过去。女人抱起妮妮，在她脸蛋子上又嘬了两口。明宣心里有些腻，女儿这样被一个并不熟悉的人亲热多少有些不适应。她只想尽快结束这令人尴尬的场面，抱过妮妮转身离开。妮妮一直在挣扎，嘴里咿咿呀呀地抗议。走远了明宣才回头，女人还站在原地，一动也不动。

有了这一次之后，小家伙竟然敢和小伙伴们蹦蹦跳跳去蜂场玩耍。明宣搞不懂是什么让女儿战胜了对蜂子的恐惧。前几次明宣不放心，远远地跟了去。妮妮很开心，围着女人咯咯地笑，女人的目光则追着妮妮跌跌撞撞的身影跑，偶尔还会停下手中的活逗一逗妮妮。男人有时在忙碌，有时坐在废弃的蜂箱上抽闷烟，偶尔也会看看玩耍中的女人和娃。明宣远远地看着，并没有觉得有什么不合适，当然，对不远处那终日紧闭且从未涉足的板房和一脸严肃的大黄狗，她依然保持着应有的警惕，告诫妮妮尽量不要靠近。

做席的日子一下子就抢到跟前了，明宣还有好多事情要忙。枣花就不再蒸了，杨氏不乐意拿出去给各家也就算了，但两三桌酒席还是少不了的，得提前给亲戚递话，还要定好菜单买好食材。这些都指望不了别人，杨氏百事不管，吃完饭就去村东头大儿子家。男人金窑就更别提了，下了饭桌上牌桌，休想拉下来。

做席的头天下午，妮妮在屋外用石头敲击木板，发出啌啌的响声，明宣在断断续续的响声中切菜配料，有一刻她猛然意识到响声很久没响起，便从窗户探出头，屋外空无一人。明宣在村上找了个遍，没有看见妮妮的身影，她转身又奔蜂场。女人和摩托车都不在，男人正在如血的残霞中收集花粉，涂满霞光的蜂子在他身边绕飞，四下里根本没有妮妮的身影。明宣也没惊动男人，她受不了男人的轻慢。往回跑的路上明宣给金窑和老大打电话，声音里都带了哭腔。金窑扯了几个牌友，像掐了头的苍蝇四处寻找，枣林池塘沟渠边都没放过。杨氏是最后一个得到消息的，惊惶顷刻布满了深沟浅壑的脸。妮妮的一个玩伴目睹了大人的失措，从纷乱的腿间挤出来结结巴巴说在国道边看见过妮妮。国道车多人杂，曾经发生过几回娃险些被人抱走的事情。杨氏听了老腰老腿立即撑不住了，委顿在地呼天抢地地号哭起来。杨氏的哭诉充满悔恨和自责，半文半白，老戏里的腔调，惹得大家忍不住笑。撇下老太婆，大家一起涌向村口的国道，分头寻出五六里路，依然毫无结果。

明宣的心揪得越来越紧了，她在浓稠的霞光中奔跑，眼泪滴滴答答淌了一路。跑着跑着，明宣突然刹住了脚，致使跟在身后的人被她撞了个趔趄。愣了片刻，明宣掉头转身往回跑。

看见明宣领着一群人一阵风似的刮了过来，赶蜂人随即开始咳嗽，一声比一声高。男人奇怪的咳嗽坚定了明宣的脚步，她一径向那终日紧闭的板房冲去。门前的大黄狗已经认识明宣了，犹犹豫豫地让开道，还摇了摇尾巴。明宣心里突突跳得厉害。她一只手捂住胸，一只手哗啦一声拉开门，眼前的情景让她惊愕得张大了嘴。妮妮闭着眼躺在女人怀里，嘴里含着女人的奶头，另一只手搭在女人的另一只丰硕白皙的奶上，丰沛的奶水在她很享受的吮吸中发出咕咕的声音。而女人身后的小桌上，却赫然摆着一张男娃的黑照片，照片前供放着三个苹果和两个丑陋的兔儿枣花。

你在干什么！明宣仿佛被蜂咬了一般，厉声冲上去把妮妮从女人怀里夺了过来。女人被突然闯进来的阳光和人群惊得不知所措，胸前的衣服都忘记扯下。断了奶水的妮妮闭着眼号了起来。女人欲言又止，局促地站着。气急的金窑一脚踢翻了桌子，桌上的照片、枣花和苹果稀里哗啦滚落下来。女人抢了过去捡起照片。明宣恨恨地瞪了女人一眼，拨开人群，抱着妮妮跌跌撞撞往回走。

1 号和 57 号蜂箱

这一晚，明宣睡不稳实，板房里的黑照片像个谜团一样缠绕着她。凭直觉她觉得赶蜂人并不是坏人，不像金窑说的那样是以赶蜂为幌子实际上做着拐卖娃儿的勾当……可她就是想不明白，女人为什么要这样做，还有那个冷漠的从未见过真面目的男人。明宣胡思乱想，昏昏沉沉快要迷糊过去的时候，屋里四窜的老鼠令她又担心灶屋里的熟菜。明宣悄悄起床出门，灶房竟然忘了关灯，一团暖色光晕从窗户洞泄了出来，一半挂在枣树上，一半铺在地上。明宣拍了拍脑袋，冷不丁瞄见杨氏在灶房，佝着的身子一耸一耸像是在揉面。明宣推门的手缩了回来，站了好一会儿，才悄悄退回到屋内。

第二天一早明宣迫不及待就去了灶房，杨氏跟进来说你蒸枣花吧，我来烩菜。杨氏的声音很小，笑容皱皱褶褶，说完就避开明宣和赶来的老大媳妇生火。明宣揭开盆盖，好家伙，杨氏发了整整两大盆面，足足可以蒸上十多笼枣花。发这么多面，一夜肯定没睡。明宣觑着杨氏干瘦的脸，想说什么，最终还是咽了回去。她挽起袖子，不紧不慢地开始擀面做剂子。

席间，大家谈论最多的还是昨天的事情，虽是虚惊一场，但留给人们的愤怒却未平息。金窑也不搭话，一直埋头喝闷酒，喝得鼻子脸子烂红。直到热腾腾的枣花端上来，人们才转移了话题，开始赞不绝口。

下午，杨氏给各家发完枣花扤着空篮子回来，杨氏告诉明宣，金窑又去找过赶蜂人了，刚刚在村长家还碰见那个女人，村长真不要脸，嘻嘻笑着接了女人带去的蜂王浆。

明宣心里恨恨的，她不晓得自己的男人接下来要干什么。村长才不会管这些烂事，哪有向着外人的理。

……

这天，枣花滴细雨。抵不过妮妮哭闹的明宣瞒着杨氏和金窑，悄悄带女儿去了蜂场。

赶蜂人和蜂箱却不见踪影，眼前是洗劫后留下的狼藉：板房被推倒，摔落瓷的花脸盆、搪瓷缸子、牙刷和肥皂等生活用品洒落一地。树下，被爆头的黄狗吐着长长的舌头，眼球脱离了眼眶，几只蚂蚁在黑洞洞的眼窟窿里进进出出，血迹斑斑的尸体上结满了细小明亮的水球球，嗡嗡嘤嘤的苍蝇在上面起落。

明宣骇得捂住了嘴，拉着妮妮匆匆离开。

走出十来丈远，眼尖的妮妮从深凹的车辙里捡起两个丑陋的兔儿枣花，上面粘上了星星点点的泥巴，可能是在仓促离开时从车上掉落下来的。明宣叹了一口气，把枣花上的泥水擦去，揣进了兜里。

出了林子，明宣在自家的枣园边上又有了意外的发现——两个分别标号为 1 及 57 的湿漉漉的蜂箱静静地躺在一棵枣树下，麻麻点点的蜂子正在进进出出。

赶蜂人为何要留下一头一尾两箱蜂子，明宣百思不得其解。

两个丑陋干瘪的兔儿枣花

枣花簌簌而下的日子，村里来了一高一矮两个乡警，他们穿过枣园，径直朝明宣家走来。正在灶屋里吃饭的金窑见状走投无路钻进了床底。那辆该死的枣红摩托正好停放在墙角，这回可跑不脱，人赃俱获。明宣心里紧张得很，不敢看来人，目光虚空地落在他们满是枣花瓣的肩上。

杨氏不晓得儿子犯了什么事，惊得跌坐在柴火里。

乡警却向明宣打听两个人，并抖出一张印有照片的协查通报。她差点惊叫起来，纸片上的人正是那对赶蜂的夫妻，男人脸相虽然很陌生，但凭直觉还是不难认出。乡警说这个叫刘铁新的男人，山西汾阳人，因儿子发烧被村里庸医治死后将对方打伤致残，案发后带着妻子谷彩霞负罪逃匿。

明宣心里松了一下，又紧了一下。

乡警走后，明宣捏着纸片，满眼都是密密麻麻飞舞的蜂子，似乎要变天。

金窑把赶蜂人留下的两箱蜂移到了屋后，方便割蜜。

把它们丢掉吧，明宣说，瘆得慌。金窑眉毛一挑，瞪了一眼明宣。人家留下的，我可没要啊。金窑说得理直气壮。看来男人喝蜂蜜上瘾了，男人喜欢把蜂蜜调在枣茶里，那两箱蜂竟然让他天天喝上了蜂蜜枣茶。

枣花败了，紫色的苜蓿花悄然登场，乡野间随处可见，一树一树擎着，摇曳生姿。两箱蜂子招来了更多的野蜂，金窑让做过木匠的老大钉了几个蜂箱，并学着慢慢打理了起来。久而久之，妮妮竟然也有了免疫力，蹲在蜂箱边看她爹一点一点地取蜜，或者嘲着蘸有蜜的甜指头，赶着蜂子房前屋后乱跑。明宣就不行，明宣不是怕蜂子，而是看见蜂子胸口就发闷。

金窑被新东家又给撵了回来，丢了活的金窑无所事事，干脆专心伺候起蜂子。

苜蓿花在一阵暴雨过后迅速凋零，蜂子面临无蜜可采的窘境。拍打着翅子竟然飞进了屋里，灶台、饭桌、房梁上爬满了嗷嗷尖叫的蜂子。明宣看着它们黄黑相间干瘪的蜂蛹发呆，它们原本是有蜜可采的，却被主人给遗弃，面临饿死的境地。

金窑有些欲罢不能，将原来贩枣的二手“小四轮”修了修，“突突突”地把蜂箱拖到邻县的花卉养殖场附近去赶花。

倒也是一种活路，好歹比在河边替人采沙强。

秋风渐凉的日子，明宣和金窑卖了存枣又向老大借了一点钱，带着妮妮、二十多箱蜂和枣红色的摩托车踏上了漫漫的赶蜂路。从北到南，从南到北，他们追赶着花开的脚步，不得停歇。每到一处，他们都不忘拿出那张皱巴巴的纸片，向同行打听一对叫刘铁新、谷彩霞的赶蜂人。被打听的人充满好奇，问是他们什么人。明宣就有些不好意思，从兜里抠抠索索掏出两个丑陋干瘪的兔儿枣花。

金手指

厂子后，有几块菜地。

这些形状有些奇怪的菜地，并不集中，这里一块那里一块，稀稀拉拉，随山就势挂在山坡上。菜地究竟是何时出现的，没有人能讲得清，厂子里人来人去，菜地的历史比他们任何人的工龄都长。他们只晓得，地里的瓜菜被一个老厨子源源不断地摘了下来，四季不同，瓜菜也不同，然后，这些青翠鲜嫩的瓜菜被老厨子一遍一遍洗了，炒了，一盆一盆端上台子，再一勺勺出现在他们的碗里。

百十号人，多是从乡下来的，他们在城里辗转，从这个厂到那个厂，城里大棚捂出来的反季瓜菜，把他们的味蕾都搞乱了。后来，来到现在这个小厂子，味蕾似乎在慢慢复苏。心细的人，很快就发现了其中的奥妙。

刘盖乡被老乡带到这个厂子的时候，是这年的六月，墙边的三角梅正烂漫。老板是个四十来岁的贵州女人，偏胖，仅仅是身子胖，脸盘子却瘦，也标致，由于疏于打理，显出漫不经心的粗糙。贵州女人打量了他一眼，简单问了几句，然后让老乡领着刘盖乡去车间试试手。再回来，贵州女人点头说就“二床”吧。

“二床”是一台老机器，看上去有些年头了，却还能凑合用。

货单不多，刚够他们忙碌。听讲，这应该算是景气的日子，原来有一搭没一搭等活儿；又听讲，这厂子原是一个湖南人开的，老板毫无征兆地带着小三失踪后，只给贵州女人留下这间半死不活的厂子和一纸离婚书。……这女人也拼，把自己也拼进去了。刘盖乡没转过来，老乡搡了他一把，笑。

刘盖乡也发现了那几块菜地。

起初，他只是无意发现山坡上有人在忙碌，身子一仰一俯，像是在挖什么，好几天了，位置都没挪动。他也没问人，心里猜测该是挖老根吧，要不就是挖草药，在他们老家，许多人干这营生。转日休息，他换上一身轻松的衣服，约工友去爬山，却无人响应。自讨没趣，只得独自上山。

其实，他只想看个究竟。上山，近了，才认出是厂子里的老厨子，正弓腰锄地。便想起，来之前老乡和他讲过，这个厂子的蔬菜不赖，自种，管够。

那是一块被新翻出来的地，土块新鲜，菜地的形状有些怪，像一个“凹”字，凹陷进去的那个地方，掏了一个圆坑，蓄水蓄肥。再瞅瞅远处几块地，都无一例外是这种形状，只不过，它们已经有了自己的内容，芸豆、黄瓜、茄子、辣椒或者西红柿，郁郁葱葱，加之雨水冲刷和杂草遮蔽，“凹”形看上去不明显罢了。

那个老厨子，系着粗陋的蓝围裙，舞着锄头，动作看上去不连贯，有些笨拙，轻飘，并不着力。觉察到身后有人，老厨子双手拄在锄把上打望。刘盖乡挥手，老头视若无睹，俯身将簸箕里的混合肥一把一把均匀地撒在菜地上。像是捂过的草灰、锯屑和鸡粪的混合物。撒完，又捞起钉耙细翻了一遍。

刘盖乡绕过老厨子和他的菜地，不紧不慢往山上去。待下山，老厨子已离开。新翻出来的地，有些样子了，安静地躺在向阳的山坡上，令人心生欢喜。准备种什么呢？眼下，适合种的菜却不多。

夜里，刘盖乡和老乡说起山坡上的菜地。老乡说，你说的是老孟吧，是个好人，就是有点古怪。怎么怪呢？老乡说了一件事：这些年没少吃他种下的菜，觉着过意不去，好心帮他挑水施肥，老头却不领情，还把我们几个斥了。刘盖乡有些惊讶，想起白天在山上老厨子的漠然。

他……应该和老板沾亲带故吧？

老乡摇头：老工人，被机器咬了指头，拿着一点钱回去，分不平，又来了。老板看他可怜，就把他留了下来。

难怪一块地翻了好几日……

老乡又道：他也没把自个当外人，百来张嘴吃喝，全靠他了。

若不是老乡说，刘盖乡根本不会注意到老厨子右手的破绽，虽然少了拇指，但他舞勺给大家捞菜的动作看上去还算麻利，偶有细微的笨拙或迟滞，也是可以忽略。在捞素菜时，动作粗放，量多，而荤菜就不一样了，勺子轻轻探下，提起来，抖几抖，透着几分小心和谨慎，多了一分对主家的体恤。

准确地说，厨房里是一个半人。老板的亲戚，那个矮矮胖胖看大门的女人每天会去集市上买菜，自然都是些荤菜，偶尔会有一些临收摊的蔬菜，便宜货。矮胖女人把采购来的食材丢给老厨子，百事不管，遇上心情好，会坐下来帮忙把菜择了，切了。老厨子嫌矮胖女人买来的食材短斤少两，或以次充好，忍不住咕哝。矮胖女人并不买他的账，三两句给呛了回去。老厨子哪敢顶嘴，可长此以往又觉得太不像话。于是等着，等到三楼那间办公室深夜亮起灯，立马爬起来打着火。不多时，炖好的桂圆鸡蛋和红薯被端到那间亮灯的办公室。老板很少在厂子里吃饭，这个贵州女人，总是忙，总是有应酬，场面上的饭局，自然吃不下，倒是晚上加班，老厨子端来的夜宵，暖胃，慰心。也许是真饿了，再者，老厨子的手艺不错，也会搭配，有那么点养生的感觉在里面。老厨子恭恭敬敬地把桂圆汤和红薯放在茶几上，垂手待在一边。等老板打完电话，他才哩哩啰啰给她讲矮胖女人的事，他讲得尤为小心，生怕表述不准确而冒犯了老板和那个矮胖女人。老板心里跟明镜似的，她晓得，那些个穷亲戚，哪个不是想尽法子盘剥她。又不能得罪他们，面上过不去不说，惹恼了他们，串通起来不定闹出什么事。孟师傅费心，回头我找她唠唠，你心里明白就是了。老板轻言安抚，语气里，是不偏不倚的客气。

厂子里，除了老板，老厨子似乎并没有很相熟的人，一来老厨子本身寡言少语不那么好接近，二来厂子里的人都是一个地方一个地方的，有点团团伙伙的意思，不愿意和外人来往，尤其是老厨子，这种无关紧要的人。

这年的深秋，刘盖乡的“二床”彻底罢工，十多年的机器，寿终正寝。活儿误不得，贵州女人咬咬牙，订了一台新机器，很快便到货。把“二床”那一堆废铁弄出来，费了不少周折。打扫时，墙角一段暗黄色的东西赫然入目。刘盖乡用脚拨了拨，像几节小骨头，表面蒙尘，长短不一。外面吊装的人在骂娘催促，刘盖乡不及细看，顺手将骨头揣进口袋。

装着蹲厕所，刘盖乡掏出那东西细端详。排列在掌心的骨头修长有致，竹节一般。貌似灵长类动物指骨或趾骨，是何动物不好说，而且，动物指骨或趾骨不可能出现在车间。莫不是……刘盖乡被突然冒出的想法吓得一哆嗦。再看断面，像是在猝不及防的情况下瞬间被锐器切断，切面平整光滑。一种钝痛猝不及防击中了刘盖乡，他心里过电般惊叫着，悚然将那东西抛在墙角，转身疾疾地离开了厕所。

那个下午，刘盖乡洗了几趟手，似乎干净了，但脑子里却挥之不去，仿佛，遗弃了不该遗弃的东西，心底里竟有了罪恶感。鬼使神差，恐惧慢慢战胜了某种情绪，他提拉着裤子又向厕所奔去。

下班后，四处无人，刘盖乡犹犹豫豫将那东西掏给老乡看。

下午搬机器发现的。

老乡讶然失色。赶紧抛了，瘆得慌。

尽管早有准备，刘盖乡心里还是“咯噔”一下。

谁的？……这人也太大意了。他咕哝。

谁知道呢，听说“二床”出过不少事。

刘盖乡缩了缩脖子，后脊背嗖嗖蹿凉风。

意识到说漏了嘴，老乡又补了一句：该死的家伙总算给扫地出门了。

谁丢下的？……得问问。刘盖乡不肯罢休。

没事吧你？老乡瞪他，难不成接回去？

刘盖乡不再吭声，找来一个小木匣将指骨装了进去，趁老乡不在，再将匣子藏进宿舍置放杂物的壁龛里。

这一阵子活儿不少，紧迫和忙碌让刘盖乡回到宿舍倒头就睡。这天晚上，刘盖乡听到某种“劈啪、劈啪”的声响，充满节奏和韵律，让人模模糊糊想起稻场里的禾苗、地里的玉米拔节生长的声音。细听却又不像，更像是骨节错动的声音。刘盖乡循着声音，找到了声音的来源——那个堆放杂物的壁龛。刘盖乡魂飞魄散，大叫一声坐起……

宿舍里的工友咂巴嘴翻个身，少顷，鼾声又起。他蹑手蹑脚爬了起来，打开壁龛。从长短看，应是三节拇指骨，表面光滑，骨端圆润，说明指头当初并没有受到外力挤压。令人疑惑的是，这么完整的指骨，完全可以重新接好，主人为何弃之。它就躺在机器和墙壁形成的夹缝里，并不难找到。这可是一根指头，不是一根树枝，说丢了就丢了，说不要就不要。失去这根指头，等于抽去人的许多力量，令人变得难看、笨拙甚至软弱。比如，重活干不了，种不了庄稼劈不了柴。若是右手，那将更令人沮丧，写不来字，拿不了筷子或勺子，甚至——擦不了屁股。少了它，四指握拳，不能称之为拳头，打出去也娘，毫无说服力。

刘盖乡百思不得其解，越琢磨越觉得不合常理。现在，这三节遭人遗弃的、孤独的骨头，被他收留，他觉得自己必须做些什么，可怎么做又茫然无绪。也许，那个在厂子里干了十来年，同样经历了断指之痛的老厨子，能给他一点帮助。可如何开口才不至于唐突，甚至冒犯？

食堂无人问津的红薯酒，给了刘盖乡接近老厨子的机会。

坡上刨来的红薯，一部分蒸了酒，老厨子用矿泉水瓶装了放在食堂，供大家自取。那个酒，实在难喝，辛辣苦涩，哪里是酒，分明是刀子。偏偏，刘盖乡能喝，味儿和老家的差不离。得空，他会凑上去和老厨子喝上几盅，或者，老厨子偶尔烧了好菜，也会唤刘盖乡过去。喝酒和下棋一样，得有对手，一来二去，喝起来才有劲。

这天酒酣耳热，二人微醉，趁着尚清醒，刘盖乡道：

您这手——怕是给机器咬的吧？

老厨子滋完杯中酒，摊开残手，点头苦笑。

讲讲？

有啥好讲的，一根断指，换来俩孽子反目。

刘盖乡叹一声：断指呢？为何——不接上？

老厨子躲开刘盖乡的目光，赤铜一般的脸，露出不快。

丢了。

丢了？

来来，喝酒喝酒。

显然有所顾忌，不愿多谈。

喝了个酩酊大醉，却一无所获。

只得试着从外围入手。但，那根指骨究竟是何人留下的？老厨子手指当年是如何断的？没人能讲得上来。有人干脆断定断指就是老厨子的，据传他当年也操作过“二床”。思前想后，刘盖乡决定还是找老厨子敞开谈，是就是，不是就不是，不能灯下黑。主意打定，刘盖乡带上匣子上门，但几次都不见人。老厨子故意躲他？这么一琢磨，刘盖乡觉得还真是有点不对劲，老厨子有时间没找他喝酒了。莫不是听到什么闲言碎语？厂子里最近都在传刘盖乡在调查断指骨的事情。也罢，知道就知道，又不是什么见不得人的事。

这日，刘盖乡遍寻不见老厨子，却发现坡上有人影晃动。丢下活，刘盖乡揣上匣子往山上爬。老厨子却扛着锄下来了，锄把上还担着一个竹篮，里面几把韭菜，几根丝瓜和黄瓜。他也不看刘盖乡，低头匆匆下山。刘盖乡堵住了老厨子的去路，急道，老孟，找你有事哩。说着掏出匣子打开。老厨子瞥了一眼，蹙紧了眉，目光像是被灼了一般迅速收回去。……你这是干啥哩？不就是一截骨头嘛……你这是干啥哩？刘盖乡讪然，您别误会，我没别的意思，只是想找到它的主人……老厨子气急，与我何干？这把老骨头都丢外面了，还稀罕这？说完，头也不回，黑脸下山去了。

事情进展并不顺利，刘盖乡有些憋屈，干活也心不在焉，恍惚间，手不想被机器给剐了一下，若不是抽出及时，恐遭断掌。刘盖乡冷汗涔涔，任机器空转。一天要重复千遍万遍的动作，闭着眼都不会出错的动作，竟有了恐惧。按理，新换的机器，好使，但那逼着冷光的刀口，着实令人胆怯。他小心翼翼，一步一步，反复确认才肯下料拉闸。那几天，老乡觉得刘盖乡有些反常，不在状态，也不出活。这天在餐厅，老乡端了碗朝墙角的刘盖乡走过去，半道上却愣住了。背对着他的刘盖乡正用左手吃面，那些调皮滑溜的面条显然在跟他作对，费了好大劲他才捞起几根，然后歪了头噘了嘴凑上去，活脱脱电视里的孙猴子。见老乡过来，刘盖乡连忙将筷子换到右手，大口吃起来。

都是那根无主指骨作祟，老乡又好气又好笑，催促他赶紧把那脏东西扔了，这样下去，不定搞出什么岔子来，到时追悔莫及。说话后的第二个礼拜，刘盖乡一声不吭，将一张打印纸铺在他面前。那是一张厂子注册十三年来断指工伤名单，好家伙，一长溜下来整整八十多号人，姓名、性别、住址、电话一应俱全。老乡惊得半天说不出话来，这人八成是疯了，也不晓得他从哪弄来的名单，这种东西可不是随随便便能搞到手。

没人知道刘盖乡要干什么，即便是老乡，也只是认为刘盖乡中了邪，和那脏东西拧上了。但刘盖乡不这样认为，他并不是和自己过不去，那一截流落异乡的断指，已经把他搞得寝食难安，没法干活，他必须让它物归原主。也许，不仅仅这么简单，里面有些东西，他也说不清楚。

这是一项繁杂的工程，他得逐步缩小范围和目标。按照电话号码，他先把名单捋了一遍，筛去了三分之二的断指人。这些人，对这个突然而至的回访电话感到兴奋，他们早已忘记了伤痛和曾经带给他们伤害的厂子，他们的断指被接上后说不上好也说不上坏，只是失去了应有的美观和灵活。这个电话并没有给他们带来意外的好处，简单询问之后，再也没有下文。尽管如此，他们还是兴奋，逢人就举起那一截有着戒指般疤痕的手指，聊起那个奇怪的电话。

剩下二十来个联系方式失效的名字，刘盖乡无从下手。细细琢磨，还是有了办法。这地方，此类工伤一般不经官，影响不好且耗时长，还要折去一点费用。双方一般都选择私了，两下省事。自然，明码标价，童叟无欺，十指有十种赔法，断指接上和没接上又有较大差别。如若查出这些人当年所获赔偿，可以进一步锁定目标。刘盖乡只得又去找那个矮矮胖胖的看门人，又塞给她几张钱，那女人转身去找厂子里神通广大的老乡，老乡又找老乡。几天后，矮胖女人在那二十来个名单后补上了赔偿金额。参照赔偿金额，刘盖乡轻易刷掉了近二十个人，剩下四个高度可疑对象：

何大坤　山东省郑西县归田乡西固村第二小组
吕富贵　安徽省如阳县瓦店乡小豆村
陆世明　安徽省如阳县老君坡乡柳岔村
孟有福　江西省新宜县车溪乡脑古坝村

最后一个是老厨子，这也印证了刘盖乡方法的正确性。这四人，也只有三种可能：一是手指完全碎裂无法手术重接；二是重接手术失败，断指坏死；三是断指丢失。既然老厨子极力否认，那只有先从另外三人入手，逐个排除。年关已至，天寒地冻，看来得先放一放，待年后开春再谋划。

大雪阻隔，刘盖乡春节未能返乡。在就近的小镇和几个初中同学过完除夕后便返回厂子。给他开门的竟是老厨子，二人都感到意外。犹如见到亲人，老厨子脸上浮笑，把他往食堂里拉。

没有了机器的尖叫和人声喧闹，厂子里真是静，雪地上的三五行脚印都能数得清。

老厨子并不急于回答刘盖乡的问话，捅亮了火盆，然后围着锅灶开始忙碌，虽然已过饭点，但还是弄了一桌子的菜。落座后，老厨子说，不想回，也回不去。

不想儿孙？

咋不想？……没有钱，回去也不遭待见！

刘盖乡一时语塞，不免心生悲凉。心里装了事，酒就喝得有些闷。天擦黑，两人不胜酒力，挤一床，早早睡了。醒来，已是第二天中午，屋子里暖烘烘，老厨子正在外屋温酒，花白的头发一晃一晃。吃过饭，刘盖乡无所事事，出门抬头，青山负雪，银装素裹，心一动，顺脚往山脚下走去。上山的路只有一来一去两行深深浅浅的脚印，不用猜，一定是老厨子留下的。路并不好走，刘盖乡只得放弃去看看那几块菜地的念头。

晚上又是喝酒。刘盖乡这回把住了嘴。酒过三巡，老厨子微醺。刘盖乡拣起了昨天的旧话说，你恨他们么？老厨子微微一愣，把酒杯蹾在桌上。不怨是假话，可我老了，又这样了，做不了工种不了地，净添累。他们，也不容易，一个有病，一个遭灾。可惜，我这把骨头……咳，不讲这些了，哪里黄土不埋人哩。老厨子抹了一把恓惶的脸，一仰脖，杯中酒咕咚下肚。挣扎了一番，刘盖乡还是开了口，那根东西，有点眉目了。说着掏出一直随身带着的那张纸条，您看看，这三人认得么？老厨子平复了一下情绪，瞄了一眼，摇摇头。进进出出的人太多，十来年，没记住几个。顿了顿，又说，小刘，我知道你为什么要这样做，你——是个好人。

刘盖乡淡笑，什么好人坏人，您不是好人么？

老厨子苦笑。

开春，刘盖乡请了几天假，决定先去山东省郯西县找何大坤，临走前老厨子却执意要和他一同去，但必须是厂子放假的时候，就着清明或者端午，少请几天假。刘盖乡有些意外，也不多问，临时改变了计划。几天后，初中同学那边来了好消息，他托春节回家的工友找到了那个何大坤，据称当年由于天气炎热，且耽搁时间过长，术后何大坤断指坏死，如今还干着重活。刘盖乡心里有点高兴，拿了笔在“何大坤”三个字后打了一个大大的叉。

清明前几天，刘盖乡和老厨子去了安徽省如阳县瓦店乡，一路无话。赶到小豆村的时候已经是第三天黄昏。暮光里的村子出奇地安静，关门闭户，一点响动都没有。顺着村人的指点，他们找到吕富贵家，却吃了闭门羹，低矮的瓦房被一根木棍拴住大门，朽木戗住的院墙将倒未倒，野草封锁了通往房屋的小路。隔壁屋似有老妇在朝他们张望，刘盖乡上前打听吕富贵，老妇闻言面露惊惧之色，转身急走。享福去了。老妇边走边说。刘盖乡和老厨子对视了一眼，不知何意。死了。老妇人又吐出两个字，随即“咣当”一声关上门。老厨子并不死心，欲再找人问个究竟，正往外走，迎面一个面善的女人挑着一担枝条上了院场，像是这家的女主人。老厨子上前说明来意。前些年过世了，女人说，瘫床上几年没人照顾，儿子一家在外打零工，还是我婆子给口热饭。……你讲的他那根指头，听讲是丢了，怎么丢的就不太清楚，从没听他讲过。令人失望，大老远赶来却是这样一个结果。天色已晚，赶往镇上的末班车早过了。二人正为夜里落脚犯愁，女人说要不在我这儿将就一夜？刘盖乡想起刚刚老妇人的怪异，连忙摆手。老厨子思忖道，要不就在吕富贵家对付一宿吧。

只能这样了。

这一夜刘盖乡基本没睡实，屋里浓重的霉味及老鼠出没的声响令人难以忍受，直至远处递来鸡叫，才迷糊过去。醒来，不见老厨子，屋外一阵“哧哧哧”的声音。刘盖乡出屋，见老厨子正在铲除院里的野草，院子西北角，还铲出一块“凹”形的菜地。刘盖乡在心里笑了一下，打着哈欠，弄那干啥，又没人住。主人总会回来的。老厨子说，荒着也是荒着。刘盖乡歪头瞅了瞅西北角的“凹”形菜地说，很奇怪啊。老厨子直身道，聚财，不跑肥，我们那都这样。

那老妇人正隔着院墙扯了脖子朝这边张望，见刘盖乡转身，飞快地把头缩了回去。

吕富贵存疑，只能寄望于陆世明了，好在同一个县，免去了长途奔波。紧赶慢赶，当日上午就赶到老君坡乡柳岔村。情况似乎有些糟糕，二层小楼，倒是气派，但同样大门紧闭。找人打问，才知陆世明随儿女搬县城好多年了，房子一直空着，只是回来祭祖住几日。再问，陆世明早些年做工确实被机器吃掉了一根指头，且是左拇指，具体情况就讲不上来。这令刘盖乡心里为之一振，心底又慢慢升起了希望。

按照乡人提供的电话打过去，接电话的是陆世明的大儿子，声音好不耐烦。搞清楚刘盖乡的意图后，对方顿然变得热情起来，居然要派车过来接他们去县城面谈。刘盖乡谢绝，当即和老厨子赶回县城。

蹦蹦车在一家古色古香的茶馆门前停下。刘盖乡和老厨子犹犹疑疑进去，正准备掏出电话再打，从里面的包厢里却出来三男一女，有点相像，其中一个瘦男子捉住刘盖乡的手，自称是陆世明的老大，说着把刘盖乡和老厨子引进包厢。里面还有一个男人，气度不凡，正喝着茶，小口小续。老大介绍说这是我们家老三。老三瞟了一眼他们，嘴角微微牵动了一下，算是招呼。刘盖乡和老厨子有些拘谨，陆世明的五个子女，齐整整坐了一排。

东西……拿出来看看？老大欠身堆笑，先开了口。

还是——先说说陆老爷子的情况吧。刘盖乡将装有木匣子的皮包下意识地拽紧了，仿佛一松手就会被这伙人抢了去。

二位师傅这是打哪来？那个厂子叫什么来着？还有老板……老大拍着脑门，瞧我这记性，老爷子早些时候还跟我唠过。

这是在核实身份了。

台州东沙镇——宏发模具厂——老板吴冬满。

仿佛记起来，老大连声应和，然后转入正题：不瞒二位，老爷子当年出事时，因年纪大昏过去，醒来时已在医院。大伙儿告诉他断指可能被机器给吃了，车间寻摸了个遍，没找着。回来这些年，老爷子就没放下过，心底里一直惦记。这不，前不久突发脑梗，躺在病床上还在念叨……毕竟是自己的骨肉啊。

还是先看看东西吧。一旁的老三打断。

气氛有些压迫，刘盖乡本不想过早把匣子拿出来，可又不好拒绝，他用目光向老厨子求援。老厨子却木着，表情复杂。从离开小豆村，刘盖乡就感到老厨子不太对劲。

木匣子在五人手中转了一圈。

开个价吧！老三又说。

刘盖乡愕然。

不要误会，刘师傅。老大说，你们千里迢迢把老爷子东西送来，帮了我们大忙，也了了老人一个心愿。你也晓得，老爷子近来状况不好。我们这儿有个讲究，人去了不残不缺才完整、圆满。我们哥儿几个，前些日子还商量给老爷子定做一根金手指，但那毕竟是金属，哪里比得上这个，瞧这色，不就是金手指么。

可这东西不一定就是陆老爷子的呀。刘盖乡示意老厨子把东西收好，简单把吕富贵的情况说了一遍。

应该是，应该是。再说呐，那个吕师傅都去世了，用不上了嘛。一直未开口的女儿抢嘴。

荒唐。刘盖乡心说。可嘴里却词穷，好像不答应，该他的不是了。他张着嘴，捅了捅一旁的老厨子。那老厨子，拽了几节骨头，像受了冷一般，佝偻着身子，尽量向沙发里处缩了去，全然不顾有些着慌的刘盖乡。

一万二吧。老三干脆。

刘盖乡吓了一跳，他确定自己没听错，心怦怦然。这时，一旁的老厨子把东西胡乱塞给刘盖乡，忽地从沙发深处挣脱起来，掩面冲出了包厢。那几节骨头，早已被汗水濡湿，还带着体温，热水中捞出一般。刘盖乡抱歉地朝屋里的人笑了笑，跟了出去——好似摆脱束缚的囚犯，刘盖乡长吐一口气——大厅里并没见老厨子，隔着玻璃墙，刘盖乡看见，老厨子蹲在屋外的台阶上，双手捂脸，身子一抽一抽，一抽一抽。

刘盖乡怔了怔，一种无法言说的酸楚袭来，浸至他的五脏六腑，及至每一根神经。

谢绝了陆家兄妹吃饭的邀请，刘盖乡在路边找了个夜宵摊点。老厨子没动筷子，闷头喝酒。那种纯度有些可疑的烈酒并不怎么好喝，呛得他直泛泪。

接下来——怎么办？老厨子抹着泪问。

刘盖乡摇头。没法确定，给了他们，遭天谴。

卸下我的指头给他们吧，一根也是断，两根也是断。

你喝高了吧老孟。刘盖乡差点被噎，白了老厨子一眼。

一万二……值当。

刘盖乡抢过老厨子的杯子，不让他再喝。

在去小旅馆的路上，陆家老大打来电话。钱不是问题，可以再商量。至于是不是老爷子的东西，也并不紧要。十年了，那东西早不来晚不来，偏偏这个时候来，我们坚信这是神明的安排。刘盖乡心里发堵，没来由的堵。看着走在前面老厨子落寞的背影，突然很想冲电话吼几句。他终究压住了自己的情绪，草草问了几句陆老爷子在医院的情况，便匆匆挂了。

这一晚刘盖乡倒是睡得踏实，夜里却被推醒。刘盖乡迷迷糊糊睁开眼，屋内只有微弱的路灯光，也不知是什么时辰。老厨子一直没睡，坐在床沿心事重重的样子。

那东西……是陆老爷子的。老厨子期期艾艾。

怎讲?

昨儿早上在小豆村，有个事没对你讲。

刘盖乡揉了揉眼睛，强打精神。

隔屋的老婆子，在你睡的时候悄悄找了我，说，当年吕富贵……使诈哩。

老厨子避开刘盖乡的目光，勾了头，摩挲着床沿，表情有些不自然的生涩。

……在去医院的路上，吕富贵趁乱把那东西给扔了。

扔了？刘盖乡猛然坐起来。

扔了。

瞬间，他仿佛又明白了过来。

就想多拿点钱?

老厨子没再吱声，石头一般沉寂了下去。刘盖乡再也睡不着了，这太令人感到震惊，甚至有些难以名状的悲壮，怎么能这样呢？怎么会这样呢？他并不怀疑老厨子的话，老厨子不可能为了陆家兄弟开出的一万二，编出这等谎言。问题是，老厨子为何要瞒着他？为何又要在半夜吞吞吐吐把实情告诉他？还有，老厨子为何一直极力避谈自己的断指？刘盖乡疑窦丛生，排除了吕富贵，事情并没因此变得简单。

担心去晚了碰上陆家兄弟，生出不必要的麻烦，天未亮，刘盖乡和老厨子奔医院。

陆老爷子比他们想象得要糟，拉着刘盖乡的手两眼发亮，庆生长庆生短地絮叨。刘盖乡和老厨子面面相觑。陪护的保姆说，他就这样，每个来看他的人都是庆生，有鼻子有眼，天知道这个庆生是谁。刘盖乡捏着老爷子的残手，路上想好的问话一字一句咽了回去。干坐了一会儿，替老爷子剪完指甲，然后和老厨子匆匆出了医院，直奔火车站。

还没到厂子，陆家老大的电话就追了过来。刘盖乡没有接听，他已经想好了，回去后等老厨子想明白主动找自己谈，他等着，他有这个耐心，他不信老厨子就不开口。万一，最后，只有把指骨和陆老爷子的指甲、老厨子的头发一同送去做DNA 检验。刘盖乡不知自己这样做是否过于执拗，而且还得搭上一笔不小的费用。也许，就图个心安吧，别的，实在想不出来。

都知道刘盖乡和那根来历不明的指骨拧上了，那个贵州女人，竟然在一次全员训话中突然说起这个事。当然，她不反对也不支持，只是一再强调，不要搞得人心惶惶，影响工作，更不得口无遮拦对外随意抹黑厂子。贵州女人这样说，就有点批评的味道了，等于在奉劝刘盖乡赶紧收手。刘盖乡感受到前所未有的压力，四五天过去，七八天过去，老厨子不见任何动静，他快有点沉不住气。大伙也厌倦了，这个事，有点恐怖，又有点刺激，与他们既密切相关，又毫无干系，反正吊人胃口。可吊人胃口的事总没有个结果，而且，在最初的一惊一乍之后，又缺少兴奋点，就像一部拖沓的肥皂剧，令人乏味。想想，似乎是老厨子的不是，不就是一截黄不拉叽的骨头嘛，认下来有这么难么？令人不高兴的是，那个厨子，一点儿愧疚都没有，跟没事似的，该吃吃该喝喝，甚至，还扛把锄头上山种地。

谷雨前后，种瓜点豆。一连好几天，老厨子都在山上翻地，身子一仰一俯，一俯一仰。又过了几天，有人上山，发现那些地不一样了，全部下了种或栽了秧苗，那些嫩苗被点了水，已经活过来了，挺拔挺拔。那些下了种的地，也冒出米粒大星星点点的绿。

赶在抽薹前扯了下来的白菜卷心菜萝卜等，被老厨子细心收拾了，准备做盘菜。他还拿出好几百块钱，叮嘱矮矮胖胖的女人多买些荤菜，要给大伙改善一下伙食。胖女人满脸不解，不年不节的，改善啥伙食。是不是有什么事情要宣布？是不是因为那截骨头给大家道歉来着？确实，老厨子亏欠大家，欠什么又不好说，也许，就是……矮胖女人不好意思往那方面想，那样想了仿佛她成了一个好吃的女人。她没多问，更没声张，反正有好的吃，花的还是别人的钱。

最先发现异常的还是这个矮矮胖胖的女人，她捏着饭盆像只肥胖的鸭子雄赳赳往食堂赶，生怕落在别人后面。落后了改善伙食的好菜就落在别人碗里了。进了食堂她却愣住了，我操！怎么回事？什么情况？里面竟然摆了五六桌酒席，每桌热盘冷盘荤素搭配，肘子、梅菜扣肉、白灼虾、大蒜炒肉、萝卜炒年糕、清炒白菜……红红绿绿，满满当当，还有老白干，连碗筷和凳子都摆好了。我操！我操！矮胖女人一下子就被弄得兴奋起来，她在菜香中边笑边大声喊着老厨子的名字，却无人应答。她顺手拿起一块肘子，挺着高耸的胸脯又雄赳赳向厨房深处走去。也没人，里面收拾得干干净净。再进了老厨子住的里间，却吓了一跳，屋里常用的东西少了，床上的褥子也不见了。

刘盖乡赶来的时候，屋里挤满了人。他愣了愣，转身向宿舍冲去。壁龛里木匣子尚在，金手指却不翼而飞。知道这个秘密的，只有老厨子孟有福。

刘盖乡的心狠狠地被剐了一下。他铁着脸折回食堂，那些工人已经围在桌边吃开了。老厨子的屋里空无一人。矮柜上立着百事可乐瓶灌装的红薯酒，下面压着老厨子那套不常穿的、折叠好的厨师衣帽。刘盖乡晃了一眼颜色混浊的红薯酒，依稀看见里面泡着一段类似人参的东西，却又不像人参，拿起来细瞅，如遭电击，脸色骤然煞白，他“哎哟”一声，在惯性的作用下，踉踉跄跄后退了几步。

可乐瓶失手滚落在地上。

瓶里泡着的，分明是一根惨白浮肿的拇指，像一个失效的生物标本，看上去有些年月了。

外面的人热热闹闹正吃得高兴，没有人听到老厨子屋里那一声短促而痛苦的惊叫，即便有人听到了，也感觉不到疼痛。

水边的芦苇

1

荷湖是个杀场。

没错，荷湖就是个杀场。

听上去似乎有些不得劲儿，杀场该有个杀气腾腾的名字，碧波荡漾的荷湖处处洋溢着诗情画意，和杀场八竿子也打不着。但事实就是如此，城北的荷湖历朝历代都是行刑场。每年秋后至立春，辚辚的囚车押解着一批又一批的囚犯碾过古老的荷桥，走上不归路。时间的流逝遮蔽了太多的东西，今天，人们只能在仅存的几张旧照里，想象当年行刑场面的惨烈和血腥。

关于荷湖和杀场的关联，有人做过诸多考证，结果莫衷一是。古时刑场多设在人烟阜盛之地，以儆效尤，比如老北京的菜市口、西四牌楼。荷湖显然不具备这个要素，城南城东比荷湖热闹的地方多了去，选择荷湖实在令人费解。冥冥之中，蒲先生觉得其中必定有不为人知的原因。后来，在应邀参加本市新区街道命名征询会上，蒲先生道出了自己的困惑。地名办一个叫柳媚的女子认为荷湖早先应是一片芦苇荡，每至秋冬，芦苇肃杀，此时行刑，顺天应命。加之临近水源，亲人为亡者清洗方便，且附近苇席供应充足，地势开阔，便于裹殓、掩埋。这是迄今为止，蒲先生听到的最靠谱的观点。只是，现今的荷湖，除了田田荷叶，已找不到半支芦苇，柳媚的观点也只能是一种合乎情理的推断。

如果没有后来的八个人，荷湖注定是个令人谈之色变，骨殖遍野的凶险之地。

1907 年夏，这个城市发生了史上著名的“八子就义”，被捕的八位革命志士，受尽严刑，终在荷湖引颈就戮，慨然赴死。八君子就义，某种意义上也成全了荷湖，给其涂上了某种忠烈的色彩。新中国成立后，政府疏浚湖道，并大兴土木，在湖心岛修建了八君子纪念碑、纪念馆，将其打造成了一个融爱国教育、休闲健身为一体的亲水公园。今天，聊起风景如画的荷湖，鲜有人把它和血雨腥风的杀伐之地联系起来。这是一段不光彩的历史，在八君子的光环下，人们选择了集体淡忘。但旧闻掌故并未绝迹，它依然在某些人的口中顽强生长，比如，这个城市的出租车司机，天生一副油嘴子，对坊间逸闻轶事有一种超乎寻常的热情。外乡人第一次来到这个城市，想要去荷湖，他们一定会津津乐道地谈论起荷湖不为人知的一面，历朝历代，处决囚犯的程序、押解的路线、酷刑的奇古惨绝、监斩官的嘴脸以及杀伐后的各种诡异。一惊一乍，听来骇然。话正说着，就到了。被好奇心驱使着，曲径引着，在亭台楼榭，拱桥流水的荷湖走一圈，并无奇异之处，唯一能给人杀场概念的，或许，只有那隐在花间草丛八座矮小的坟冢了。

观者多有失落，寻路而出，湖边百米长的老街，店铺林立，古朴有致，却是消磨时光的好去处。

“蒲记馅饼”就挨挤在这条街的东头，面朝荷湖，背靠老城墙。逼仄的半爿店，显得格外局促，悬于屋瓦之下的店招，却显出与店子不协调的阔气，仿佛是刻意为招徕客人。这是蒲先生自己的字，苍劲有力，圆润饱满。蒲先生越来越觉得，年岁增长，笔下的字也在悄然变化，从心所欲，自成一格。

若论蒲先生对店子的贡献，也只有这块店招了。店子里的生意，他从不曾理会，一切都是女人打理。蒲先生在一所职校听差，除了有名无实的校办副主任这个头衔，还有几重身份：市“八子就义”研究会会长、市书协副秘书长、市楹联学会副会长、市民俗协会顾问及副会长。这些个头衔，代表了蒲先生的社会地位，也恰到好处地弥补了无所事事的校办副主任带来的空虚和失落。细究起来，蒲先生还有一职，但不可与人说，蒲先生自己也不承认。市饮食烹饪行业协会副会长，听起来，实在——有辱斯文。他无法想象，自己的名字和“馅饼”联系在一起，是一件多么滑稽的事。

说到底，蒲先生看不起自家的饼子，以及，浑身散发着油腻味儿的女人。尽管，这不起眼的东西，让他们祖辈过上衣食无忧的生活。

2

坐在“蒲记馅饼”店里喝闷酒的蒲先生，每隔一会儿，便要昂了头，目光越过门口忙碌的伙计，远眺碧波荡漾的荷湖，以及湖心岛上高出林木的飞檐、尖顶——这是解乏的好办法，店子里实在太逼仄，目光四处碰壁，无法抻直。

这是秋日的薄暮时分，先前还在街口徘徊的秋阳这会儿彻底隐匿不见，只有流浪的风，无聊地撩拨着湖边的柳枝。那些已染初黄，呈现出秋阳般色泽的柳枝，随风卖弄起已失优美的舞姿。蒲先生想起自己多年前写的一本关于“八子”的书，开篇即是秋风中的荷湖及披黄的柳枝。此书多是案头工作，出版后给他带来了不少意外的惊喜。先是，被市教育局列为全市中学生爱国主义教育必读书目，一版再版，出版社赚了个盆满钵满，他也拿到了一笔不菲的版税。后又意外地被推选为“八子”研究会会长，政府下文任命，绝无仅有。最令蒲先生得意的是，书中他拟写的三百六十二字祭文，被永久地镌刻在荷湖入口处，供人凭吊、缅怀。无心插柳之举，名利双收，实在是人生快事。

“先生，姨啥时候回？”揉馅的小顾打断愣神的蒲先生，似乎有着不踏实的顾虑。

“难说，”蒲先生呷了一口酒，“有你们盯着，我放心。”

蒲先生是实话，女人撂挑子后音信全无，连女儿都不知其踪。

“她——给你们来过电话么？”

小顾摇头。一旁的小黄插嘴道：“刚来那天，有电话找小顾哥，不知是不是老板娘。”

“老板娘”三个字令蒲先生微蹙眉。他在心里推算了一下，小黄说的时间正好是女人走的那天，她给他发了一条微信便关机消失。女人在临走时找小顾，却是因何事？

“要不，我把那电话翻出来？”小黄有些自作聪明。

蒲先生没有理会，目光又投向店子外。

湖边，一群年轻的游客穿过石板路朝这边走来。小顾将发好的面推给小黄，迎了出去。女人走后，店子里的生意多是小顾打理，蒲先生也只是每日打烊前过来坐坐，收收账。好在小顾是个得力的人，每日进项还不错，时有盈余。

小顾管女人叫姨，蒲先生也搞不清是女人什么远亲。小黄则是小顾临时找来的，年龄和小顾相仿，穿着打扮是城里女孩的潮流，举手投足却总透出那么一点乡下人的粗鄙。蒲先生不知道他们是什么关系，也懒得问，或许，什么关系也没有，这样最好。

那伙年轻人进了店子，要了几份不同馅的饼子，以及各种饮料和果汁。屋里顿时更加逼仄。蒲先生将座位让给了几个肩背大包的男人。他们看上去像几对情侣，鼓囊的背包外面，吊满了睡袋帐篷水杯之类的东西，没准昨晚他们在荷湖湖心岛上过的夜。想想有点儿瘆，据说，当年疏通湖道，种树植草，扒出了不少骨殖。在八君子前后，荷塘里究竟处决过多少犯人，又有多少罪大恶极者，贪赃枉法者，蒙冤而死者，无人知晓，也无文献可查。这些问题一直揣在蒲先生心底，他很想写一本书，厘清、还原荷湖这段尘封的历史。柳媚也觉得是个不错的选题，但出版社并无多大兴趣，一直在犹豫。

店子里出现一阵短暂的小忙乱，小顾娴熟地根据客人的需要配制菜馅。一旁的小黄似乎还没上手，手忙脚乱给他递着工具、调料。

蒲先生微醺，想去湖边走走。正要出门，铛上忙碌的小顾喊住了他。随即，一把乌黑的长伞便伸了过来。蒲先生抬头，天边，乌云如翻墨。

大雨前的荷湖有些闷，蒲先生绕开纪念馆，避开来往的行人，往僻静里走。他走得格外小心，没有半点声响，生怕哪一步，踩着了地下的白骨。在湖边一处被树木遮蔽的石凳上，蒲先生掏出手机。最近一条微信是柳媚一早发来的，一个吐舌头娇羞的表情——何等聪明，在不确定蒲先生是否方便的情况下，尽量不着一字——蒲先生盯着这个表情，居然有了一种不洁的感觉。也许是因为女人的出走，虽然这二者之间没有直接因果关系，但在心底，蒲先生还是心有愧疚。

“这几日谈合约，改日面聊。”蒲先生回了微信，说辞是喝酒时想好的。这时候在一起，他担心糟糕的情绪作祟。发完微信，蒲先生觉得过于生硬，又发出两个字：想你。

和出版社谈合约的事，一直没有结果，蒲先生萌生了自掏腰包出版的念头，结果遭至女人坚决反对。四万块钱，那得卖多少饼啊，女人永远是现实主义者。蒲先生心生不快，钱本身外物，酒足饭饱后总得干点什么。他没办法给女人解释，思忖了片刻，冷脸说："先前不是有三万块版税么。"女人诧异道："这是分家？还是散伙？"话到这份儿上，蒲先生气急，失了斯文。

"饼子就是饼子，上不得台面。"

女人张了张嘴，盯着恨恨的蒲先生，表情由瞬间的错愕转为极度的羞愤。她不发一语，简单捡了几件衣物，甩门而去。

"没有饼子，你什么都不是！"离开前，女人给他发来条微信。

天色愈发低沉，离园的人加快了脚步。片刻，寒起，雨落，湖面泛起密密匝匝的水圈。蒲先生撑开伞，望向虚茫的湖面，愁绪顿生。

3

店子里，那几对躲过大雨的情侣已经走了。

小顾正在就着一面小圆镜努着嘴挤脸颊上的青春痘。托腮愣神的小黄接过蒲先生的雨伞，讨好地问："蒲先生，没淋着吧？"蒲先生摇头。真有意思，刚离开时还老板老板地叫，这会儿变成先生了，定是小顾教导的结果，小顾就是小顾，机灵。小顾和柳媚一样，一直称他为先生，蒲先生也很受用，觉得比叫老师、主任、会长好听，这些个听起来俗气市侩，先生就不一样了。

蒲先生慢腾腾地擦干净了鞋底的泥水，进门。小顾已经将酒倒好，体贴地问蒲先生是否要再来点什么。蒲先生说随意。小顾转身支小黄去隔壁店买了几碟下酒菜，然后现烙了两个饼，额外多加了些牛肉。

“味道不错。”蒲先生咬了一口，恭维多于夸赞。

小顾有些不好意思：“先生不愧是文化人，一吃就知其味。我特意加了咸菜沫子抢味。”

“怎么就是文化人了？”蒲先生忽然来了兴致。

“咦，还用说，写书又写字，光咱这招牌，多少人都夸呐。还有慕名打听的，要去拜访先生呢。”

“是么，”蒲先生随口道，“赶明儿你开店，我也写一个。”

“那顶好。将来，咱还要请先生和姨给咱捧场。”

蒲先生一愣，见小顾说得认真，不像是开玩笑。

“打算什么时候开呢？”

“先生和姨不要了咱的时候。”

“你的‘顾记’一开张，咱‘蒲记’就要关门啰。”蒲先生打趣。

“先生哪里话，这饼呀还不和人一样，走哪也不能改姓，还得姓蒲。”

“嗬，好个伶牙俐嘴。”蒲先生笑起来，“照你说，这巴掌大的店还弄成了连锁？咱得收加盟费啰。”

小顾也笑，露出一口白牙。

“不用忙了，一起喝点。”

小顾拿了杯筷，吩咐小黄去隔壁再搞几碟小菜。

“对了，你怎么知道我写了书呢？”

“我都晓得，”欲出门的小黄快语道，“对面纪念馆里都有呢。”

“我可不是在馆里看的，”小顾申辩，“喏，就在楼上，姨给我的。”

小顾说的“楼上”指的是他睡觉的阁楼，鸽子笼一般大小。蒲先生爬上梯子欲一探究竟。杂乱的阁楼上果然叠着几本书，蒲先生的书夹在里面，书旁堆着收录机、拉力器、茶杯以及一根被折断的钓鱼竿。

“你喜欢钓鱼？”蒲先生回到了酒桌前。

“偶尔，但现在不行了。”

“你是说没时间？”

“鱼竿也折断了，拉一个落水者。”

“唔……自杀？”

“谁知道？好多人，一块把她给弄了上来。”

“嗯，真不错。……对面有鱼吧？”

“有吧，没准还是大鱼。可不让钓。”

“鳜鱼？还是胖头鱼？”

“没准都有。”

“我喜欢吃鳜鱼，红烧臭鳜鱼。”

“那味道可不怎么好闻……”

“吃上了你也许不会这么想。”

“有时间我去弄两条。”

……

他们有一搭没一搭地聊，天色渐晚，蒲先生起身伸了个懒腰：“没有人，该回了。”小顾会意，拿出计算器和小黄核对账目。收了账，蒲先生不紧不慢往回赶。

半路，柳媚发来信息：上岛的咖啡凉了。蒲先生会心一笑，挣扎了片刻，掉头。

北庄路，上岛咖啡馆，柳媚正悠闲地享受着深秋的黄昏时光。一袭清雅复古的棉麻连衣裙，裙底缀着大朵的线条牡丹，端庄素雅，和蒲先生的盘扣款式的休闲唐装倒也挺搭。

刚入座，柳媚将手中一本书朝他扬了扬，兴奋地说：“看看。”蒲先生说：“又去逛地摊了？”柳媚笑而不答，翻到其中一页把书推了过去。柳媚手指着的是一首民谣：

浩浩荷湖荡
风吹芦花翻作浪
翻作浪
……

蒲先生翻了翻，一本四十年代本市风物俚语等的油印册，纸页泛黄，字迹漫漶。“嗬，行啊你。”蒲先生有点激动，没想到她还惦记着这个。看来，荷湖作为刑场的考据有了力证，只是，芦花两岸雪，江水一天秋的风景已随水而去。“喏，给你还淘了几本。”柳媚说着从包里又拿出几本关于古时刑罚和揭秘老北京刑场之类的书。“谈得并不顺利，出版社一直在纠结。”蒲先生放下书轻叹一声。“意料之中，”柳媚道，“出版社不傻，这类选题不来钱，且敏感。”蒲先生点头，他何曾没想到这点，只是觉得有必要做这样一件事，不图钱不为利。柳媚搅动着杯中咖啡，在叮叮当当的碎响中抽着鼻子问：“什么味？”随后，探究的目光落在蒲先生座位边的纸袋上，打趣道：“什么好吃的？还藏着掖着。”蒲先生略显尴尬。临走小顾塞给他的饼，体己地说是明日早餐。它们应该在车上的，却被蒲先生随手拎了过来。

一不小心，被两饼子给出卖了。蒲先生有些懊恼。

出门，蒲先生趁夜色搂住了柳媚，低头去寻她的嘴，却被柳媚用手挡住。他忘了，柳媚刚刚吃完饼。唇边还残游着丝缕的葱花味。

4

女人有了消息，微信朋友圈，女人贴出了和闺蜜在马尔代夫晒太阳的照片，蒲先生好一阵诧异。从未出过远门的女人，居然花大把的钱跑那么远去晒赘肉，而且不声不响，把一切手续办了。缓过劲，蒲先生犹如被人当众掌脸，耳根发烫。这一段时间，他心里从未踏实过，即使和柳媚在一起厮守，也是心有所虑。他担心女人，虽说相看已两厌，但毕竟不是陌路人。他曾暗忖，女人或许就在家或者店子附近某个地方潜伏着，半径不会超过两公里。他甚至想象过女人可能在暗中监视他的行踪，每次去接柳媚，他必须七绕八拐，把自已搞得神经兮兮。现在想来，是多么可笑。蒲先生愤怒了，本想说点什么，想想作罢，女人在朋友圈秀浪漫，无非是对他的回击，他偏不让她得逞。

这次，蒲先生下定决心要和女人了断。他草拟了一份协议书，女儿大了，已无牵扯，一拍两散，无非是财产分割有点麻烦。

蒲先生依然每天要去店子里收账，依然在柳媚方便的时候，见缝插针地见上一面。他心情看上去不错，一切，悠游从容了许多。

这日早上，和柳媚从宾馆出来分开后，看时间尚早，蒲先生拐道去店子里转转。路过一个渔具店，想着日后店子得靠小顾挑起来，便进去挑了一根带轮鱼竿。想想，又在附近的超市随意买了一袋花哨的零食。这些东西放在小顾面前，小顾脸颊上的几粒褐色的青春痘随之变得生动起来。

“改天钓两条，咱们喝两盅。”小顾摩挲着鱼竿，有些过意不去。

“要得，最好来条鳜鱼，或者胖头鱼。”蒲先生笑。

“嗯，有空就去。——姨快回了吧？”

“快了。她有和你们联系过么？”

“没。”小顾躲开蒲先生的目光。

小黄还没来，趁蒲先生不急着走，小顾打空去采购一点牛肉。夜里停电，冰箱里的牛肉馅有些不新鲜。小顾走了，蒲先生没了说话的人，歪在椅上补起觉来。也不知睡了多久，昏昏沉沉间，被一阵响动惊醒——小黄上班来了。瞅见桌上的鱼竿和袋装食品，小黄惊呼道：“老板娘从马尔代夫回来了？”蒲先生打着哈欠：“我买的，不知道你喜不喜欢吃。”小黄有些受宠若惊，翻动着食品，笑嘻嘻地说这几天又要胖三斤啦。

小顾和小黄都不在女人的朋友圈，他们却知道女人在马尔代夫。小顾为何要说谎？

蒲先生犯了嘀咕，心里疙疙瘩瘩有了不适感。

5

中秋夜，柳媚提议去荷湖划船赏月，蒲先生欣然应允。

晚八点，蒲先生戴着墨镜和长舌帽，和柳媚出现在荷湖。他们租了一条船，轻舟荡桨而去。明月半空，月色撩人。船在一僻静处停了下来，蒲先生拿出红烛、红酒以及牛排、披萨，还变戏法似的拿出一对小音箱。柳媚惊呼起来，眼前的男人，玩情调远比她有心。他们在皎洁的月色下推杯换盏，低声私语。清雅的琴声被清凉的晚风送出去很远。蒲先生被其中一首《广陵散》给弄得有些走神，曲音听上去过于绵软，全无嵇康的狂放、绝响。他很想和柳媚聊点什么，想想，忍下了。那个刑场上抚琴赴死的男人，似乎不属于今夜的月色。

半夜，月色清寂，意兴阑珊，他们一桨一桨划船靠岸。蒲先生搂着柳媚，想尽快回到车内，然后找到宾馆。快到车边，柳媚双手勾住蒲先生的脖子，酡红的脸贴着蒲先生左耳吐气如兰：“你的店，不是在附近么。”蒲先生会意，他想起这两天给小顾放假了，身上恰好带着钥匙。蒲先生拧了一把眼神迷离的柳媚，拉着她趔趔趄趄向对面自家的店子走去。

这是一场预设之外的性爱风暴，充满刺激和冒险，他们在几张拼合的桌上几近癫狂。风暴渐息，柳媚鼻翼翕动，“真好闻，”她说，“真好闻。”一旁醉醺的蒲先生没听明白，柳媚又说：“你们家的饼。”蒲先生讪讪然：“莫笑我，你要真喜欢，店子都送你。”话刚落，耳旁响起呜呜的震动声。“你的？”柳媚问。蒲先生低头看了一眼手机，摇头。但刚刚，他分明也听到了一声短促的异响。他狐疑地抬起头，目光望向小顾的阁楼，心里咯噔一下，酒也跟着醒了一半。“该死的耗子。”他咕哝了一声，起身催柳媚穿衣。柳媚慢腾腾爬起来，却找不见丝袜。“一定是被耗子给叼了。”她嘟囔了一句。蒲先生低头四找，却见桌底放着一盆鱼，几条大大小小的鳜鱼和胖头鱼躁动不安地挤在一起，仿佛受了惊吓。蒲先生脸色顿然煞白，拉起还未穿好衣服的柳媚，关了卷闸门，匆匆离去。

蒲先生在极度不安中熬过了一夜，又一天，直到晚十点，小顾也没打电话催他去收账。

第三天、第四天，蒲先生依然没去店子里，他给小顾发了条短信，学校公务忙，这几日钱账由他暂管。小顾半小时后才回了一个字：好。

第七日，蒲先生去了一趟店子里，他特意选择了中午十二时左右过去，这个点，是生意最忙的时候。店子里只有小顾和几个食客，戴着口罩的小顾看见蒲先生，在片刻的慌乱之后，含糊说了一句“来啦”便低头忙碌。蒲先生此前从未见小顾戴口罩的模样，是工作需要？还是为了遮盖脸上不雅观的青春痘？还是？……蒲先生脸上滑过一丝尴尬，目光扫过几个食客，问：“小黄呢？”小顾盯着手上的活说：“不干了。”蒲先生不好多问，说：“再找一个吧。”小顾没有答话，转身进屋，拿出一沓包好的钱搁在蒲先生跟前的桌上，低声说了一句什么便又去忙。蒲先生没有听清楚，声音被口罩阻截。他没多停留，拿了钱，惴惴离开。

每隔三四天，蒲先生去一趟店子里。来去匆匆，拿了钱便走，也懒得对账。除了话少、躲闪的目光以及口罩后面表情不明的脸，小顾未见异常举动，这让蒲先生心安了一些。他不知道女人回来后，事情会不会变得糟糕起来，小顾毕竟是她的人。如果真要是这样，斯文扫地不说，协议中那份他琢磨了许久、暂时分割于他名下的财产，也会因此成为棘手的问题变得麻烦起来。

让小顾走人？似有不妥，惹恼了小顾，只会适得其反。

罢了，听天由命。

这日下午到店子里，小顾说有点私事要办，扔下他便匆匆走了。好在秋雨绵绵，少有客人光顾。夜里十点多，一条街都打烊了，小顾才回来。昏黄的路灯下，青石板凹槽中的积水泛着幽冷的光，小顾落寞湿冷的身影从幽光中冲撞出来时，蒲先生居然产生了错觉，仿佛是前朝穿越而来的潦倒之人，满脸愁容，苦闷落魄。蒲先生不愿去揣度小顾的心思，他将之前买的饭菜热了热，两人各自闷头吃着。蒲先生正寻思找点话说，隐约听得一阵呼喊，他抬头，茫然四顾。“不好！”小顾丢下碗循声向对面的荷桥跑去。蒲先生也跟了上去，远远看见，桥堍斜坡的草地上丢着一把花伞，有人在水中不停地扑腾。小顾蹬了鞋，回头冲桥上的蒲先生喊了一句“快拿鱼竿”。蒲先生转身跑出不远，身后便传来“扑通”落水声。

蒲先生跑回店里拿起鱼竿刚出门，突然像被人施了魔法一般钉在了原地，足足钉了一两分钟。他转身进屋，将鱼竿放回原处，似有不妥，然后将杂物遮盖。空手出了门，慌慌张张跑出不远，却又折了回来。如此反复两三次，当蒲先生拎着鱼竿赶到桥边时，湿淋淋的女子已经上了岸，仿佛被人追赶着，正向桥的另一边疾疾跑去，很快便遁入夜色无影无踪。蒲先生不知怎么回事，转身再寻小顾，已无踪迹。只有一双鞋，一前一后散落在滑湿的草地上。蒲先生发疯一般大叫起来，可湖面上一片平静，仿佛什么也没发生过。

119 和 120 很快来了，蒲先生泥塑一般坐在岸边，面对询问，一语不发。

连夜打捞，无果。第二日，蛙人下水，依然无获。

离开湖边，蒲先生内心填满了恐惧与绝望，犹如赴刑之人，双脚乏力，步步惊心。

在店子里枯坐了一天，他给女人发了一条微信：小顾出事，速回。女人很快回了一连串问号，蒲先生没有解释，复制粘贴发了一遍，又发了一遍。

黄昏时的这场急雨，在连日绵绵秋雨的铺垫下，来得颇有声势，白日里那些恐惧与不安暂时被黑夜和雨声掩盖。蒲先生打起精神爬上阁楼，他想整理一下小顾的遗物。平日杂乱的阁楼居然毫无一物，铺盖都卷了，靠近爬梯的地方躺着一个鼓囊的拉杆箱。

蒲先生站在梯上，好一阵怔愣。

微信发出的第三天，女人回来了，还给蒲先生和小顾带来了礼物。只是，属于小顾的那份礼物，已经送不出去。

闻听噩耗，女人半晌没说话。蒲先生提出要联系他的家人，女人叹声说不用了，本是福利院出来的，当初见他还机灵，便要了。蒲先生诧异说不是你家亲戚？女人摇头，他有一个待他很好但已去世了的姨，正好和我同姓，而且有几分相像，顺嘴便叫上了。

蒲先生心如铅坠，一扯一扯地痛。

没有了帮手，女人不想做了，和蒲先生商量把店子盘出去——列国出游了一趟，女人观念似乎变了——蒲先生十分赞同，觉得越快越好，仿佛是丢弃一件不想再看到的污秽之物。

盘店这天，秋高气爽。对方把合同推到他跟前，蒲先生迟疑了片刻，心里跟着掠过一丝愧疚，祖上传下的手艺，竟葬送在他手中。旋即，这一丝迟疑和愧疚被一种更为复杂的情绪抵消，他拿起笔，嚓嚓嚓毅然决然地签上自己的名字。将店招摘下来，蒲先生并没有立即离开，薄衣轻履往湖边而去。

他心里很清楚，这是一次告别！

阳光好得无法挑剔，纪念馆飞檐流瓦在绵软的秋阳下熠熠生辉，湖面清晰而安详地倒映着塔尖、拱桥、假山、树木，以及三三两两正享受着人间美好的人们。此刻，温暖的阳光似乎没有眷顾蒲先生的心底，他看上去有些冷，紧着身子，踽踽独行。

湖边不知何时设置了栏杆，并竖起了好几块警示牌。一群打扮入时的游客并没有理会那些板起面孔的警告，跨过栏杆以古荷桥以及更远处的方形纪念碑为背景在拍照，放肆的笑声此起彼伏，平静的湖面惊起细碎的波光。

蒲先生在桥墩枯坐了许久，正欲离开，水边鹅黄柳下，一丛面目不清的植物撞入眼中。近前细看，瘦细枯黄的茎秆上，举着束束洁白的忧伤，几欲被垂下的柳枝给遮蔽。芦苇？蒲先生陡然一惊，这几茎秋气肃杀的芦苇，距离小顾遇难之处不过一箭之遥。蒲先生不敢再看下去了，迎着深秋的寒风，掩面而去，脚下，竟有了难以自持的踉跄。

6

多年以后，蒲先生的字，身价直逼当今名家。随着身价看涨的，还有蒲先生的脾气。这个时候的蒲先生，辞去一切职务，不问岁月，闭门写字。圈内人都知道，蒲先生写字有三不原则：一不给政府及官员写；二不给商人写；三不给亲戚写。这三不，导致了蒲先生作品的市场稀缺性。但也并非一字难求，相谈甚欢，分文不取。不投缘，钱再多也白搭。一回，出版社社长带人登门，重新提起了多年前的往事，表示愿意签订当年的合约，为表诚意且支付一笔不菲的定金。蒲先生一脸不悦，断然回绝。客人好生尴尬，退了一步，提出可由出版社组织人代写，由蒲先生题写书名。蒲先生铁着脸，起身送客。

翌年春，在一次饭局上，有求字的朋友埋怨蒲先生好生任性，情愿给乡野小店题名，也不给市里顶级酒店写个字。蒲先生不解，他几时破过规，给乡野小店写字？朋友当即掏出手机翻出照片。蒲先生吓了一跳，一间窄小的门脸上，“蒲记馅饼”四字店招赫然入目，熟悉又陌生，左下角，蒲先生的名字依稀可辨。蒲先生一下子蒙了，端酒搪塞道，一个本家兄弟。从朋友嘴里套出一些话后，蒲先生借故匆匆离席。

没有和女人声张，转日，蒲先生与助手驱车直奔晋北。小镇并不大，“蒲记馅饼”店也不难找，就在农贸市场边儿上，两扇门大的地儿，灰头土脸地夹在一排五金、水果及卤菜店子之间。店招上的鎏金字，拙劣执拗，不难看出模仿的痕迹，笔画间，似乎也有那么点蒲先生的神韵。正打量，从店里出来一个人，是小顾，活生生的小顾，只是比当年瘦了许多、黑了许多，脸上的青春痘已不见踪迹。尽管之前已经预想到这种可能，蒲先生的身体还是痉挛似的抖了一下。助手像是得到命令，怒气冲冲欲下车，被蒲先生叫住了。

“不找他算账？”助手掉过脸问。

“算个屎，”蒲先生瞪着发红的眼说，“回去！”

芬芳地

1

连胡家的撅着尖瘦的屁股，在山根下的菜园锄地，清明脚下，得把地翻一翻，抢在气候里，种上菜。

种什么呢？

和往年差不多。茄子、豆角、韭菜、辣椒、丝瓜、雪里蕻、秋葵、南瓜等，这些少不了。辣椒今年就少种一些，自己和小七都不太吃，连胡吃。连胡真能吃辣，没有辣椒吃不下饭，大冬天，吃着辣椒出着汗。夏天更不要说，鲜红的辣椒在他嘴里就不是辣椒，腮帮子一鼓一鼓，好比嚼青菜帮子。他不但自己喜欢吃，还培养小七吃，从碗里抓起一根尖细的朝天椒给小七咬，或者用筷子头蘸上一朵血红的辣椒泥，杵了过去。小七畏缩着，伸出舌头舔了舔，便嘶嘶哈哈满地转圈，连胡就嘎嘎地笑，很开心的样子。这两年地里的辣椒都给腌了或磨了，做成了泡椒或辣椒泥，坛坛罐罐在墙角蹲着，等着连胡回来。豆角和雪里蕻多种一点，腌上，慢慢吃。还有扁豆、豌豆、长豆角也得多种，学校的老师和学生爱吃。连胡不在，地里的菜根本吃不完，村里人也不太乐意要，烂在地里可惜，她便一篮一篮地扤给校长。老校长不避嫌，学校里住校的学生娃，好几十张嘴，喂不饱哩。当然，连胡家的这样做也藏了自己的私心，小七都快七岁了，明年就该上学，连胡不在家，她又没念过多少书，小七的学习不敢耽搁。

锄完两块地，连胡家的有些燥热，拄着锄歇息。一歇下来，又忍不住伸了脖往河边张望。河边原是奇石馆，现在不是，现在是左撇子村主任的石材加工厂。曾经属于她的奇石馆，耗尽了她和男人的心血和积蓄，临头却被主任给废了。主任每次带人去，都要用左手选上几块上好的米粒石，随后，照例拽着连胡在河边支桌子赌牌。男人出牌的速度永远比不上主任的左手，男人输掉整个奇石馆。

连胡家的强迫自己收回目光，扯嗓子喊小七。没见着人，菜园子外脆生生的一声应之后便没了声息。连胡家的只得将脱下来的毛衣搭在土墙上。时间还早，她得把另外几块地翻完。地是熟地，虽经过一冬的风雨、霜冻，但土壤依然稀松，少有结块，这是追农家肥的结果，也是地龙（蚯蚓）的功劳。闪亮的锄头在泥土里出没，嚓嚓嚓，嚓嚓嚓，看上去并不怎么费力。杂草却多，刚刚活泛过来的。还有没来得及腐烂的草根根，锄一小会儿，便要弯腰收拾，一把一把磕掉泥土，一把一把抛掉。

嚓嚓的锄地声中，夹着一两声模糊的杂音。连胡家的停了锄，手捣着腰眼站起来，那声音却消失了。村子里出奇的安静，鸡鸣狗吠歇了，四周看不见晃动的人影，通往村子的那条土路，只有几只出来找水的牲口在懒散地走动。

连胡家的将吹乱的头发往耳根抿了抿，继续弓身锄地。那奇怪的声音又响起，叭的一声，很短促，又叭的一声，瞬间被风撵跑。她听出来了，是汽车喇叭声。她不敢确定，又直起身四处张望，依然没发现异常。连胡家的怀疑自己的耳朵出了问题，她唤了一声小七，这回小七应声出现了，他边跑边挥舞着瘦长的手臂喊："姆妈，坏人啦坏人啦。"连胡家的抢到篱笆门前，望见禾场上趴着一辆黑色铮亮的小车。她心里陡然一惊，丢了锄慌慌张张奔出菜园。

车里钻出一个女人和一个小女孩儿。连胡家的刹住脚，看上去，不像是政府来的人。她噗噗直跳的心稍稍平静下来，漠漠地打量着眼前陌生的女人。这女人，说不上多漂亮，但皮肤白净，身子高挑，五官细致，像电视里的明星。依偎在她身边的女孩儿，年龄和小七仿佛，穿着一蓬蘑菇裙，天使一般。

"大姐，"陌生女人说，"有菜地不？"

"菜地？"连胡家的听岔了，"城里来买菜的吧？"

"不，我们租你的地，学种菜。"

有点荒唐，但女人并不像开玩笑，看上去，他们为租到一块菜地已经在附近转悠很久了。

"你要是喜欢吃乡下菜，就来拿吧。"连胡家的大大方方地说，"地里有的是。"

"那真个要谢谢，但我们还是想要下两块地，得空过来打理打理。"

小女孩或许被小七直愣愣的眼神给吓到了，怯怯地仰头向女人求助。女人并没有理会，而是继续和连胡家的说话：

"我种过菜，但不是在菜地……绝对没问题的。"

连胡家的搞不明白，除了菜地，还能在哪里种菜。女人都这样说了，真不好拒绝。连胡家的牵着小七，领着女人朝自家菜园走去。先前一直在车里打电话的男人也钻了出来，啾的一声锁好车，跟了过来。

女人一进菜园，便喜欢上了。应该说，这是不错的菜地，山阳处，一畦畦，一垄垄，是那样妥帖地横竖相连，一点儿也不浪费，一点儿也不局促。菜地外面是布满荆棘和粽叶的土墙，墙外，一条山上下来的水沟，淙淙流过。

新翻的地有点潮湿，呈褐色裸露在阳光下，散发着特有的泥土气息。女人用力翕动着鼻子，目光越过土墙，朝树木葱茏的山巅眺望。

“采菊东篱下，悠然见南山。”

“抬头即山。好地方。”男人附和。

“那是什么树？”陌生女人指着土墙边一棵枝叶稀疏的树问。

“把儿兰。”连胡家的说。

“你是说——白玉兰？”

“我们这地儿都叫把儿兰。”

“哎，真是一块好地，我最喜欢白玉兰了。”女人喜上眉梢。

“妈妈，我也喜欢。”从小七目光里解脱出来的小女孩声音细嫩。

“我叫夏静，夏天的夏，安静的静。你呢？”往回走的路上，女人问。

“秋水。”

“哈，真个有缘。一个夏，一个秋。有意思。”

再问生辰，连胡家的居然只比女人大一天，真是巧。

临近中午，连胡家的热情地邀请女人一家留下来吃饭。女人也不推辞，很爽快地答应。

很久没有这么热闹，女人为突然到来的客人忙坏了。她翻了翻橱柜，又翻了翻菜缸，当即有了主意。女人挽起袖子也钻进偏屋帮忙。两个刚认识的女人，好似久未见面的姐妹，在烟熏火燎的厨房里低声说笑。她们的儿女，小七和妞妞，很快也熟悉起来，蹲在禾场上玩石头。那些形状各异圆润光滑的米粒石，是小七收藏的心爱之物，他毫不吝惜地分给妞妞一颗。男人看上去被冷落了，无聊地把手机揣进兜里，也钻进了厨房，但随即被女人推了出来。男人落得清闲，出了屋，面朝跃动的兽脊般灰褐色的群山，伸展他明显发福的身子。女人从窗户里看见了男人扭腰踢腿的样子，抿嘴笑："他呀，平时忙得很，难得来趟乡下。"连胡家的没听清楚女人说什么，她走神了，屋外男人的背影有几分连胡的模样，只是没那么高大。连胡比她高不了多少，但壮实，像牛犊，浑身使不完的劲。"怎么没见小七他爸？"女人捣着灶火问，见连胡家的许久没吱声，又说："广州务工吧？"连胡家的在弥漫的水汽中摇摇头："早回了，那不是我们讨生活的地方。"连胡家的猜想女人一定是看见了堂屋她和男人在广州火车站的合影，那是好多年前了，刚怀上小七，男人送她上火车回家。

午饭少有的丰盛。糯米粑、酸菜鱼、泡椒炒腊肉、老豆腐、红薯粉条，外加几盘时蔬。连胡家的还拿出窖藏的米酒招待客人。地道的农家柴火饭菜，女人和男人赞不绝口，拿出手机一阵拍。

饭后，女人征求连胡家的意见，准备要下把儿兰树下的两块地，平日由连胡家的照看，得空他们就来打理，算是半托管的方式。租期两年，每年租金及托管劳务费三千元，其他诸如种子、菜苗、肥料钱另算，行的话就写个字定下来。

连胡家的听得一惊一乍，连连摆手："不就是两块地嘛，你们拿去就是了，不要钱的不要钱的。你们来，我高兴还来不及。"连胡家的说的是实话，有人来和她一块下地、说话，是再好不过的事。女人思忖了片刻说："字可以不写，但钱一定要给，否则就不要了。"说完，硬是将一沓钱塞给连胡家的。

2

一场春雨，山水朗润，万物蓬勃，扑在脸上的风不那么冷峻了。马蹄形的山谷，长满了山橛子、马兰头、鹿角菜，一派欣然。

连胡家的赶在礼拜六的前一天，在集市上买来菜秧子，一蔸一蔸，带着泥，满满的一篮。女人的那两块地，说好了种点扁豆、青椒、黄瓜和茄子。

转日，连胡家的早早煮完饭下地，拎了篮子刚转过墙角，身后传来汽车喇叭声。连胡家的回头，果真是女人的小车，后头还跟着一群看热闹的细娃。她心里一喜，搁下篮趧转身。

女人带来的东西真不少，塑料桶塑料勺、花洒洒水壶、铁锹铁铲、钉耙锄头、手套雨靴。女人最后抱出一个纸箱，兴奋地说："路过集上，得来的秧子，可便宜。"连胡家的一问价，忍不住心疼。

种菜前，连胡家的教女人和男人先翻地、平地。这是力气活，男人换上雨靴戴上手套，自告奋勇挥锄而上，动作勇猛。连胡家的提醒道，使巧劲，油油地来。果然，翻完一块地，男人就把力气使完了，坐在锄把上净喘。

连胡家的和女人开始平地，先用锄头将大块的颗粒拍碎，然后一遍一遍过耙，直到地里的土坷垃均匀细碎，再施上一遍农家肥打底。这些灶膛里扒出来的草灰和鸡鸭粪沤成的肥料，在阳光里散发出一股浓郁的土酸味，熏得女人下意识地别过脸。连胡家的打趣道："别看它难闻，可金贵，好比人体的维生素呢。"

种菜是技术活，深与浅，株距和密度，都有讲究。但怎么个讲究，连胡家的也说不上来，只是跟着感觉走。女人很聪明，很快得心应手。连胡家的不由得暗生钦佩。

女人们种菜，孩子们跟在屁股后洒水。栽下去的菜秧子洒完水，孩子们不愿意干等，小七提议去河边捞石头，妞妞立即响应。于是，一群细娃子簇拥着妞妞欢呼雀跃向河边跑去。女人感到不放心，使男人跟着。

地里只剩下连胡家的和女人。四周忽地安静了下来，安静得令人感到不适。连胡家的在前，女人在后，她们一棵一棵地栽着菜秧子，一搭一搭地说着话。偶有荷锄负篓而过的村人，好奇地驻足侧耳，他们很想知道园子里女人的谈话。但人们总是失望而去——山上哗哗下来的山水恰到好处地干扰了他们的听觉。

其实，就算听清楚了菜园里两个女人的谈话，村人未必有兴趣听下去。她们在叽叽咕咕聊些什么呢？无外乎是时下的物价房价、城里的雾霾和污染、农村的山水和空气。她们的话题逐渐滑离了城里和乡下，聊起了男人。话题是女人先挑起来的，女人眺望着男人远去的方向说："我家这位，脾气好、会挣钱，就是有一样，不晓得顾家，不晓得疼人。"明明是不满和埋怨，连胡家的却听出了某种欣赏。连胡家的接茬道："男人嘛，理大事，顾不上。"女人不屑地"嘁"了一声："鬼晓得他天天在外面忙什么，外面这么乱……"连胡家的浅笑道："所以，你就找了块地给他？"女人不置可否："多来山里走走其实很好，我挺羡慕乡下人的生活，想法少，简单而快乐。——你家那位一定很体贴吧？"连胡家的脸上的笑顿然滑落，勾了头，欲言又止。女人就更来兴趣了，催她说说。"也没啥，都是过日子。他没什么本事，靠卖力气的手艺吃饭。早些年在广州，我跟着他在外头做工，他在工地，我在一个电子厂。管女工那男人，真不要脸，动手动脚……"连胡家的边说边啐了一口。"后来呢？"女人追问。"我一直忍着，没敢告诉我男人，我知道告诉他会是什么结果。但他还是知道了，提瓦刀要去找对方算账，我拦着，人家也没把我怎样，没凭没据的自找麻烦。那个时候我刚怀上，他怕我受累，死活把我撵回来，这不，好多年都没出门。我回来不久他也就回来了，在县城找了个活，方便照应我……”女人停下手中的活，站起来歇腰：“多好的男人，只是，你们这样，——不想么？”连胡家的有点羞怯地避开女人的目光，顺着话头说：“县城不远，想就去看呗。”女人接茬：“也是，天天在一起，未必就好。我家的，跟了他十多年，平日有个头疼脑热的都自己熬着，连个端茶倒水知冷知热的人都没有。”

种完几块地，两人都累了，坐在树下歇息。

刚刚种下的菜秧子，开始还有点蔫，点上水，居然有了那么一点精神，挺儿挺儿的，女人心生欢喜，直乐。连胡家的说：“打今天起，该是一天一个样儿，要不了俩月就挂果，那时候才热闹，看不够，吃不赢哩。”

河边玩耍的细娃子回来了。小七挽了裤管提着鞋一人嘟着嘴走在前面，妞妞和村里的细娃远远地落在后面。小七没有拐进菜园，径直往禾场去，毫不理会连胡家的叫唤。女人不待妞妞进菜园，便隔着土墙质问。妞妞把草帽里的石头往怀里抱了抱，一脸委屈地说：“说好了漂亮的给我，说话不算话。”连胡家的安慰道：“都是妞妞的，都是妞妞的，哥不对，哥哥坏。”妞妞把嘴巴一噘：“哼，最漂亮的米粒不给我，才不是我哥，我哥才不会这样小气。”连胡家的被逗得直乐。

男人从河边回来，一直在打电话，男人打完电话又接电话，不停地解释，不停地交代，不停地骂人。女人厌烦了，用眼色示意男人离开。男人不知是没看见，还是不想离开，边打电话，边给女人递着工具，或将手机夹在耳根，侧身浇着水。

该种的都种下了。连胡家的交代女人收尾，噗噗地拍着屁股上的泥土，手脚都赶不及洗，匆匆奔回去做饭。女人一家三口收拾、洗刷完工具，踢踢踏踏往回走的路上，已经闻到了诱人的饭菜香。

小七坐在门槛上，眼里汪满了泪。女人意识到可能发生了什么事情，放下工具快步走到车旁，她记得出门时带了一个乖乖熊玩具。小七并不领情，抹掉泪，横了一眼女人身边的妞妞，转身跑了。女人心里一凛，怎么说呢，那目光里透着令人不安的东西，究竟是什么东西，女人一时说不清楚。

“你不应责备他。”女人说。

“太皮了。”连胡家的面露愠色。

“他看上去很伤心。”

“莫理他，过了，就好了。”

午饭吃得有些闷，小七没回来，不知躲哪里去了。女人感到歉疚，趁连胡家的给他们准备泡椒的间隙，试图说服妞妞给小七道歉。显然，她没成功。妞妞倔强地嘟着嘴，一声不吭。

3

两个女人的友谊，如同园子里的菜，在这个春天悄然生长，蓬蓬勃勃。

先是女人喊连胡家的为“姐”，这个字一出口，女人自己也一怔，心里跟着颤悠悠湿润润开来，如撩动的琴弦，荡漾开去的水波。连胡家的也有些愣，低头应着，琢磨该怎样回称女人，思来想去，她决定直呼为“静妹子”，既不生疏也不矫情。

女人一家来得勤，时间并不固定，有时候是礼拜一至礼拜五的某天，有时候是双休日的其中一天。连胡家的并不常在家，该是带着儿子去县城看男人去了。看见连胡家的屋门上锁，女人把车子直接开到菜园边，浇浇水，施施肥，或者松松土，有时间的话爬爬山，到山上的奶奶庙转一转，求个签烧支香。有时候男人没来，连胡家的又正好在家，她通常会晚点回去，偶尔还在连胡家的留宿。

那是无比温润、生动的夜。

女人在灯下，将带来的衣服一件一件拿出来给连胡家的比试——女人每次来，都没空着手。不穿的衣服，多余的化妆品，各种零食、玩具和识字图书。这些衣服，都是女人网购的，有的甚至没穿过，更多的是只穿过一水——连胡家的从未穿过这么漂亮的衣服，亚麻布的连衣裙、蕾丝长裙、束腰的套裙、绒毛领的外套。她忸怩地立在衣柜的长镜前，任由女人摆布。每试一件，女人都要啧啧夸一番。

女人又把送给男人的衣服拿出来，多是名牌的休闲套装和西装。连胡家的过意不去，推让道："这么好的衣服，还不糟践了。"女人说："人靠衣装马靠鞍，男人在外头多少有个应酬。穿好点，别人看不低。"

夜愈静愈深。小七和妞妞早睡了，发出轻微、均匀的鼾声。

连胡家的在隔壁屋给女人铺了床，簇新的棉被，干净清爽。女人想和连胡家的睡，连胡家的满口答应，拧身把隔壁的棉被抱了过来。

两个女人睡一块，少不了体己话。连胡家的想起小的时候，隔壁村的二奶奶来家里走亲戚，遇上下雨天便住下。她躺在两个上了年岁的奶奶身边，听她们在暗夜里如一对鸽子般叽叽咕咕，听她们压抑着声音咯咯地笑，轻轻地叹，直至眼皮再也撑不住蒙蒙眬眬睡去。多年以后，在广州郊外的一个工棚里，她和一个大自己三岁的老乡隔壁住着，男人晚归或者不归的夜里，她们隔着活动板房一层薄薄的铁皮聊天壮胆，用说话来驱除寒冷和寂寞。现在，躺在自个儿家里，和一个城里来的

"妹妹"彻夜长谈，她仿佛又找到了当年的感觉。她不知道自己怎么有那么多话要讲，这两年也许憋得太久了，现在，终于找到一个出口。

连胡家的给女人讲姑娘家时的趣事儿；讲第一次见男人的别扭劲儿；讲村子里的男人外出务工遭灾尸骨未归；讲村子里的女人背着外出的男人和汉子骚情；讲屋里不听话的鸡鸭，猪圈里快出栏的小香猪，羊圈里待产的小尾羊，地里的瓜菜……再熟悉不过的人和物，虽琐碎，但连胡家的讲得有声有色。

轮到女人讲，女人给连胡家的讲高中时的初恋，讲她和初恋在学校第一次做那事的慌乱和恐惧；讲时隔十年后和初恋再次见面的情景；讲如今是孤身一人的初恋带给她的摇摆和纠结；讲男人在生意场上的奔波和迷失……女人语调缓慢，情难自禁，几度哽咽。连胡家的有点惊讶，也不知道怎么去安慰，只是静静地听，幽幽地叹。后来，女人平复了情绪，声音渐低。女人们的声音甫一消失，窗外清冷的虫鸣便慢慢地浮了上来，远处潺潺的河水以及石材厂机器低沉的轰鸣声也浮了上来。

女人枕着虫鸣水流昏然睡去。估摸女人睡实了，连胡家的轻手轻脚起床，出门。

转日一早，两个女人发现彼此眼睛红肿，都有些不好意思。顾不上吃早饭，女人便找了个借口，匆匆走了。

路上，女人一语不发，妞妞则不然，小嘴不停，还沉浸在昨日河边摸鱼的兴奋中。女人其实也注意到了，自打上次闹别扭后，妞妞和小七已经玩不到一块，倒是和村里的几个细娃玩得火热，有意无意，小七反而被排斥在外。没有了玩伴的小七，在一旁直勾勾地盯着，眼神里闪着一种与年龄不相称的怨恨。这眼神蛛网一般纠缠着女人，只要稍安静下来，便诡异地在脑瓜里闪现，挥之不去。

女人走后，连胡家的把女人送的衣服又抱出来，比试了一番，然后挑了几件决定洗一洗，改天给连胡送过去。这些衣服虽然都干洗过，但连胡家的总觉得有别人的味道。在一件上衣的内兜里，连胡家的翻出两张皱巴巴的纸片。辨认了许久，认定是一张洗浴城消费发票，金额是二千三百元。连胡家的搞不明白，在城里洗个澡咋这么贵。她接着把几件男人的衣服都翻了翻，果真还找出几张，一张是歌厅消费的小票，金额二千零四十八元。还有一张是医院的挂号单，挂的是神经科。连胡家的猜不出这是男人还是女人去看病，看的是什么病。她将几张纸片叠好，打算下次还给女人，但想想不太妥，随手丢进了抽屉。

人勤地不懒。还不到五月，菜园子已是行行缕缕的绿意。丝瓜、豆角、黄瓜等吐出了细嫩的触须，枝枝蔓蔓在地里攀爬。有耐不住性子的，早已勾搭上了土墙的荆棘粽叶，缠缠绕绕攀援而上。

连胡家的找出一捆去年用过的竹竿，有些已朽了。她提了砍刀准备上山时，女人带着男人来了，却没看见妞妞。女人说，给妞妞报了一个舞蹈班，得上课。

搭竹架是一件令人高兴的事儿，因为看到了近在眉前的收获，所以并不觉得怎么辛苦。很快，一排排瓜棚豆架便搭好，细嫩碧绿的藤蔓被小心翼翼地绑在黄皮的青皮的竹架上。把儿兰树下的几棵丝瓜，连胡家的原想和往年一样就搭在树上，女人建议也在树下搭个架，连胡家的点头，她明白女人的心思。

“快开了吧？”女人在树下仰了头。“槐花前，吃头茬韭菜的时候。”连胡家的说，“时间短，十来天的模样。”女人惊喜道：“看见花骨朵了……到时得提前和我说。”连胡家的说：“放心，误不了。”

往年的把儿兰，多被村里的女人和老人摘去，用丝线串了，佩在衣襟纽扣间，或别在发夹上，一路走，一路香，美气得很。这两年，来摘的人却少了，仿佛，怕沾染了不洁之物。

忙碌完，女人看时间还早，打算把车上两包小孩的旧衣服找几个人送掉。衣服都是她动员单位同事捐的，合适的之前已经挑出来给了小七，剩下两包，丢了可惜。

听起来是好事，连胡家的看上去却有些畏难，似乎想不出合适的人选。

女人觉得不是问题，村里留守的孩子多。女人和男人提着衣服向村子深处走去，不多时，又满脸疑惑地提着衣服回来了。那捆绑衣服的红绳，就没解开过。连胡家的过意不去，歉疚地说："要不先搁这儿，哪天我给小学的校长提去，住校的学生娃多。"

也只能这样。

4

收获总是件令人高兴的事情，瓜棚豆架上，满目的果实，青藤碧叶间，随手一翻，是惊喜。那些隐于藤蔓枝叶间的瓜果，红是红绿是绿紫是紫，着实招人喜爱。

女人和男人坐在树下吃了好几条黄瓜，赞声不绝。几个细娃撑饱肚皮后，大呼小叫捉起了迷藏，菜园子成了孩子们的乐园。女人担心他们糟了菜地，让男人带着他们去拔萝卜。那是孩子们爱干的活，妞妞在前，其他孩子陆续在后抱着，男人最后一个，他们一前一后摇晃着身体、唱着歌谣，嘻嘻哈哈拔起了萝卜。这是多么温馨的一幕，女人顾不上洗手，掏出手机，正要抓拍，却又放下，转身向篱笆门走去。蹲在篱笆门边捉蚂蚁的小七，不待女人接近，一阵风跑远了，留下一堆被扯了手脚的蚂蚁在徒劳地翻滚、挣扎。

女人蹙紧眉头，心里一哆嗦。

采摘结束，深红浓绿，满满两篮。连胡家的全部往车上搁。女人过意不去，执意不肯。

“让亲戚朋友都尝尝，这可是你们亲手种下的。”连胡家的理由不容辩驳。

丰收季的菜园子俨然是个芬芳之地，女人因此留宿的次数多了起来，她毫不掩饰对山里夜晚的喜爱。在夜色的庇护下，她们无话不谈，百无禁忌，仿佛把几辈子的话都讲完了。天南海北，城里乡下，男人女人，妯娌婆媳，讲完，她们又回到了那几块菜地。女人告诉连胡家的，带回去的瓜果蔬菜，一部分自己吃，一部分用保鲜膜小袋小袋扎好，写上它们的名字和产地，作为礼物送给了亲朋好友。城里人的味蕾早被农药、膨大剂、增长素给整乱了，突然尝尝纯天然的东西，味道果然不一样，没有人不称赞女人的礼物和行为。女人有些得意，甚至和连胡家的开始商量下半年扩大规模，再要两块地。

稻田里，蛙声一片，呱呱呱、咕咕咕，或高亢，或低沉，或婉转，或直白，时而激荡如鼓，时而如骤雨急降，密密匝匝、纷纷扬扬散落在夜幕中。女人睡实后，连胡家的在纷乱的蛙声中起床、出门，下了禾场。

夜晚的村庄，远比白日的村庄热闹。人类有限的声音隐去后，千万种生灵的声音慢慢清晰、鼓噪起来。连胡家的在青蛙、蛐蛐、夜狗、野猫、蝙蝠、秋虫纷乱的声音中穿行。眼前不时蹿出一两只惊慌的老鼠和刺猬。一只大肚着地的游猪，在黑夜里毫无目的一摇一摆地走着。夜里出来觅食的山兔支棱着耳朵，待连胡家的熟悉的脚步接近，随即放松了警惕。在村巷深处，连胡家的还遇见两只迷路的呆鹅，它们迷茫地站在路中间，把连胡家的误作主人跟了上去。这是德学家的鹅，连胡家的拐了个弯，领着鹅向德学家走去。连胡家的犹如夜游的动物，在白天不愿接近的村庄里，走得神清气爽，走得轻松自如。耳旁不时传来细娃的啼哭声，大人们的磨牙声、呓语声以及起夜碰倒什么东西发出的声音。这些声响模糊而短促，犹如幽深的湖里泛起的细小水泡，转瞬即逝。连胡家的一路走，一路留心村子里的变化，谁家翻新了院墙、茅厕，谁家刷白了屋，种上了树，谁家刚刚办过红白事……在巷子尽头，她遇到了点情况，差点被人发现，好在她闪得快。对方冲墙根滋完尿，摇摇晃晃拐入旁侧小巷。不用问，一定是刚刚在主任家赌完牌或者吃完酒夜归的人。

仲夏夜，飘着一股果实成熟后的丰盈。往回走的路上，连胡家的动念准备拐进菜园子，看看那些静默生长的生灵，嗅嗅暗夜里果实发出的芬芳。想想，又打消了念头，她担心碰见脏东西，更担心女人醒来。

这个礼拜天，女人带着妞妞又来了。她给连胡家的捎来了一些刚刚上市的水果，单位上发的福利，吃不完。她还给小七专门买了一个变形金刚，尽管那是一个看上去有些怪异并不怎么讨人喜欢的男孩。

连胡家的不在家，钥匙搁门楣上给她留着门。女人把东西搁桌上，去了菜园。

除草、浇水、采摘。做完这一切，女人在树下休息了片刻，开车离去。经过连胡家的禾场，女人想起了什么，停下车，牵着妞妞，快步向村子深处走去。

……

5

连胡家的回来时，女人已离开多时。那些水果，她收下了。但那玩具，她有些犹豫，决定还是下次还给女人。

七八天过去，女人没来，这是从来没有过的。碰上啥事了？还是自己招待不周？连胡家的心里惴惴不安。正是菜熟的季节，园子里的菜不能等，也就那么两三天四五天，不摘，就老了。连胡家的只有摘了，用篮子吊在井里保鲜。小半个月过去，女人依然不见身影。井里不断提上来的瓜果蔬菜，最次的剁了腌了做成了酸菜，剩下好点的自己吃，或者抓给老校长。好在有些东西可以久留，比如，黄皮儿的南瓜，比如，青皮儿的冬瓜。

园子里的把儿兰，朵朵饱满，一场雨，或一阵风，就要胀裂。

女人迟迟不来，连胡家的有些怅然若失，做什么事都不得劲。这种感觉第一次和男人分开的时候有过，丢魂失魄，恍恍惚惚。

连胡家的翻出女人第一次来给她的名片儿。县城广场北路，她是认得的。

决定了之后，她扛来梯子趁着暮色进了园子，先摘了一篮子新鲜的瓜果蔬菜，然后爬上树。一笔一笔的把儿兰，在暮色中擎着，暗香浮动。连胡家的用手够着，挑一些外形修长，纯白饱满的连着把儿摘了。每摘一笔，她都忍不住托在掌心端详一番，凑在鼻前嗅一番。一看一嗅间，她仿佛懂得了女人为什么这么喜欢把儿兰。

转日一早，连胡家的吆喝醒了小七，拎了包，出门。她今天特意穿了一件女人送给她的咖啡色套裙，这是昨天夜里犹豫了很久的结果，她想让女人看到自己的另一面，也给自己的男人一点意外和惊喜。为了配得上这套衣服，她甚至没用篮子，而改用提包。

一路上，连胡家的不停地把包从一只手换到另一只手上，显然，她低估了提包的重量。小七呢，不时停下来，提一提往下出溜的裤子。连胡家的乜斜着他那鼓囊的口袋，埋怨道：

“说过，不许带上那些死沉的东西。偏不听。”

“我就给爸瞅瞅……他喜欢漂亮的米粒。”

仿佛为了证明自己能行，小七加快脚步向前，身后落下一串石头摩擦的声音。

两个时辰后，他们上了那辆熟悉的开往县城的中巴。卖票的胖姐眼尖，一眼就看见了连胡家的胸前缀着的把儿兰。连胡家的麻利地拿出几朵，又掏出几根黄瓜和一把肥嫩翠绿的茼蒿，递给胖姐。

“兄弟，快了吧？”司机掉头瞄了她一眼。

“还有两年，这不刚减了半年么。”

“快熬出头啦。”胖姐咬着黄瓜，含混不清地说。

“当年就判重了。你们那鸡巴主任，一手遮天……当初，该把他右手也卸了。”司机嘀咕了一句。发动车。

连胡家的有点恍惚，当年那起骇人的、轰动小县城的凶案，听起来已经很久远，仿佛是在听别人的故事。

胖姐找来细线，将几朵微微绽开的把儿兰串好，吊在驾驶室镜子下，车内顿然盈满淡淡的若有若无的芬芳。

连胡家的拽着小七的手，怅望着那几朵晃悠的有着白莲花般圣洁的把儿兰，陷入了沉思。把瓜菜送给女人后，她打算多带几根黄瓜去看自己的男人，让他也尝尝鲜。还有把儿兰，她也想带上几朵给男人，如果那个面相和善但不失威严的看守允许的话。

上 灯

1

余莉捏着一沓检验报告，在过道里惴惴不安地等候医生叫号。

不过十来分钟的等候时间，丈夫童刚匆匆跑了两趟厕所。丈夫近来经常这样，稍稍紧张不安便往厕所跑。是身体出了问题，还是只是一种缓解紧张的下意识行为？余莉搞不清，也从来没问过，横亘在他们中间的儿子童童令他们无暇顾及彼此。

可以料想到复查有一种不好的结果，检验单上的肌张力、血象、电解质、括约肌这些名词和指标她不再陌生。而且，在他们刚出门不久，吴嫂的电话就追了来，急慌慌地说童童又在抽了。童刚带着刹打方向盘急调头，过了两个路口，吴嫂又打来电话说童童安静了下来，她可以应付。童刚不放心，对余莉说要不你回去，我去医院。余莉没有答应，这恐怕是最艰难的时刻，必须和丈夫一起去面对。她心里清楚，等待他们的结果很可能把他们这半年来的努力化为泡影——童童现在非但不能迈腿，连直身子久坐都显得困难了。

童童的出生对这个家庭来说不啻于一场灾难，刚半岁背部发现良性肿瘤，立即住院手术摘除。在经历了噩梦般的煎熬，小生命总算挺了过来。好景不长，一岁大点，又因喂养困难和严重的发育不良再次被抱进了医院。

天使综合征，这个颇有诗意的词第一次从医生口中并不是很确定地蹦出来时，余莉并没太当回事，什么发育迟缓、智力障碍、癫痫瘫痪，不就是爱笑嘛，爱笑有什么不好，有那么严重么？余莉觉得医生在唬人，再说也只是怀疑，并不能百分百确诊。她不相信，这十五万分之一的概率会砸到他们头上。回家的路上，余莉甚至和童刚开起了玩笑，这种病可是中彩票，不是想中就能中，打小咱们就没那么好的运气。

话虽这么讲，余莉还是心里打鼓，瞒着丈夫偷偷上网查找资料，查来查去，心里有点不踏实了。出生不足五斤，无故发笑，好闹多动，喜欢咧舌头……网上列举的天使综合征这些症状童童似乎都有，最显著的一点是无端地笑，眼神直线儿不会拐弯。余莉无法继续淡定下去，日夜盯着儿子看，越看心越慌，就在她下决心要将童童抱到省儿童医院去的前几天晚上，童童出现了第一次抽搐。当时童童躺在她怀里不安分地吃奶，一个半小时，童童吃了二十毫升，这已经是很不错的表现，余莉为此感到高兴——余莉的心情指数总是由童童吃奶的多寡来决定——就在她把童童搁回床的那一刻，童童瘦弱的身体突然剧烈地颤抖起来，吃下去的奶呈喷射状吐了出来。余莉的心顿时被恐惧攫住，她完全没有应对的经验，大声喊叫着抓住童童扑腾踢蹬的手脚。好在抽搐持续时间并不长，稍稍安静下来后，余莉疯了一般抓起了电话。

余莉看到了命运再次朝她露出狰狞的面目。

接下来是艰难的确诊和看不到尽头的治疗和康复训练。都说，这是一种根本无法医好的病，但不医根本看不到希望。余莉辞掉了工作，每周带着童童跑医院输液、针灸，这是余莉和童刚最痛苦的时候，童童严重发育不良，血管难找，护士一遍一遍扎，一遍一遍换针管，手脚和额头布满了针眼。童刚看不下去，激动地和护士吼。针灸就更令人发怵，身上扎满针两小时不能动弹，童童偏偏不安分，余莉和童刚两人只得横下心紧紧地将他摁住，任其撕心裂肺般哭叫，余莉不忍，别过脸不停地用肩膀蹭眼睛。

近一年的治疗，家一点一点被掏空，童童的病却没有看到明显的改善，坐不稳迈不开腿，不会说话。别的小孩，早就伶牙俐齿满地跑了。但对童童来说，每迈一次腿，甚至叫一声爸爸妈妈，都显得异常艰难。

童刚第四次搓着手从厕所出来时，余莉已经进了医生办公室。

情况远比预料的要糟，医生仔细询问了童童半岁时的那次肿瘤手术，重新翻阅了当时的记录，眉间慢慢拧出了俩疙瘩，似乎在思索，似乎要作出某种结论。手术做得并不是很理想，医生指着 CT 片子说，我怀疑损害了脊椎神经。余莉张大了嘴，脸色骤变，惶然地抓住了童刚的手。医生顿住，再次翻了翻面前的检验单，当然，仅仅是怀疑，并没有足够的证据。现在唯一可以肯定的是，小孩的脊柱神经已经受到损害，而且已经影响到下肢运动，加之天使综合征导致的运动失调，小孩的身体状况不容乐观，如果不能得到有效改善，随着年龄增长，小孩腰部以下可能会完全瘫痪。另外，他将逐渐失去对膀胱和肠道的控制力，这种状况已经显现——他的括约肌很松弛。这将带来非常严重的后果，得施行造瘘术。

“什么——术？”余莉双腿发软，心猛然顶到了喉间。

“人工造瘘，说白了就是在腹部另开一个肛门……”

一阵难以自持的晕眩袭来，好在丈夫及时扶住了她才不至于摔倒。虽然早有心理准备，但万万没料到是这样一种可怕的结果。怎么会这样？怎么可以这样？那个曾经令他们万般煎熬、如今已经慢慢淡忘的肿瘤手术，像一个潜伏在暗处的恶魔，趁其不备突然跳出来狠狠地咬上他们一口。

余莉耳朵嗡嗡作响，这些年来苦苦支撑她走过来的信念之柱在轰然坍塌。她没有勇气再听下去，她几近踉跄回到了走廊，瘫在长椅上。铁质长椅的冷，迅速地从尾椎骨迫了上来，及至每一条神经末梢。她抱紧了双臂。

童童已经够不幸，他才两岁不到，却要接二连三遭受如此厄难。他们未来的日子，难道终日要和药罐、轮椅和结肠造瘘袋为伴？她想象不出那是怎样一种痛苦的生活。

恍恍惚惚出了医院，余莉不辨东西。自家的轻卡，平日手拉拉环，脚踏踏板很轻易地就能上去。此刻，力气仿佛被抽去了一般，无力上车。在童刚的帮助下，余莉登上车，鼻腔陡然发酸，一直强忍住的泪水“叭叭”地砸落在胸前。童刚苦着脸一言不发，只是机械而笨拙地发动车、调头。

“我要告他们。”余莉从牙缝里挤出这几个字时，童刚“嘎”的一声刹住车。

2

吴嫂没有再提辞工，从她那长长短短的叹息中，童刚猜测她已经知道了童童复查的情况。

童童生下来就不好带，口刁，很闹，睡眠短。余莉根本应付不过来，查出天使症，童刚先后找了两个保姆，但加起来都没干上一个月。车队的一个同事后来给他介绍了乡下来的吴嫂，吴嫂虽然年纪大了点，记性差，甚至带着乡下人的某些习性，但做事还是不错的。前些日子吴嫂突然提出身体吃不消，要回乡下。童刚很是发愁，童童已对吴嫂有了依赖性，有时候晚上闹夜，余莉都束手无策，吴嫂却能把他乖乖哄睡，这节骨眼上她要是走了还真不好办。童刚没敢和余莉说，为了这孩子，余莉已经患上了严重的抑郁症，只是她一直不肯承认罢了。

吴嫂肯留下来，童刚自然很感动，暗自琢磨给吴嫂每月加一百块钱，虽然这个家早已经入不敷出，仅依靠他那点微薄的收入。

童刚跑的是短途货运，多是同城生意，偶尔往周边城市跑。几年前，童刚在车队跑长途，出门短则两三天，长则六七天。结婚三年，余莉的肚子一直未见动静，童刚催着余莉去医院。查来查去，却是自己的原因，精子存活率和质量不高。余莉猜测可能跟童刚的职业有关，天天开着大货车长途奔波，吃不好睡不好，屁股离不开座椅，身体能好么？余莉劝童刚别干了，或者在家休养一段时间，造人要紧。童刚也急，童家就他这么一个儿，爷爷和父亲早在催了，特别是爷爷，老病缠身，巴望在有生之年看到曾孙。但这种事情急不来，越急越着急。

童刚生来闲不住的命，天天搁家里养膘的日子过不下去，后来两人一合计，七拼八凑咬咬牙要下了熟人的二手轻卡，跑起了短途货运，收入是低了点，但轻松，能照顾到家，两人在一起的日子也多。还别说，轻轻松松的短途跑了不到两年，余莉还真怀上了，那一刻，余莉喜极而泣，这个孩子来得太不容易了，两年的努力终究没有白费。余莉给肚里的宝宝取名为童画，小名童童，这真是一个好听的名字，童刚一听就喜欢上了，童画童画，这么动听的名字该是童话一般的宝宝才配。

生下来的童童除了小点，和别的宝宝一样，白胖、可爱，人见人爱。现在回头看，肿瘤手术前那半年是一家最幸福的时光，童童虽然厌食，不太会裹奶，但初为人父人母的喜悦令他们有足够的精力和耐心去呵护。

肿瘤手术据说非常成功，余莉和童刚也深信不疑。拿掉了脊柱上那块多余的肉疙瘩，他们久悬的心总算踏实了下来。童刚以为，在迈过这道坎后，一切将会变得顺水顺风。可他们万没料到，这道坎他们根本就没迈过去，手术不当带来的后果无时无刻不在摧残着童童那幼小的生命。

从医院复诊回来后的两天里，余莉关在屋内不吃不喝，任凭童刚怎么劝说也无济于事。童刚不敢出门，在家照顾童童。

沙发上的童童豆芽菜一般瘦，体重比出生只增加了不到十斤。童刚卷起童童裤腿，那腿，愈发地细了，几个脚趾头呈外翻的状态，那手，却是无比的灵活，停不下来的闹腾。

最糟糕的那一刻会到来么？如果会，又是什么时候？

童刚心乱如麻，爷爷从小就一直告诫自己，凡事要往好处想。童刚不晓得那个“好处”该怎么定义，于现在而言，他只希望童童少受一点磨难，长大后能走路，会说话，哪怕笨一点傻一点都没关系，其他的，不敢奢求。

屋内一直没有动静，吴嫂从童刚怀里抱过童童，努嘴示意童刚把面条端进去。肉丝面条端进端出热了好几遍，余莉一筷子都没动，再不吃就坨了。

童刚静悄悄地进了卧室。屋内拉着窗帘，光线昏暗，床上并没看见人，童刚脑袋嗡的一声，箭步往窗边抢了过去，窗户从里面扣着。童刚回身，铺着小熊维尼床单的小床上蜷着一团消瘦的身影，那身影侧弓着，脑袋、手以及膝盖几乎要抵在一块，似乎在不断地往小处缩去。

童刚慢慢走过去。轻微而均匀的鼾声在暗夜里起伏，余莉就像一个熟睡的婴儿，脸上是悲伤和痛苦褪去后的安静。

得知怀孕那几天，余莉除了宣布宝宝的名字，还买了一张实木的小床。这张小床，童童并没睡上几夜，对小熊维尼也没有表现出这个年龄该有的喜欢。再过几年，童童会认识小熊维尼么？他的世界里，是否和别的宝宝一样，也会有满屋子的变形金刚、奥特曼、托马斯玩具么？

悄悄退出房间，童刚重新掩上门。吴嫂小声问：吃了？童刚摇摇头说睡了，夜里一直没合眼。吴嫂叹一声，瞅了一眼怀里的童童，张了张嘴，似乎有什么话要讲，但终究忍下了。童刚迟疑了一下，歉疚地说，吴嫂，真是辛苦您了……您看，童童离不开您，工钱嘛，总是可以……

莫说了，吴嫂打断了童刚的话，我不是这个意思，我是心疼，看把你们愁的……童童这个病，见不到底呢……这么扛下去迟早要垮了身子。你们还年轻，日子还长，得有长远打算。童刚苦着脸，能有啥法子呢？他的身子已经垮了，搬运货物，腰扭伤了好几次。余莉更不消说，这一年来憔悴了许多，梳妆台上那些瓶瓶罐罐的化妆品，早就被童童大大小小的药罐取而代之。要命的是那抑郁症，会把好端端的人给弄疯掉，这是多么可怕。我们那辈，生下带病的娃，哪里有这么多钱看病哟，只能给一口吃，生死只能看他的造化了。吴嫂絮叨说，按说，现在政策好了，国家会帮一把，我们那好几个脑瘫儿，都搁福利院了……这也是没办法的办法。童刚闷了头，搁福利院他不敢去想，好多人都在他们耳边吹过风，但余莉从来没有听进去过。

转日一早，余莉先于童刚起了床，给童童穿衣、按摩、做训练操、喂奶。看着余莉麻利地忙前忙后，奶还没叼上几口，余莉抱起童童催促童刚出门。童刚记起来了，今天是去医院针灸的日子，去晚了得排队。

童刚长舒了一口气，日子又回到了往常。

3

季节往秋深处无声地滑去，小城的秋天总是这般短暂，几夜雨疏风骤，便有了冬的萧瑟。童刚早出晚归，满脑子的糨糊，日子一难，便也就走得慢了，慢得感受不到这个城市季节的变化。直至有一天，余莉从网上买来了一大包童童的棉衣棉裤，童刚才恍然想起冬天已经来了。

入冬这天，余莉和童刚商量想去一趟湖南，童刚想怕是拦不住了，只得点头说我陪你去吧，快去快回。余莉摇头说不必了，人和车都给耽搁了，划不来，我自己坐车就行。童刚叮嘱道，那多问问多看看，不着急拿主意。

余莉关注了好几个天使综合征患者微信群，大家一起交流经验，抱团取暖。前些日子，湖南的一位妈妈在群里说女儿坚持服用了一些中药，语言、行为及智力症状居然有了明显的改善，为了证实自己的话，她还同时配发了服药前后的视频，看上去还真是那么回事。余莉动了心，想亲自去看看。童刚并不以为然，世界性的医学难题，难不成被几帖土方子给治好了？再说了还存在个体差异。可眼下，童童的病情看不到丝毫希望，花了冤枉钱不说，还糟践了身体，余莉还是想亲自走一趟。

动身去湖南前，他们和律师见了一面。这场官司，童刚是不抱什么希望的。病例没有封存，有效证据缺失，医疗事故认定将是难题。但余莉没有退却，法律援助中心的两位律师也信心满满，这让她发誓要把医院和庸医推上被告席。

送余莉去火车站的路上，爷爷打电话来索要童童的生辰八字。童刚犹豫了好一阵，横了心说过年可能回不去，要带童童回山西外公家。爷爷一听就冒火，虎了脸骂人，父亲母亲也在一旁帮腔。

童童的病一直瞒着家人，他们不想让老人们跟着惦念受累，老人一直想见孙儿，而且决定今年春节要给童童上灯，办上灯酒。这是老家祖祖辈辈的传统，上灯即上丁，当年及上一年出生的男丁到祖祠祭拜，将姓名及出生时辰郑重写入族谱，并将代表丁财兴旺的灯笼在祖祠升起。童刚晓得这种淳朴的乡村仪式所代表的意义，假若童童健康，他也很乐意带童童回去热闹一下，给老人攒点面子，毕竟，那个山窝窝里的小村，他是第一个真正脱离农门的山伢子。但童童这个样子，他根本没这个心思。

当晚，余莉便从湖南赶回来了，带回来一大堆草药，干枯的根根茎茎。童刚看不明白，在网上也查不出所以然。余莉也有点忐忑，不敢贸然煎给童童喝。转日一早，童刚托了人，找到了中医院一位老主任，老主任拈起一把草药闻了闻，又嚼了嚼，拍着手说，天麻，也不是啥稀罕物。管用么？余莉紧了脸。老主任咂吧咂吧嘴，翻了翻病例，慢条斯理地说，说不准，现在服用的抗癫痫及神经类西药里已经含有类似的成分，多吃无益。

三千多块换回一堆枯草，童刚窝了一肚子火，说话的声调也就变了。余莉听出了不满和责备，委屈地说，我不也是为了童童好吗。童刚吊起脸说谁不是为了童童好，为了童童好就不能打个电话商量一下么？几千块……大风刮不来的。余莉一凛，哆嗦道，我愿意？这日子我受够了……停车！说着试图去开车门。童刚来不及靠边，在马路中间刹停车。余莉砰然摔门而去。

一天没有好心情，童刚晚上很早就收了工，到楼下刚熄火，吴嫂匆匆下楼来对童刚说，快去看看吧，童童他……急不成哟。童刚来不及锁车就冲上楼。客厅里，童童抓住两头系在桌腿的绳子，眼里蓄满了泪，畏葸不前。一旁的余莉，拿了竹条气咻咻地在后头催促。

你这是干什么？童刚冲了上去，却被余莉一把推开，不要你管，走开！童童看见童刚，再也坚持不住了，一屁股坐在地上哇哇大哭。童刚不顾阻拦，上前将童童一把抱起来。余莉扔下竹条，跑回卧室，呜呜的哭声决堤一般倾泻了出来。

夜，是这般的静谧，熟睡中的童童，脸上挂着泪痕，偶尔发出一两声短促的惊哭，犹如深湖中偶尔升起来的气泡。小区里有摩托车和汽车经过，声音遥远而缥缈。楼上卖早点的夫妻已经起床了，踢踏踢踏的脚步声不绝于耳。在童童出生前，童刚觉得楼上的两口子很辛苦，起早摸黑讨生活。有了童童，童刚转而羡慕起人家，没有病痛，手挣嘴吃，倒头就能睡。

他和余莉初结婚那几年，真是一种好日子，他们一起在这个城市打拼，买了房买了车，虽然都是二手的，但知足。那时候，他们有很多憧憬和梦想，余莉和童刚都喜欢背包旅游，他们梦想着有一日能开着卡车走一趟川藏线。他们憧憬将来换一个够大的房子，把两边的父母接过来……这是有盼头的日子，一想起这些盼头，童刚就会不由自主地笑，身体像装了马达，浑身生出使不完的劲。

后来呢，后来的后来呢，这些个梦统统丢在路上了，他们就像被人猝不及防推进了一条幽暗的隧道，他们跌跌撞撞，跑呀跑，却总也找不到出口看不到亮光。

童刚翻了个身，暗夜中抱住了余莉。他知道她也没睡，尽管她整宿没说一句话。余莉拿掉他的手，翻身，给了他一个消瘦的脊背。

4

余莉开始上班。老单位。

余莉在饭桌上宣布这个消息时，童刚错愕了好一阵。

“怎么不提前说一声？”

“有什么用……再不上班，都得挨饿。”余莉硬硬地说。

“可——”他想说的是童童，吴嫂一个人根本应付不过来，这点余莉很清楚。

“坐在家里，不是长久的办法……”

童刚语塞。他不确定余莉现在是否还在和自己怄气。

余莉扒拉完饭便独自进了屋，童刚心塞得慌，很想跟进去和余莉再说点什么，但他放弃了，事情也许并没有他想的那么糟糕。这根弦，绷得太紧了，迟早要断。

余莉不在家，童刚心悬着，每隔几个小时要打电话回去，一有空便要往家跑。好在吴嫂比较尽心，吃喝拉撒都能照顾下来。这样的日子持续了一段时间，童刚感觉到，余莉不再像以前那么用心照顾童童。吃药、喂奶、训练以及上医院扎针，基本是吴嫂和童刚搞定，余莉要么加班很晚，要么带上工作回家。童童哭闹得烦了，她便虎起脸。童童虽然痴，好歹还是晓得的，立即止了哭闹，往一边缩了去。

爷爷又来电话，正月初六上灯，童童排的是头灯。听上去是个好消息，爷爷声音满含了喜悦，叮嘱童刚从山西往家赶要注意安全，初五务必到家。

挂了电话，童刚耷拉了头。余莉说你自个儿拿主意吧，我不管了。童刚也很纠结，童童没出过远门，万一在老家发病，老人觉察出了什么，这个年都过不好。但躲是躲不过，终究是要带童童回去，而且早回去比晚回去好。

这天下雨，收工早，童刚比余莉先回到家。吴嫂告诉童刚，今天余莉出门前，交代她往后少抱童童下楼。她没问原因，也没想明白。

“也许……担心童童安全吧。”童刚顺口回道，他也不明白余莉为何要这样做。小区很多人都知道童童的病，余莉原来也不避，常带着童童下楼散步晒太阳，也愿意向人不厌其烦地唠叨童童的病以及由此带来的种种艰辛。

正愣神，门响，钥匙在锁孔里慵懒地转动。

余莉居然做了头，一股洗发水和焗油混合的味道，在终日弥漫着尿臊味的屋里显得异常突兀。

“展览路新开了一家发艺馆……好看么？”余莉撩撩头发，心情看上去不错。

童刚张了嘴，喉间却硬着。客户来了电话，他交代好吴嫂给童童吃药，匆匆出门。外面没什么行人，路灯投射在湿漉漉的地面上，发出清冷、幽寂的光。

拉完货，童刚没有急着往回赶，鬼使神差般拐上了福利院所在的二七路。这条路他往日是绕着走的，今天竟然忘了绕道。再往前就是福利院，童刚放慢了车速，犹犹豫豫，走走停停，快接近福利院大门，他提速开了过去。

他并没看见传说中的那个小屋，甚至连福利院的大门都没看清楚。他有些不甘，在前方掉头。反复几趟，再次接近福利院大门，他披雨衣下了车。那个什么岛在哪？他压了压雨衣帽檐，向路边一家没有打烊的杂货店老板打听。他不忍心说出“弃婴”两个字。“树下。”老板叼着烟眼神怪异地打量着他，然后用手模糊一指。童刚转头，他看见了那间并不起眼的亮着一团橘黄色灯光的小屋，就在马路的斜对面，几乎被垂下来的浓密的树枝给遮蔽。“要不来点什么？奶粉还是尿不湿？”老板体贴地问。童刚闪过一丝慌乱，摆摆手，转身匆匆离开。

迎面过来一男一女，男人一手提着鼓囊的拉链袋，一手为女人撑着伞，那花伞大幅向前倾着，几乎挡住了女人的上半身。花伞抬起来的某刻，童刚看见女人怀里裹着的一团。他心里“咯噔”一声，张大了嘴，定定地站住。他们显然也看见了童刚，片刻的慌乱后，迅速横穿过马路，往不远处的树下走去。快接近那一团橘黄色灯光时，他们的脚步踌躇起来，似乎在争执什么。两辆车从他们身边经过，挡住了童刚的视线。车过后，两人已经拉开门进了小屋，很快又空了手出来。男人勾着头兀自向前，刚出门，转身又冲进了小屋。从敞开的屋门望去，童刚看见男人跪在婴儿床前抱头号哭……

不远处，有几个保安模样的人正出了大门岗亭，朝这边过来。女人拉了男人，急慌慌往外走，很快便消失在夜幕中。童刚欲转身离去，但双脚却被钉住，挪不动步。他抹了一把脸，竟摸出了一手热泪。

5

正月，童刚架不住爷爷和父亲的轮番催促，决定回家。他暗忖，先瞒过这个春节，待回城后再同老人细说。至于将来怎么个打算，他也说不好。

出发当天，童刚一早把吴嫂送上火车，悄悄在吴嫂的包袱里塞了五百块钱，年后吴嫂会不会来，他没有把握。

这是余莉第二次随童刚回老家，第一次是四年前的夏天，他们结婚，回老家补办了几桌酒席。匆匆来匆匆去，对那个山沟里的村庄也没什么具体印象，只是觉得过于安静，百十户人家，不见几个人影。

日暮时分赶到，家人争相来看孩子，好在童童被厚厚的棉衣裹着，看不出异常。吃完饭，童刚陪老人聊了一阵，便早早上床睡觉。

这一夜睡得并不安稳，童童认床，后半夜一直哭闹。余莉烦了，埋怨不该回来，童刚压着声音申辩了几句，余莉索性背过身不管不顾。童刚只得用被子裹了童童坐起来安抚。窗外有响动，听上去是爷爷的脚步声。

次日天未亮，昏昏沉沉的童刚被一阵急促的爆竹声惊醒，他爬起来推开窗户，看见爷爷和父亲请灯回来了。一盏半米见长的花灯，挂在积雪凌乱的院子里，格外惹眼。童刚蹑手蹑脚穿衣下床，洗漱完毕，父亲和爷爷已在院里缠灯篙，染了一手的红。见童刚出屋，父亲说你来吧，我得去把猪头上的毛刮净。童刚接过竹篙慢慢转动，爷爷手里的红灯绳随着转动缠在竹篙上。

“都啥年月了，还兴这一套……电话里不是讲了嘛。”

“水有源，树有根。童童难不成是大街上捡来的。”爷爷瞪了眼。

“捡来的倒好呢……”

“可不许犯浑。”爷爷板起脸，用缠好的灯篙挑起树枝上的花灯，小心翼翼地挂在堂前屋钩上。童刚昂了头，细端详。这是一盏六角形的花灯，六角分别垂着火红的穗带，灯上印着大红的福字，写有“丁财两旺”“平安健康”“吉祥如意”的三条飘带垂挂于三侧。灯裙插满了由五颜六色绉纸制作的花朵。童刚从没见过这么漂亮的花灯，在他的记忆里，早些年都是简单的南瓜灯，现在上灯越来越讲究了。

堂嫂一早过来帮忙操办明天的酒席，后面拖了几个侄儿。端了“三牲”准备去土地庙敬香的父亲说，娃们是来给童童夜里“暖灯”的，准备好红包，回头我再去村里领几个娃来。童刚点头应诺，掏出两张百元花票子，吩咐其中一个大点的侄儿到村小卖部去兑成零钱。

侄儿们一来，便多了许多生气。堂嫂看完童童，钻进灶屋轻声对母亲说，是怪喜人的，咋还不会叫人？村东头何家的比童童小多了，小嘴那个甜。母亲装作没听见，把菜“哧”的一声倒进油锅。一旁炸糖环的爷爷接了话道，总有个不一样，十指还有长短呢。你是不知道，顺子三岁还不会走路，可愁人了。顺子是堂姐的男人，小的时候长身子总比别人慢上半拍。

敬香回来的父亲带回来一个意外的消息。按出生时辰，该是童童排头灯，但现在变了，村东头的童凤利家的三小子成了头灯。都知道童凤利家的三小子是今年伏天出生的，当时远在东莞开工厂的童凤利特地派人回来，在祖祠前轰了一两个时辰的“二脚踢”，并一口气捐了三年的灯油钱。

爷爷当即“哐”的一声扔下手中的爪篱，黑了脸要出门。

这上灯也是有讲究的，头天晚上的“暖灯”讲的是旺气，来“暖灯”的男娃越多越好，预示着喜家兴旺发达。第二天“上灯”图的是福气，排在第一的头灯无疑最为引人注目，它将第一个在祖祠升起，喜家也将得到列祖列宗更多的庇佑和人们更多的祝福。为争得头灯，近年来上灯的人家是花样百出，但这样公然使钱坏规矩的还是头一回。

余莉将童刚拉到一旁小声说，劝劝爷爷吧，咱——犯不着。童刚明白余莉的意思，但他知道这口气搁谁谁也受不了，况且是倔脾气的爷爷。童刚正犯难，爷爷已经钻进了灶房，拎了两只刚刚褪好了毛还在冒热气的鸭子说，我去去就回。说完踏了积雪，咯吱咯吱出了门。

据说爷爷去找了主事人和童凤利，谁也不知道他说了些什么，晌午回来，事情已经解决。但他看上去并不怎么高兴，拉了脸，很长时间都没吭声。

糟心的事情一件接一件，父亲之前说好了的几个娃居然被别家拉去了。眼瞅着天就要黑下来，爷爷急得直吼。还是堂嫂出了主意，后山村她娘家哥有好几个娃，行的话去接来。电话打过去，娘家哥自然答应，只是担心夜里落雪，冻着了孩子。爷爷说甭怕，多带点禾草和被褥。说完吩咐父亲备车。

童刚建议开车去，爷爷摆手说冻路不好走，拉板车抄近路，翻过后山梁子就到了。

爷爷和父亲上路不久，天就黑了，细碎的雪落下来，扑在草垛上屋顶上簌簌作响。童刚有些后悔没有阻止他们。

放炮，敬香，点上油碟，“暖灯”便算开始了。母亲摆出了一桌的糖果煎堆糖环来招待侄儿们，这个夜晚，他们是主角，怎么闹怎么旺，再任性再调皮大人也不会责怪。

屋外簌簌的响声听不见了，雪下得越来越肥。娃们趴在窗户上，兴奋得连声惊叫。电话里，娘家哥说爷爷和父亲已经上路了。童刚估摸了一下，按理，这个时候他们早该到了，一定是被风雪阻隔在路上。余莉催童刚出门迎一迎，两个老四个小，千万莫出了啥事。母亲说路不熟，出门更添乱。

只有接着等。

屋内一灯如豆，四壁昏黄。捂在余莉怀中的童童不知什么时候睡着了，先前还在叽叽喳喳的侄儿，塌了眼皮，围在炉旁打起了盹儿。炉中的火渐渐萎了，干柴续了又添，发出毕毕剥剥的声响。

“来了！”一个侄儿惊呼起来。大家都侧了耳，屋外雪落无声，一片阒静。

“吱扭。”他学了一声车轱辘声。话落，院门戛然一响。大家起身纷纷奔出屋外。

风雪迷蒙中，披了一身雪的爷爷和父亲倾身拉车进了院门，板车上厚厚的花棉被落满了雪花，棉被的头端，露出一溜乌黑的小脑袋。余莉“呀”的一声惊叫，愣在了门边，直至童刚大喊，她才和大家七手八脚把身上裹着爷爷和父亲棉衣的娃们弄起来。父亲和爷爷冷得瑟瑟发抖，抖落一身的雪，猫近炉边。余莉招呼童刚添柴，转身和母亲钻进灶房熬姜汤。

屋里再次热闹起来，灯捻子被挑亮，童家的“暖灯”才刚刚开始……

6

转日，童刚迷迷糊糊被余莉推醒，发现睡在他们中间的童童不见了，屋外人声嘈杂。童刚顾不上穿衣，划拉上鞋拉开屋门。家里突然冒出来了很多人，童刚大都脸生。童童不知何时换上了簇新的红棉袄，被笑得脸上褶子尽展的爷爷抱着，正接受人们的祝福，口袋里，塞满了大大小小的红包。

童刚心有不安，他不确定家人在给童童换衣服时，是否发现骶骨边那道柳叶形的手术疤痕。

“这孩子，太喜气……”

“怪招人，和谁都笑……”

这样的夸赞，令人揪心。童刚悄悄抽回了脚，轻轻带上门。余莉显然也看到了屋外的一切，默默地坐在床沿，看对面积雪覆盖的屋瓦上，冷唧唧的麻雀在觅食、跳跃。

上灯圆子落灯面。吃罢汤圆，爷爷挑灯引路，童刚和余莉抱着童童，紧跟在糖果糕点担子、炮仗香烛担子、供品担子后，一行人蹚了雪向祖祠出发。

虽有阳光，但并不怎么灼热，薄薄的铺在雪地上，屋瓦上。风还是那么凛冽，冻得人脸蛋红红的，鼻子红红的。有性急的喜家早已擎了花灯在祖祠外候着。闹场的鼓乐、舞狮表演闹得兴起，寂静的祖祠迎来了两年中最热闹的时刻。人们抄了手，挨挨挤挤，围着看热闹。童童有点兴奋，眼神追着跳跃的舞狮。童刚心里跟着一动，她拽了拽余莉。余莉并没反应过来，仍旧踮了脚往祖祠深处张望，仿佛要看出不一样的名堂来。

“请诸神诸仙各归原位，安居宝座，降福后人——”

“请列考列妣各归原位，安居宝座，降福后人——”

礼生话落，鞭炮炸响，鼓乐齐鸣。

开始上灯。头灯是童童，爷爷挑了灯，引着众人缓步入祠。里面比想象中要宽敞得多，正中，三尊菩萨安然端坐，两侧，祖宗牌位林立。

爷爷点上油碟，置于花灯内。并将两颗早已焐热的鹅卵石悄悄放了进去。

“童画，童家第九代，童生贵之孙，童刚之子，生于癸巳年一月三日卯时。”

随着礼生朗声报丁，主事执笔写谱，闪烁着盈盈灯火的花灯被爷爷拉绳徐徐升起，悬于梁上。余莉抱着童童，和大家一道跪下祈福。她用余光打量了一眼菩萨，迷离的灯火中，菩萨低眉端坐，安然中似有几分不得已和忧伤。余莉暗自心惊，垂下目光，虔诚祈福。怀中的童童并不安分，他完全被梁上灯火闪烁的花灯给吸引了，余莉不得不抓住他闹腾的手迫使他安静下来。

“妈——妈，灯——”

耳边虽然充斥着急促激烈的鞭炮声，但童童磕磕巴巴努力吐出的这句话，余莉依然听得真切。瞬间，一股突然而至的暖流击中了她的五脏六腑，她猛然将脸贴在童童干瘦的脸上，愈发地抱紧了童童，仿佛稍一松手，童童便会脱离她的怀抱，离她而去。

温 泉

原来，爱与勇气都藏在这粗糙的皱褶里，只是我未看见罢了。

——题记

一

我趴在窗户上，看见那个人朝羊圈走去的时候，心里不由得一沉。

娘腆着个大肚子，跟在那人身后。娘自打显肚子后，走路越来越像一只待产的母羊，尤其是到了冬天，再套上厚厚臃肿的棉衣，走路更难看了，那种样子无数次刺痛了我的眼。我试图想让自己视而不见，变得漠然甚至麻木，可现实情况是，我只能默默忍受，无声抗拒。在这个家里，还没有我说话的份儿。

天还没完全亮开，羊圈里晃动的人影看得不那么真切，朦朦胧胧的。

不出所料，在一阵骚乱之后，那个人把我喜爱的雪球拽出了羊圈。雪球是一只肥硕漂亮的公羊，毛色纯白如雪，双角弯卷玲珑有势。仿佛是知道自己即将面临的命运，一向温顺的雪球哀叫着抵死也不往前走，角上圈着的麻绳越拉越紧，羊和人展开了一场拉锯战，把院子里的雪踩踏得一片纷乱。

那个人哪里敌得过羊，僵持了一会儿便喘上了，胸膛里犹如拉风箱。

“换一只孬的吧，雪球还得留着配种呢。”娘以商量的口吻，小心说。

“你懂？镇长家会缺一只羊？”那个人有些恼怒，捡起地上的枝条要抽，雪球敏捷地跑开。

“人家死了娘咱还得送个羊，图个啥？”娘还是有些心疼和不甘，小声咕哝。

“莫吵死，我自有——”后面这句话被一口突然而至的浓痰堵住了，他咳出痰，啐了出去，然后上前逮住雪球，骂骂咧咧地在它屁股上踢了两脚。可怜的雪球咩叫着躲闪。

娘噤了声，不敢违拗，轻叹了口气说：“咳得厉害，能行么？”

“死不了！”他戗了娘一句，把雪球拴在枣树下。仿佛意识到了什么，那个人回转身说，“进屋快进屋，别冷着了身子。”口气听上去温和了许多，“喊福儿快起床，收拾收拾该上路了。”说着朝我这边的窗户望了望，却看见贴在窗户里的一双眼睛，如受惊的鸟儿般倏然飞走了。

那个人是我的继父，一个嗜酒如命的老头。继父是两个很难受的字眼，给人耻辱令人蒙羞。你是知道的，在心底里我从未接受过这两个字眼，梦想着有一日能把这个人赶出家门，尤其是这个我称之为继父的人醉醺醺地歪倒在家门口时，我甚至有将他抛之野外的冲动。可我终究不敢这么做，还没有足够的能量支撑我做出这样的举动，我害怕他喝醉后，双拳不是落在娘身上，而是我身上。而且令人难以启齿的是，他竟然让娘怀上了……这是多么令人羞耻的事情，你没法体会这种感受和心情，说真的，在村人表情怪异而丰富的议论中，我恨不得豁个地缝钻进去，曾经连死了的心都有……

娘在“笃笃”地敲窗户，我慢吞吞地穿好衣服。然后和往常一样，将小号擦了一遍。这是每日必做的功课，在年长日久的拭擦使用中，小号已经隐去了原本的金色，呈现一种厚重的古朴，这种色泽无时不在证明我们亲密无间的伙伴关系。

一切收拾停当，我背上唢呐、小号和铜钹，跟在继父和雪球后面，一声不吭地出了门。

夜里下过雪，但并不肥，把路上黑泥刚好盖住，有的地方浅雪下面还藏着积水，踩上去“叭唧”一声溅人一脸一身，所以我们只能小心跳跃式地赶路。

空气中游荡着一股子血腥和尿臊味，和望叔为准备大后天的嫁女席正在杀猪。岭上挑起一个白炽灯，偌大的屋场被照得雪白通亮。继父放慢了脚，远远地朝屋场不住地打望。我晓得他的心思，悄悄用膝拱了拱雪球的屁股，雪球便往前小跑，继父只得一点一点收回老长的目光，跟上雪球。和望也看见了我们，隔着几块坡地喊了几嗓子，招手示意我们过去。我只有极不情愿地随继父拐上小路，上了屋场。

屋场里倾倒的污水四处流溢，地上的积雪被踩踏得脏兮兮。

“这么早就去，不是后天的日子么？”和望说着，帮屠夫秦疤子将半扇猪肉从梯子上取下来。

“主任前天开会捎话回来了，那边催得紧，要响器班今天晚饭前都赶齐，说不准还得练练。”继父呵了一口气搓搓手，“你这边误不了的，后天就回，后天就回。”

“嚯，好大的排场，只可惜了这羊，——岂不是亏本的买卖么？”

继父寡笑：“不可惜，咱求着人家呢，平日谁稀罕。”

秦疤子也和着说：“说得是，有很多人能哄得镇长和镇长女人笑，可谁有本事能让他们哭？也就你们了，是不？”

和望觉得这话精辟，点点头，丢给继父和秦疤子各一颗烟，“不进屋坐坐？喝碗血旺子暖暖身子。”

继父含混地“嗯”了一声，把羊绳塞在我手中，随和望进了屋。不一会儿却又转出来，端着一盆还冒着热气的猪血对我说：“洗洗，你洗洗。治冻伤呢。”

我厌恶地翻了他一眼，摘下被热气迷蒙的眼镜跳到一边。继父讪讪地把猪血重又端回了屋。

我被秦疤子剔骨的速度和刀法吸引住了，那剔骨刀在秦疤子的手上仿佛有了生命和灵气，上下翻飞游刃有余，不多会儿，骨肉砉然分离，干净的猪肋骨纷纷落进了盆中。

做完这一切，秦疤子双手在油腻腻的油布围裙上擦了擦，喊来一个人，准备把剔掉骨架的半扇猪肉上案，并示意我过去帮忙。我撇下羊绳，托住热乎乎的猪肉与他们合力往门板上移。

“眼镜儿，你见过镇长的女人么？”猪肉上案后，秦疤子把烟叼在嘴里，吐着烟问。

我摇摇头。

“泼，绝对这种！”秦疤子竖起一颗血淋淋的大拇指，“去年在镇上杀猪，她要臊子肉。咱犯浑，嫌麻烦不卖，这女人差点把摊都掀了。鬼晓得她是镇长的女人。”

“好不讲理哦，肯定是个宝葫芦吧。”

我捏着嗓门，尽量使自己的声音听起来还是那么尖细。这个冬天快要来临的时候，我的声音竟然慢慢变得又粗又老，这令我感到很难堪，我讨厌这种粗重低沉的声音。

秦疤子摆摆手，“错了错了，倒是个不肥不瘦的美人——啧啧啧，皮肤那个白，喏，就这样的。”秦疤子用尖刀拍了拍门板上白净结实的猪屁股，“身子骚得很，屁股是屁股腰是腰。”说完嘎嘎地笑着，嘴里的烟屎跟着跌落在猪肉上，太阳穴上的疤子一片血红。

我有点不好意思，紧忙低下头。

继父同和望嘀咕着再次出来了，背包里鼓囊囊的，我晓得，里面除了一壶酒，可能还有不少猪头肉之类的熟食。

二

继父在前，我在后，不远不近地跟着。

继父和雪球的脚印深深浅浅向前蜿蜒，雪球的蹄花很好看，一朵又一朵，朵朵清新耀目。刚上路的时候，我有点跟不上，脚下也乱了节奏。现在继父的脚步明显慢了下来，像是一直在等我追上去。我也放慢了脚步，始终与他保持适当的距离。只是在继父的身影拐弯消失的时候，我会加快脚步，直到转过弯复又看见他们的身影。有那么几次，在转过弯或者下坡的时候，继父和雪球的身影没入了丛林茅草中，或者被拐角的山体给挡住了，这个时候我心底会掠过一丝惊慌，紧走几步，但很快能看见他们的身影从前面不远的树丛茅草后晃出来。

望山累死牛，走了十多里，感觉还是在原地转。路是一样的，坑坑洼洼积满了雪，遇上分岔路，还得仔细辨认；山也是一样的，绵亘不断，有的地方被雪覆盖，有的地方裸了出来，像村里麻五的瘌痢头，拉拉渣渣。远远近近静得很，偶尔传来积雪从树上跌落纷纷扬扬的声音，路旁树丛不时砉的一声飞出几只山鸟，在寂静的山谷令人感到惊心动魄。

在一处陡峭的上坡路段，我们埋头躬身，鼻尖几乎都要触到地上的雪了。继父折回身，把一只干瘪的手伸给我，我毫不犹豫地拨开。继父有些尴尬，只好绕到我身后，防备我往后滑。

上了坡，稍作休息。继父拿出一块猪头肉，用小刀割了一大半给我。这回我没拒绝，赶了十几里路，早已饥肠辘辘。继父拿出酒壶，一阵清冽的酒香顿时弥漫开来。见我冷眼睨他，他不好意思地笑笑，把酒壶放在鼻前很响地闻了闻，然后递给我。

“吃点，你吃点。”他说，“都十六了，该吃点。”

我一声不吭，冷冷地把酒壶挡回去，起身抻大步往前走，不一会儿便把他们远远地抛在后面。

也说不上有多少个日子，我们就这样一前一后行走在乡间，与往日不同的是，今天多了雪球。每次出门，我们难得讲上几句话，早已习惯了这种没有语言的生活。能讲什么呢？继父关心的，永远是别人给他的酬劳和这些酬劳所能换来的那种称之为酒的液体。

一前一后相跟着去到了主家后，红事儿白事儿一般按常规套路吹吹打打一番，只要在关节的点上动响就可以了。乡下红白事儿，更多的是一个过场和仪式，谁又会去和吹响的一老一小去计较。

但也有爱挑的主儿，嫌弃氛围渲染得不够劲道，就见缝插针跑过来交涉两句。继父很谦卑地接受主家的意见，鼓起腮帮，卖力地吹上几首高亢的乡间小调，或悲或喜或俏皮。如不满意，再来一首《喜洋洋》或者《西风凉》。吹完了，主家也不会说好或者不好，早抹身忙着照应场子去了。倒是有些看景的，觉得技术不一般，唢呐高亢入云，小号明快嘹亮，也就凑上来拉话。

不吹的时候继父希望有人和他拉话，拉话的当然最好是主家的长辈，反正不能干坐着，这样有失老师傅的身份，也显得有些落寞。拉话的主题当然离不开眼下进行的红白事儿，无非是女方收了多少彩礼，男方出手如何阔气；或者是眼前的这位亡人生前如何仁义，儿女多么孝顺之类。偶尔，继父也会对正在进行的仪式提出一些建议，拉话的听了觉得在理，当局者迷嘛，这种场面人家毕竟经历得多，于是把话捎给了正在里里外外忙碌的主家。主家也听进去了，不迭地拍了拍脑袋，喊来三四个在边上帮衬但使不上劲的族人，把事情交代了下去。这样一来，主家对吹响的师傅多了一份感激，这种感激或多或少体现在给付的酬劳上。

最累的是遇上“对吹”的场合。如今山里人也愈加讲究了，尤其是家里有在外做官、经商或者打工的，请来两个甚至三四个响器班，除了热闹的意思，这里面还有许多不能言说的东西。对响器班来说，就有点竞争的味道，谁都想人前露个脸，讨点口彩，于是锣鼓喧天唢呐齐鸣，一声大过一声，一浪盖过一浪，把个村子惊得鸡飞狗走猪拱墙。这种场合唢呐是主角，小号只能伴伴音儿，多半时间我只能看着继父鼓起皱褶纵横的脸，嘀嘀嗒嗒地狠吹。

在我们这儿，继父的唢呐是响当当的。当年，父亲得凶病举丧，娘在响器师傅悲怆的唢呐声中哭得背过气去了，出不了殡。娘这么一闹腾，唢呐更悲凉，撕心裂肺，吹着吹着，师傅眼眶也禁不住湿湿的。一来二去，这个响器师傅便成为了我的继父。

对于这样一种煽情的预谋，我无力阻止，只有默默地“接受”。

说实在的，我并不讨厌吹响，若不是和继父在一起，我想自己会喜欢上这个行当。在一次次关于生与死悲与喜的仪式中，我努力让自己融入其中，并将其想象为小号演奏家的乡村演出。听懂了的人也许少之又少，没听懂的人，也不会觉得少了什么，同时也会宽宥眼前这个戴着眼镜的小师傅的孤僻与生分，因为在他们眼里，我毕竟还是个文弱的孩子。

这些乡村的悲喜仪式，或真或假的欢笑和泪水，也让我朦胧地感悟到了一些生命的意义，这些感知和体会充实了我的情感和演奏，就像注入体内的催化剂，让我慢慢变得忧伤起来，但这种忧伤多半是毫无缘由的，是唢呐上的孔，空洞而无内容。

三

翻过最难走的牛溪岭，仿佛是为了呼应我们的心情，彤红的太阳跃上远处的岭脊，洇红了一片天空，远山近树抹上了一层金黄，满目温暖。

在牛溪桥上，继父停了下来坐在桥墩上歇脚。他的喘又上来了，急迫短促的喘气中夹杂着细如发丝的啸叫声。入冬以来他的病更严重了，这对一个以吹响为生的人来说是要命的打击，但他依然四处沽酒，谁也阻止不了。照这样下去，用不了多久我们都得被迫失业。

不能吹响他又能去干什么呢？我有些茫然和伤感，只有尽量不去想这个问题。

喘匀了气，继父变戏法似的从背包里面掏出一些麻秆，在裸露的桥墩上点着。

“暖暖手，别冻着了。吹响人的手，金贵。”

麻秆毕毕剥剥燃烧了起来，我并没答话，埋头烤着火，余光中瞥见继父一直在看自己，那柔和的目光令我有些不自在。我抬起头，目光虚虚地越过继父瘦小的身子，投向了远处。

远处的牛溪河枯瘦了，河床被涂满阳光的白雪覆盖，发出静谧晶莹的光芒，极细的一线河水曲曲折折在白雪间蜿蜒。你不知道，这一带我再熟悉不过，我曾经在牛溪河洗过澡摸过螺，那个时候雨水很丰沛，并不是现在这个样子。牛溪河上游就是牛溪中学，在那里，我度过了三年美好却又难熬的时光。说美好，是因为认识了那个孤傲的汪眼镜老师，并加入了校乐队；说难熬，是我的成绩太烂了，属于判定回家搓泥巴的那种。如今三年早已经过去了，我像许多人预料的那样，卷起铺盖离开了学校，比当年进学校多了两样东西：一把小号和鼻梁上的一副近视眼镜，而且，这两样东西将伴随我一生。

迎面一个骑车的中年人朝这边过来了，近前，竟然是牛溪中学的校长。我慌乱地站起来叫了一声校长。对方笑呵呵地应着说："这么巧，忙去？"我点点头。继父捉住校长的手说："镇长的老娘过了，点名非去不成。"说完扭过脸剧烈地咳了一通。校长关切地说："没事吧？少喝点。"继父摆了摆手："不碍，老毛病，天冷就这样。"随即把校长拉到一边说话去了。听不清楚他们谈话的内容，只是隐约感觉到和镇长有关。

继父脸上堆满了厚厚的笑容，像是在不断地恳求校长什么事情。我最看不惯继父这种低三下四的样子，觉得很难堪，厌恶地将桥上的雪块踢入河中。校长面露难色，顿了许久，才掏出笔和本子写了点什么，撕下来给了继父。继父满脸感激，卑微地笑着，把纸条折成拇指宽，很小心地放进了贴身的口袋。

临走，继父硬是把背包里一只肘子塞进校长的车篮，校长虚虚地推却了一番，然后拍拍我的肩说："我们的小号手，好好吹啊，是棵好苗子。有空常来学校看看，汪眼镜还经常念叨你呢，别把他给忘了！"我点点头，差点掉下了眼泪，看着校长躬身蹬车远去，直到在视线里消失。

和校长分手后，我们加快了脚步，继父说必须在中午赶到系马岭。

由牛溪中学所在的田家畈，拐上了沙砾铺就的简易公路后，道路平缓好走了许多，我们不再担心迷路，这条出没于山间的简易公路，会带我们一路抵达系马岭，再到温汤镇。

好几次我佯装蹲下来用树枝剔掉鞋帮上的雪泥，试图再次拉开我和继父的距离。继父似乎识破了我的意图，在前面停下来等我走近。这样走走停停，我索性快步跟了上去。

“这两天在镇长家，你莫要分心，可要吹好！一定要吹出镇长和他女人的眼泪，主任说了，这是政治任务。”继父边走边说。

“嗯。”我还沉浸在刚才校长带给我的情绪中，琢磨着他们的谈话，还有那张字条。

“那个《风的色彩》应该反复吹，还有《一池水》……要带着感情，全当你爹我死了，晓得么，咹？”

这话让我觉得好笑，心里说你死了我才不会难过，更别指望我来吹。我搞不明白他为什么偏爱《风的色彩》这样一首并不哀伤的曲子，也懒得去多想。这个老头，有时候让人琢磨不透。

“刚刚校长和你说了些什么？”我忍不住，还是问了一句。

继父回头看了我一眼，停了许久，才边走边说：“我琢磨着该让你去镇上高中念书，将来考个艺校，——还不好说，校长给介绍了一个熟人，但校长说得让镇长出面说说，否则也不好使。”

我感到很突然，一点儿准备都没有，继父之前没吐半个字，娘肯定也不晓得，她是藏不住事情的人。我怔在路上，看继父牵着雪球兀自往前走，阳光把他们的身影拉得老长。发现我没跟上，他转过身提高嗓门补了一句：“不该这么跟着我废了，我老了哇，快吹不动了！”说完，埋头继续赶路。

继父的声音在风中有点颤，有些苍凉。怔了许久，我才甩开臂膀，追了上去。背上的唢呐和小号随着我的脚步不断发出碰撞摩擦声，这声音听起来，我第一次觉得不是那么硌耳……

四

太阳攀到三竿子高了，走在暖阳里，身子也暖和了许多，腋窝和两胯间似乎都冒出微微的汗。但双手依然是冰凉的，我摘下厚厚的手套，把手交替插进腋窝取暖。每个冬天，我的双手双脚都会生出冻伤，就像继父每到冷天就会犯喘一样。这是几年前在学校留下的毛病，说起来很丢人，书没念出来，倒戴上了一副眼镜，还留下了许多臭毛病。

恼人的冻疮，让我在冬夜吹响吃尽了苦头，我得不停地跺脚和来回走动驱赶寒冷。守灵的人也没个正经，早早缩回到屋里甩牌搓麻将了。风从大棚帆布下面汩进来，脚底下凉飕飕。到了下半夜，席卷而来的瞌睡就像一块沉重的坠铅，而我显然成了水面上孤独无助的木块，被坠铅生生拖进水中，我挣扎着扑腾着，最后还是沉入了寂静的水底。继父的唢呐隔半小时吹上几声。这声音在寂静的夜晚瘆人得很，也把我一次次从梦中捞了上来。醒来后发现身上不知何时被继父盖上了一件破旧的棉衣，脚上也裹上厚厚一层稻草，但双脚依然冻得麻木。甩牌搓麻将的人早散了，冷咧咧的空气中一股干烧的味道在弥漫，昏黄的灯影里漂着紫红的棺木，令人头皮发麻。

所以我很讨厌冬天白事儿吹响，但这次在镇长家不会挨冻，据说大棚扎得严实，还管有火盆，酒席都摆到镇完小去了。

在经过一处逼仄的山谷时，身后一辆载满人和货物的马车，正在一点点接近我们。我和继父站在路旁，为马车让出道。车上一对母女模样的人背对我们默然坐在一起。女孩年龄也不大吧，十八九岁的样子，马尾辫很随意地拢在脑后，红艳艳的碎花棉袄红围巾格外打眼。脸朝向我们的两个汉子，面相年轻的那个抄手拢袖吧着烟，面相老点的那个扬着鞭儿。我猜应该有个汉子和那对母女是一家人，另外一个汉子和他们什么关系却不好说。

老马踢着雪，拉着胶轮车从我们身边“咕隆咕隆”碾过。

“镇上去？”擦身而过的时候，扬鞭的汉子和继父搭讪。

继父面带笑容点点头。

我走到路中间，试图看清楚红衣女孩的面目，可女孩的身体被母亲挡住了，只有脚上一双藕白的皮鞋悬在了车外，格外醒目。马车渐行渐远，两行车轮印子在雪地上时断时续向前延伸。

积雪开始融化，沿路不断有“哗哗”的雪水裹挟着泥土从山上冲刷了下来，没有沙石的路段变得泥泞难走。

经过系马岭，马车上的那些人正在路边的杂货店前歇脚打尖。母亲小声地和女孩说着话，像是开导和劝慰，女孩似乎是在生闷气，勾着头，两手抠着指甲儿。两个汉子并不理会近旁的母女，自顾闷闷地吃酒。

这种场景对继父来说无疑是一种诱惑。很快，继父掏出了背包里的干烧和熟食，加入了他们的行列。我在那对母女近旁找了一处石凳坐下，佯装剔脚上的雪泥，偷偷地打量女孩起来。女孩长相清秀，脸庞漾着枣红色红晕，眉眼透出一点未脱的稚气，下颌还有一颗黑痣，很是动人，你不会觉得那颗痣是多余的，反而认为有比没有更好。

面相老的那位汉子给继父满上酒，继父端起酒，想了想，摇了摇头，还是放下。然后指着喉咙说：“咳，这两天有大事要办，吃不得。”

汉子也不勉强，递给继父一块牛肉和半张饼。继父各自撕了一半，给了我。

酒过三巡，两个汉子和继父的话就多了。从他们的交谈中，我也听出了个大概：面相老的那位和母女是一家，另外一个是村里的帮厨。女儿说了个婆家，定下了腊月十八的日子，他们去镇上分头办两件事：两个汉子要先卖掉车上的冬枣，然后置办婚席所需的酒菜，母亲则带着女儿泡温泉，顺便用彩礼钱置办点新嫁妆。

我们这地方姑娘出嫁盛行泡温泉的风俗，出嫁前穿戴一新，在母亲或者家族其他年长女性的陪伴下到镇上温泉泡上一泡。泡时脱光身子，除却隔阂，说点平日不便说的悄悄话。同时也去除身体污垢，寓意净身出嫁。原来山里的姑娘多是在家中泡澡的，由于条件所限，多少有些潦草和将就的意思，后来有了温泉，又加入了健康的理念，这种传统风俗便变得更加丰富和盛行。

做帮厨的那位汉子听说我们去给镇长吹响，道了句祝贺的话，咂嘴说："贺礼的太多了，好多人礼份子都送不进去，咱村主任帮不上，窑主佘贵都猴急上火了！"

继父叹了口气："就是，我这个响也不好吹哟！镇长要催泪，可镇长女人和婆婆一直就不和，一对死冤家！"像是突然想起了什么，继父把脸转向那个面相老的汉子，"小女喜日子请了响？"汉子摇了摇头，继而一拍腿："我看就你们吧，咱也有缘。"继父正中下怀，觉得再合适不过，爽快地应下了，当下两人便敲定了细节。汉子把女孩叫到继父跟前，女孩有些忸怩，叫了一声"伯父"便躲到一边去了，汉子就轻叹气："都要出嫁的人了，还不懂事，就晓得和我置气。"

无意中应下一桩活，继父也很高兴，把那杯一直没喝的酒端起来说："今天高兴，认识了两位，就让福儿替我干了。"说着把我也叫过来。我接过酒杯，也不晓得说点好话，仰头

“咕咚”喝下两口。一团火立即由喉咙直滚心肺，呛得我剧烈地咳了起来，眼泪鼻涕都出来了，惹得两位汉子哈哈大笑，女孩也捂嘴“扑哧”笑了。我在心里骂了一句娘娘的和望，没想到他的干烧这么辣，害得我在众人面前出洋相。

也不知道是哪个汉子的主意，听继父说我吹得好，便来了兴致，想先听为快，也算是助助酒兴。我推辞不过，趁着微醺的醉意，徐徐吹响了我那心爱的小号。舒缓的号声在空寂的山谷回荡，雪后的暖阳为它镀上一层忧郁的金黄。我闭上眼，在心里和着音乐轻唱：

是谁坐在盛开的苜蓿花丛中，
自清晨起就在放声歌唱？
那是一位有着亚麻色头发的姑娘，
她的樱桃般的嘴唇美妙无双。
在夏日明亮的阳光下，
云雀的歌声在回荡，
爱情在她的心中发芽滋长。
……

曲子没吹完，被一阵压迫的抽泣声打断了。女孩伏在母亲的怀里，身子一拱一拱的。

继父不明就里，说：“姑娘舍不下你们，还没过门，就心伤呢。”

汉子并不搭腔，脸挂得很难看。

我很想上前安慰她几句，说几句体己的话，可这方面我实在不擅长，况且这么多人在场，又是面对一个刚认识的女孩，如何开得了口。

默默收拾了东西，我和继父继续踏上了前往温汤镇的路。

五

再次上路，我变得心事重重，我在想继父打算送我去镇上念书的话，还有刚刚那个莫名哭泣的女孩……可怎么也理不出一点头绪……脑子里开始犯晕，脚下也跟着打飘。我有些后悔吃酒了，长这么大第一次有了“醉”的感觉。原来也喝过酒，但那不是喝而是尝，拿根筷子偷偷地往继父的酒壶里蘸一下，舔巴舔巴，有滋有味的。

汉子赶着马车，很快就追上了我们。女孩已经平复了情绪，她跳下车，捧了一把冬枣给我，软声细语地说：

“你吹得很好，能告诉我那首曲子叫什么名字么？”

“《亚麻色头发的少女》。”

“来的那天你还会吹这首曲子么？”

“嗯。”

我接过枣，很想问问她的名字，可对方已经飞快地转身上了车，正冲我挥舞着手呢，女孩红艳的围巾在风中不停飘动，很快，马车远去，雪地上跃动的红点变得越来越小，直至随山路拐弯消失。我立在路中有些怅然若失。

远的山近了，近的山远了。这样约莫又走了一个多时辰，阳光变得绵软了，山风也跟着硬了起来，在耳畔呼呼作响。我有些疲乏，准备找一个避风的地方歇脚，却蓦地发现前方雪地里蹲坐着一只毛茸茸的动物，一动不动直视着我们。我以为是错觉，推了推鼻梁上的眼镜，那畜生还在，双眼发着寒光。我不敢出声，捅了捅正埋头赶路的继父。继父下意识地把我挡在身后，边后退边说：“别怕！是狼！”当那个字从继父嘴里吐出来时，我脑袋“轰”的一声响，立即被一种巨大的恐惧笼罩，寒气从脚心“嗖嗖”地往上蹿。

我们与那畜生四目对视，一点一点向后退了三四十米。要命的是，畜生也向前逼近了三四十米，悄无声息蹲下。雪球惊恐地依偎在我脚下，身体抖成了寒风中的树叶。雪球一抖，我也跟着抑制不住地战栗。继父捉住我的手，把割肉的小刀按在我手中，然后就近扒拉来一堆半湿的干柴，掏出麻秆儿要点燃。

“管用么？”我哆哆嗦嗦地问。

“晚上应该没问题，白天不好说！”

柴火太湿了，麻秆儿都烧完了还冒青烟。继父掏出酒壶，剩下的半壶酒洒在了柴火上，顿时，火苗蹿起，“呼啦啦”地烧旺了。

畜生站起来，退了几步，然后又蹲下。山风弄翻了它的黄毛，威风凛凛的样子。

“肯定是饿极了，否则不会白天出来的。可惜那些肉食都被我们吃掉了。”

“要不——”我看了一眼瑟瑟缩缩的雪球，又看了看继父，嗫嚅着说，“只有喂饱了它才可能脱身。”

“不行。”继父断然拒绝了，“拿什么求人？”

我有点哭笑不得，都什么时候了还顾及娘娘的镇长，不就是一只羊嘛，保命要紧。

继父并不理会我的情绪，从背包里迅速掏出唢呐，旋上苇嘴儿，润了润干巴的嘴，鼓起腮帮。顷刻，唢呐声陡然而起，并铆足了劲一路奔高调。犹如平地一串雷，在寂静的山谷炸响。我不知道他要干什么，骇得张大了嘴巴。

那畜生许是被这高亢的声音给镇住了，但它并未动，依然蹲在原地和我们对峙。继父慢慢地向前走去，唢呐声更加尖锐锋利，如刀似剑，又如一骑骁将裹挟着千军万马奔突厮杀而来。

继父一步一步向前，那畜生却被钉住了似的纹丝不动。我被一种强大的惊惧给攫住了。

“爹——”我大喊了一声，一股热辣辣的液体直逼鼻腔。继父并没听见，依然一步步向前紧逼。但我真真实实却是喊了，喊出了那个这么多年我不想也不愿意去正视的陌生的字眼。

畜生站了起来——我握紧了手中的短刀——掉头而去，它终于坚持不住了！

高亢的唢呐声戛然而止，像高空中弹的鸟儿。继父瘫坐在雪地上，“喀喀”地咳了起来，我跑过去。继父咳出的一摊血，犹如绽放在雪地上的一朵喇叭花，鲜艳夺目。

我“呀”地失声叫了起来，脸上布满了惊惶。继父在我的搀扶下艰难地站了起来，拍拍身上的雪，一声不吭地往前走去，屁股上棉裤被雪洇湿的两团印记在我眼前一晃一晃。

六

我们在半下午的时候到达了温汤镇。冬天的温汤挨挤在促狭的山谷之间，灰墙黛瓦的房顶覆满了积雪，阳光抹在上面，折射出耀眼的光芒。站在山顶看，雪后的温汤就像一条泛着波光逶迤远去的河。

这是我第一次来到温汤，说起来不怕你笑话，镇街上喧闹的市井声，在我看来都感到新鲜。在街口的一家米粉店，我们填饱了肚子继续出发。继父有些踉跄的脚步并没有朝店主指引的镇长家方向走，我晓得他是在带我看景，我抻长颈脖，在来往的人群中张望。

“你找不到的，他们早就到了！”

被继父看穿了心思，我咧起嘴，有些不好意思，脸也跟着红了。

经过一处温泉澡堂，继父抬头看看天色，说：“时辰还早，咱也进去泡泡，看你那手冻的，明天可不能出岔子。”

我抖抖羊绳："雪球怎么办？"继父皱起了眉："前面有家脸熟的，我过去看看。"继父牵着雪球往前去了，半颗烟工夫就独自一人折返回来。

交了钱，很利索地脱了鞋，继父挑帘先进去了。我是高帮鞋，脱起来遇到了点麻烦。蹲下身的时候，我忽然瞥见女澡堂门前鞋垫上，安静地躺着一双藕白色的皮鞋，鞋上还残留着朵朵雪泥，显然是马车上女孩的鞋。我的心莫名地跳得厉害，没想到这么巧，在这里又遇见了。继父在里面"福儿福儿"地喊，我顾不上多想，慌乱地挑帘进去了。

进了澡堂，却找不到继父。雾气迷蒙，鼻梁上镜片也模糊了。几个赤身的汉子或蹲或坐在水龙头下冲凉，身子白胖，像极了和望今早拍打着的那爿猪屁股。另一侧的几个池子里漂着七八颗脑袋，却并不见身子。

我哪见过这种赤条条的光景，局促地站在门口，不知道是该进还是该退出去。

"进来呀，杵那做啥呢？"是继父的声音。随后从其中的一个池子里站起一个人——准确地说是一团瘦白的身子——朝我晃来，身下那毛毛丛丛的物件像钟摆一样随着身子摆动。他抓住我的手，把我踉踉跄跄往某个地方拽。慌乱中我抹了一把镜片儿，这回我看清楚了，是继父的脸，下面却是我完全陌生的苍老的躯干，胯间还吊着一团黑乎乎松松垮垮的丑物……

像是混乱中被人抽了一耳刮子，我的耳和脸开始辣辣地发烧。

"脱呀！别磨蹭了，可是按小时收钱的哟。"说着，一双干瘪的手伸过来要解我的纽扣。

我挡了回去，自己慌忙解衣……最后剩下一件裤头，我抵死不肯再脱。那双干瘪的手又伸了过来了，我脸憋得像熟透了的紫茄子，蹲下身捂住裤头，都要哭出声了。继父就揶揄地笑，很开心的样子。里面的几个人，也跟着起哄：“下面没毛，还是小茶壶吧，哈哈——”

继父没再勉强，缩着身子向一个没人的池子走去。我跟在后面，尽量使自己的目光不去触碰那一团瘦白，这种触碰会令我困惑和痛苦。在我的潜意识里，继父一直是个很强势蛮横的男人，这样的人就算不是高大魁梧，也应该是有血有肉的吧，而他，却是这样一副——苍老丑陋的身躯。这是件多么令人沮丧的事情。

我迅速钻入池水中，一种温暖瞬间把我紧紧包裹。水面上腾起阵阵水雾，继父在池子的另一角，看上去显得很不真实。

“这种地方，都是这样的，就像刚从娘胎里出来，没有卑贱……”继父闭着眼，很享受地半靠在半块山石上，悠悠地说，“你都十六了，长大了，不能让人笑话！”

雾气袅绕，继父的声音像是从很久远的地方传来，我似懂非懂地点点头。也许他说得对，我的确是长大了，应该有面对和担当的勇气。

继父两手艰难地搓着背，我粗声说：“我来吧。”继父没有反对，将洗澡巾给了我，然后佝偻着身子，坐在水池边上，双手撑在池沿。我盘腿坐在他后面，努力平复自己的情绪。

继父的身子一如他的脸，沟沟壑壑的皱褶下面，是突起的骨骼和蜿蜒的筋脉，除了硌手，你丝毫体会不到一点顺滑柔软的感觉。难以想象，这样一副干瘪皱褶的身躯能有那么大的肺活量，吹出飞沙走石般的高调，敢舍身斗狼……我吸溜了一下酸酸的鼻子，泪水也跟着涌了出来。

原来，爱与勇气都藏在这粗糙的皱褶里，只是我未看见罢了。

也许是弯腰憋气的原因，继父又咳上了。我让他站起来顺顺气，他却迫不及待下了水，他说还是水里舒服，多泡泡，泡完了早点去镇长家，咱牵着羊，眼目多了不好，让人说闲话。

再次下水，我褪下了身上的裤头。继父看见了，困难地冲我笑笑，我羞赧地低下头。

继父说完那句话后就没再出声了，闭上眼，很享受地半躺在刚刚的地方。

隔间隐约传来女子喁喁私语声，我才想起了马车上的那个女孩。这个不知道姓名的女孩，腊月十八，应该早早就穿上了新嫁衣，怀着小鹿撞胸般的心情等待迎亲的队伍和未知的幸福吧……

不知什么时候，窗外飘起了雪，我惊喜地叫了一声“爹”。继父没有理我，他也许睡着了。我试图过去推醒他，却在弥漫的雾气中，看见继父的头向后耷拉着，双手如提线木偶，毫无生气地漂浮在水面上。

……

我抱着继父，我的父亲，眼泪叭嗒叭嗒滴落在他的胸前。我就这样抱着——你是知道的，这是我第一次这样抱着父亲——也不知过了多久。四周静极了，只有窗外夜色里雪花簌簌飘落的声音，以及温热的泉水从竹筒里接入池中细碎的声响。

是的，父亲睡着了，他只是一时贪恋水下的温暖，静静地睡着了。

万物生

“你就那样让它跑掉了！”长春瞪大了眼看着父亲，满是遗憾。

“那不是一般的畜牲，它要滑头……我老了，不中用了！”巴暮用手抵住腰眼，沮丧像蛛网密布了他那深沟浅壑的脸。

“是么？”长春瞟了一眼佝着腰的父亲，有点讥诮的味道。

“它跑不掉的，”一直在旁边低头擦枪的秃子说，“咱现在就走。”

巴暮朝客人挤出一丝笑，“我敢肯定打中了它，它跑不远！”

秃子把擦枪布丢在地上，“咔哒”一声推弹上膛，双手端平向远处虚瞄。

“镗——”秃子夸张地叫了一声，声音并不干脆，像是闷罐里发出来的，瞬间就被呜呜的山风吹散荡尽。

“还是明天上山吧，来回打个旋至少也得半天。”巴暮看了看远处被风吹得来回摇摆的竹林说，“……要变天了。”

秃子顺着河谷朝远处蓬虚山脉望了一

眼，捋了捋被风吹乱的几缕头发，把猎枪、弓弩、捕兽夹等搁进了越野皮卡。

长春瘸着腿从屋里端出几盘野味，再拎出一罐吊烧。巴暮觑了儿子一眼——长春每走一步，必须用右腿作为支撑，坏了的左腿斜出六十度左右，身子一高一低，晃得巴暮有些难受——儿子昨晚领着客人突然回来，他还没来得及细瞅儿子走路的样子。

出于礼数，巴暮陪客人喝了一小杯就起身进屋。腔子里像是有什么东西在冲撞、升腾寻找出路。本以为喝点酒会好点，可越发地难受。他把自己关在屋里掴气儿，仍然无法平复心情。这是怎么了呢，巴暮问自己……难道和那逃跑的老东西有关？和儿子长春有关？他说不清楚，或许都是或许都不是。他摸了摸受伤的腰，并不是那么痛了，他倒希望痛起来，这样就没时间去胡思乱想。

应该是清晨六七点的样子吧。这个时辰的蓬虚山还没醒来，山间下着雾，安静极了。巴暮提着一杆枣木老枪在林间匆匆穿梭，衣服湿了一大片，头上也裹满了一层银亮的雾水。在一片次生林巴暮和那畜牲——一头犄角高挑的老水鹿——迎面遭遇，它像是有意暴露自己，它身后的灌木丛有动物正在奔突，蹄声杂沓—— 一定是幼鹿。待那杂沓的蹄声消失，水鹿掉头便跑，巴暮抻大步咬了上去。

腰伤是怎么来的？巴暮有些记不起来了，他把枯瘦的双手插进发根，他想脑袋一定是被磕坏了。……那会儿水鹿还没中弹，四蹄轻盈，皮下鼓凸的肋骨随着跃动清晰可见。他没料到老家伙还那么耐跑，他太轻敌了，完全低估了对方的能力。当然巴暮不会轻易放弃，那畜牲并不急于逃命，他快它也快，他慢它也慢——人和畜牲就那样拧上了。好几次快接近目标，不待端枪，狡猾的水鹿便左右摇摆跃入雾流隐身不见。蹚着雾追出了好几十里地，巴暮体力不支，汹涌的汗水浸渍着身上的血刺钻心地疼。在一处老林巴暮丢了目标，四处搜寻，那家伙却在前方支棱着脑袋张望，高举的犄角上缠挂着卷曲的细藤，四蹄沾满草浆。巴暮被彻底激怒，改变策略迂回包抄，在一个小山坡前却吃了苦头，潜伏在枯叶下的树藤把他给绊倒，身体随之轰隆隆被甩下山坡，直至磕上一块隐匿在青藤之下的石头。

巴暮很舒服地躺着，有那么一会儿，他甚至忘了自己从哪里来到哪里去，他多么想就那样一直躺着——那一刻他忽地想到了死亡，他揣度躺在地下的亡人是不是这种感觉，万念寂灭，无知无觉。……一束束阳光穿过树梢将他刺醒，雾流已经消散，但金色的光束中仍有薄雾升腾，有鸟啁啾。

“该死的老东西，看我怎样收拾你。”巴暮呲牙瞠目，嘴上却没服输。

那只老鹿，披着阳光立在坡顶久久不肯离去，身体的轮廓在逆光中变得模糊虚幻，令人生出肃穆神圣之感。巴暮摸到一棵大树后。感觉到威胁的畜牲随即掉脸踏着衰草窸窸窣窣离去。巴暮并没有跟上，在树下束好腰带滋了一泡尿，再佝腰爬上山坡。已经远去的水鹿意外地踅了回来，踩着纷乱的阳光走走停停，身形有些疲沓，像一个迟暮的老人。

荆棘丛里伸出一杆黑洞洞的老枪。

长春说得没错，如果不是急躁了一点，那只可恶的老东西现在恐怕已经被开膛破肚成为他们招待尊贵客人的盘中肉。可事情总是有个意外，慌乱的子弹离开枪膛后它并没有倒地，而是应声弹跳了一下，立即钻进了灌木丛，彻底溜了。这样的失误对一个有着丰富经验的猎人来说，是无法容忍的。

被对手打败的巴暮空手而归。依稀能望见山皱褶中的瓦房时，巴暮临时起念，拐上了一条几乎要被衰草淹没的小路。通往墓园的这条路少有人来，巴暮最近一次踏上这条小路还是去年冬天落雪的时候。长春带着阿娇从县城回来，巴暮悄悄拎上长春买的烟酒来墓园祭奠。那个时候的墓园真是干净啊，满眼一片炫目的白，众音俱灭，只有巴暮一来一去两行干干净净的脚印。

眼下已是三月的天，风还那样硬，扑面的冷峻。

墓园边上，散落着几个隆起的小土包，其中一个是儿子长民的。与不远处墓园的拥挤热闹相比，长民的坟显得有些模糊、孤寂，如果不是土包前散乱的残香和瓦罐碎片，少有人会认为那是一孔坟。

巴暮坐下来摸出烟，给长民点上一颗，自己点上一颗。烟是好烟，抽一口嘴间便弥起清香。巴暮猜儿子长民在另一个世界肯定也会抽烟。儿子小的时候就很皮，巴暮喜欢，揪心的是儿子生下来就得了怪病，莫名其妙发热，家也给看病败掉了。不堪忍受的女人离家出走后，巴暮又抱养了长春——他总不能让自己断了念想。

变故发生在长民十三岁长春十岁那年，兄弟俩在追打中，长春不慎滑落坡底跛了一只脚。长春从此像变了一个人，对长民也种下了恨。也是这年，长民身子烧成了一块火炭，腊月都没挺过。

巴暮在坟前连抽了三颗烟，这三颗烟把他从深深的挫败感中暂时拯救了出来——烟真是好东西，它能让焦躁者变得冷静，虚妄者变得真实——冷静下来的巴暮不得不承认自己老了，黑发染霜，眼神不济，手脚僵硬，连一只老迈的水鹿都斗不过。但想想这也不是坏事，这把朽骨终究是要入土，到了那个世界，长民就不孤单了，这孩子太可怜，没过上一天好日子，花花绿绿这么好的世界，他都没来得及看明白。想到在那个世界能陪伴儿子，巴暮的心情总算好受了一些，可在离去前，他总觉得还有好多事没有了。

墓园被巨大的山阴给完全覆盖了的时候，巴暮才拖着疲沓的身影晃下山。

长春和客人还在风中吃酒说话，高一声低一声，浓烈的酒味被山风撵得乱蹿，有一会儿竟然蹿进了巴暮的鼻腔。巴暮噏了噏鼻子，在心里数落了一句儿子。

“……这个老韩，说要来，变卦了呢。”秃子借着酒一直在叨咕。

“韩局让我要好好招待你，本来是要来的，临了被召去了市里。”

“屁。净是鬼话，”秃子有点饶舌了，“说有红狐，一枪串俩。诓人不打嗝。”

“他没诓您，秋上他送您的狐皮子、鹿鞭就是这打下的……我敢打赌，明天准让你打个痛快，一枪一准。”

秃子响亮地笑了，碰了一个杯，“你小子，鬼得很，这么大个事，老韩还真没把你当外人了，闺女都搭上了吧……一枪串俩。哈哈——”

……

他们的话巴暮听不太明白，都是山外的事，也就懒得听。儿子长春带客人回来转山打猎、掏树根，是常有的事情。小衙门里混着，巴暮忖度儿子也难，嘴上不说心里总不得劲——他惦记着那个叫阿娇的女孩。阿娇嘴甜，前一声后一声把巴暮叫得心里活泛。可女孩前后也才来过三次，后来再也没来过，巴暮不敢问，怕不定哪句话戳到儿子痛处，长春不比他哥，敏感，孤僻，心性儿高。

推开窗，两山排闼而来，密林覆盖着的山坡和两侧的山谷，灰蒙蒙。刚刚还能望见的蓬虚山这会儿却被一片低垂的云层遮没了。发源于蓬虚山的河水，就像一条被风鼓动的闪着银光的绸缎，日夜不息奔涌而来。

风越来越大，要下雨了。

巴暮出门和长春把客人搀进了偏屋。醉了的秃子一张脸成了猪肝，两鬓倒梳在秃顶上的头发也耷拉了下来，像两只折断的翅膀。

安顿好客人，巴暮进了自己的房间，长春跟了进来，丢给父亲一颗烟上了炕，然后把那只瘦细的麻秆腿搬到自己屁股下。

“这鬼天，”长春看了一眼灰茫茫的群山，“莫不会让人家空跑吧？”

“保不准。大话莫乱讲，得撞运气。”巴暮有点责备的意思。

“局长的客人，重要哩。”

“明儿，我随你们一同去。那畜牲，邪性！”

窗外天色渐暗，有隐秘的雷声滚过。

“今天——”巴暮踌躇良久，把目光从长春的脸上移开，像是鼓了勇气，“我去看了你哥……荒得很。”

长春愣了愣，似乎有点冷，拢了拢上衣。

“快二十年了吧？”

“二十一年零七个月。想竖块碑，留个念想。”

长春不再作声，“叭叭”地吸烟。

风扯着窗户“哗啦哗啦”作响，天色顿然昏暗，延宕而来的骤雨以雷霆万钧之势从山谷中横扫而来，少顷，远处竹林、山谷、木桥隐匿在白花的大雨中。

巴暮拴好窗时，长春已经划拉上鞋出了门，炕桌上压着几张钱票。巴暮将那几张钱捏在手里，摩挲了好一阵。

在一处向阳坡，巴暮和老对手再次遭遇。这一次交锋巴暮决意要雪洗前耻，水鹿被巴暮追得仓皇逃窜，威风尽失，最后竟跪地讨饶。巴暮岂会相信一只耍滑头的畜牲，他毫不犹豫将冰冷的双筒猎枪抵住它的脑袋，正要扣动扳机，却在水鹿哀哀的眼仁里依稀看到了自个微渺苍老的身影……巴暮心一颤，枪口垂了下来。那畜牲随即面目狰狞腾起前蹄向他扑来……巴暮在一声炸雷中惊醒，脸上虚汗淋漓。屋外，风雨撼动着竹林发出沙沙的声响。

满眼仍是灰色的世界，灰色的天，灰色的林子和路，雨后的沟坎上，犹犹豫豫探出细碎的野花，模模糊糊在寒气中颤着。季节仿佛还封裹在严寒的世界里步履蹒跚，完全没有早春的气息。往年这个时候，春雷响万物长，冬衣是扣不住的，布谷鸟也催得急，都种瓜点豆了。

蛇形于密林间的山路，因缺少阳光和足底的眷顾而布满青苔，倍觉难走，且沿路不断有“哗哗”的雨水裹挟着泥土从山上冲刷下来，给上山带来了不少困难。秃子兴兴头头，腆着发福的肚，扛着猎枪一迈一迈走在前面。落在后面的父子俩一直在争执，长春催促父亲赶在前头去为客人做向导。巴暮并未理会，跟在长春身后，始终和他保持一两脚的距离。

这次他们却没有那么好的运气，在蓬虚山次生林搜寻了几十里路，连鹿粪球都没寻着，红狐更别提了。受挫的秃子有些泄气，走一段路歇一气，最后独身一人钻进老林找寻黑麂、猪獾去了。这些动物的活动区域和鹿不一样，鹿喜欢在向阳的山坡活动，黑麂猪獾喜欢隐蔽在灌木、沟畔中，踪迹不定。父子俩并不甘心，依然在不屈不挠地搜寻。依据经验判断，受伤的鹿不会走远，而且带着幼鹿。在一处逼仄的山谷，巴暮追上了一大一小两行并行的鹿蹄印，大如杯小如盅。大脚印有一个始终很浅，是轻轻着地留下的。再往前追，老鹿果然现形，幼鹿却不见踪迹。老鹿的前蹄显然受伤，一步一趋地点着地，已然失去了昨日的威风。巴暮大喜，作势端枪，跟在后面的长春示意父亲莫开枪，随即提枪闯进了巴暮的射击圈。水鹿在前，长春在后，他们一瘸一拐急促向前。长春的动作看上去有些滑稽，有些艰难，身体前倾抢在腿的前面，那只瘸腿在深密的茅草中显得有些力不从心，有些跟不上身体的速度和节奏。他在努力平衡自己的身体不至于摔倒，他边跑边大声“啾啾”地喊叫，很亢奋的样子。所过之处不时扑棱棱飞出几只山鸡，蹿出几只山兔。儿子的举动来得太突然，巴暮的心猛地一阵紧缩。他从未见过跛脚的儿子如此狂奔的样子，速度之快动作之急令他瞠目结舌。

巴暮大张着嘴，看着儿子几近踉跄的背影，缓缓放下枪。

很快，长春和迎面而来的秃子在山谷中形成夹击之势，无处可逃的水鹿踉踉跄跄爬上了陡坡，也许是前蹄负伤太重，水鹿一个趔趄跪倒在地。长春跑得更快了，脸憋得通红，左脚有些空荡的裤管在风中呼啦呼啦飘荡。穷途末路的水鹿喘着粗气艰难地爬起来，一瘸一拐爬上了另一面稍缓和的山坡，一头扑进了深密的草丛，但高擎的犄角还是让它成为了猎人的活靶子。长春收住脚站稳，嘴角滑过一阵不易察觉的微笑，不停地向迎面而来的秃子打着手势。秃子回了一个“OK”的手势，往手心轻啐了一口，端枪，弓身，瞄准。

“住手——”巴暮的吼声如一记春雷在山谷滚过。秃子一激灵，子弹偏飞，那畜牲便彻底没了踪影。

秃子收了枪，回头困惑地瞪着巴暮和长春。

河边有一片相对开阔的平地，原先只种了红薯、豇豆、花生等，其他两块荒着，巴暮就想着把它们刨出来，原来种红薯的那块地已经深翻了，稍微平一下就可以种花生，豇豆这块地巴暮计划种上土豆。山里湿气较重，又靠近水源，另外两块地整出来种一些大蒜水芹也是不错的。这样想着，巴暮才发现大蒜种子放在灶台上忘记拿来，只得折身回去。远远地，一阵浓郁的焦煳味蹿鼻，锅里的饭窜气了。他快步从屋外掀开灶台的窗户，看见长春和秃子正在割鸡。

“留一只莫割。过两日去划碑。”巴暮打算整完地就去找人划碑，也就是这一两日的事情。

长春没有搭腔，瞅了一眼笼子里的几只斑斓而又失措的竹鸡。那是他们昨天的收获。

巴暮晓得儿子还在生自己的气，无故放走一只鹿，让客人扫了兴。巴暮想和儿子解释，可他说不明白，只得装聋作哑故作糊涂。巴暮咕哝了一声，拿了一把蒜种。往河边走的时候，巴暮有些犹豫，他不想种那么多地了，一个人根本吃不完，好多菜都白白地烂在地里。一个人的日子就是这样索然，但想想还得种，风调雨顺老天眷顾，地荒着也是荒着。

河边，早起的秃子正在散步，看见坡上锄地的巴暮绕道下了河坡。巴暮扔了锄，跟了上去。“走着那。”巴暮目光落在客人两鬓油光的头发上，脸上堆满了干瘦的笑。秃子礼貌性地点点头，脚并没有停下。“长春这孩子打小性善，蚂蚁都不忍踩，又坏了一条腿……那只拐脚的鹿……都怨我啊。”巴暮哩哩啰啰也不晓得自己想说啥。秃子宽厚一笑：“老爹，你有福，好山好水活在氧吧里哇。”

巴暮笑容干结在脸上，看着秃子闭眼仰脸捯气儿，蛤蟆肚一瘪一鼓，一瘪一鼓。

刚吃过早饭，巴暮转身就发现长春和秃子不见了，皮卡和行李都在。偏屋窗户和门大敞着，墙上空荡荡，挂猎枪的弯钩像个问号，很突兀地从墙上伸出来。

他们还是上山了。

巴暮怅望轻烟氤氲的蓬虚山，看来老东西这回是插翅难逃。

像被摄了魂魄，巴暮这一天都像醉了般恍惚，举心动念，尽是瘸腿的长春和瘸腿的老鹿。明明是准备去点豆子，却拿了花生种。在地里，每点完一行豆，巴暮都要朝上山的山路张望一阵。满地流淌着如血般的日光，远远近近、深深浅浅阵列的山静默耸立。日头润黄，挂在远处的山脊上。

灰白的山路终于冒出一丸黑点，上了桥，近了，才依稀看得清是两个人扛着一只四蹄倒挂的猎物走得摇摇晃晃。是长春和秃子，长春走路的样子他太熟悉了，深一脚浅一脚。巴暮内心“咯噔”一下，腔子里郁结的那股莫名的东西又在冲撞。巴暮丢了钉耙迎着山路奔了过去，他的双手奋力地划动，脚，也有些打飘，像一个溺水的人。“猪娃子。”巴暮黑了脸边跑边骂。待上了桥，却发现两人扛着的是一只瘦黑猪，并没有断气，依然在哼哼唧唧垂死挣扎。“真个猪娃子。”巴暮眉眼笑着又骂了一句，擒住摇晃的竹杠作势要替长春。长春脸挂浊汗，咋呼呼把父亲挡开。巴暮有些心疼，只得把秃子肩上的竹杠移到自己肩上。替下来的秃子并未跟上，而是蹲在桥上“啊哈啊哈”地掼气儿。

水在锅里都滚开几遍了，长春还在磨刀。形如鹤嘴的尖刀和剔骨刀、半扇形的斩刀被他翻找出来了，这些锈迹斑斑形销骨立的家伙在“霍霍”声中慢慢变得咄咄逼人。长春看起来很有耐心，心情也不错，甚至吹起了口哨。他在路上就和秃子打了赌，要亲手杀猪给秃子看。秃子有点兴奋，拿出手机，一会儿给跃跃欲试的长春来个特写，一会儿拍拍树下待宰的黑猪。巴暮走过去：“你去借个刨，我来磨。”长春有些不情愿，他把拇指在刀刃上试了试，转身进屋又翻了一通，搜寻无获后叫上秃子走了。待借了刮刨转来时，黑猪却被巴暮放了血拖进了腰盆，远远近近滴滴答答尽是慌乱的血滴子。“挣脱了杠，我给了一刀。”巴暮低声说，颤着血指把烟送进了嘴里。长春有些讶异，半信半疑睨了父亲一眼，失望地把刮刨丢进腰盆。

这顿饭巴暮做得格外丰盛，仿佛是为了弥补心里深深浅浅的歉疚。

吃完饭，巴暮动身去芒镇给长民划碑。临走前他把烟壳子撕开，划拉了几个字递给长春：

兄焦长民之墓　弟焦长春　敬立

“就莫写我了，”长春说，“……不合适嘛。”

巴暮摇头。长春为长民立碑，这是顶好的事。这么多年，在长春面前他很少提起过长民，他晓得长春心里还有疙瘩。

“还是写你吧。”长春依然在坚持。

“你出的钱当然写你……我没有几天活头了。”

长春捏着烟壳子，像是应下了。沉吟了片刻，又说：“要不明日我们开车去吧，顺道把肉拉到镇上馆子店卖掉，吃不掉的。”

巴暮点点头，他正好可以腾出时间翻地下种，天气一天一个样，误不得。

次日一早，巴暮和长春提了竹鸡和半爿猪肉放到车上，秃子发动了皮卡，“轰隆隆”向芒镇开去。

日头才偏西，长春和秃子就回来了。巴暮远远看见长春和秃子满脸挂汗合力将一块用油纸包好的石碑从车上搬下蹾在墙角。然后从前座拿下几张狐皮子和几支鹿鞭、山参，都是山里的稀罕货。

种完地荷锄回屋，巴暮往墙角匆匆扫了一眼，生怕目光会被什么粘住。吃完晚饭后，长春和秃子去竹林下套，巴暮拿了一把竹椅坐下来，静静地看着靠在墙角的碑。他欠身移步想去揭开油纸看一看，转念间尖瘦的屁股重又挪了回去。他抬起头，目光越过远处墨绿的竹林，顺着山谷看往蓬虚山顶。雾气流从山顶挂下来，太阳在积云间穿梭，投下的大块云影快速地向蓬虚山方向移动。山谷中的微风送来细碎、绵延的河水声，经久不息。

过了两日，渐感无聊的客人和长春驱车回了县城。

他们一走，一切又变得寂静了下来。巴暮突然有些害怕这种冷清。说起来也有点怪，一个人过了好几十年，突然就有些不适应了，有些慌乱了，这种感觉，在女人和儿子相继离开的日子都未曾有过。好在巴暮找到了排解的办法，他有事没事就去偏屋坐坐，偏屋原来是堆放杂物的，后来简单收拾出来临时给儿子和客人住，每次人走了但气味还在，那被褥那洗漱用具，那光滑的枪托及闪着金属隐秘光泽的扳机，无不沾染了儿子的气息。巴暮不敢开窗，他担心风把这种微弱的气味撵跑了。在儿子的枕头下，巴暮还无意发现了他给儿子的烟壳子，烟壳子软塌塌已失先前的挺括，可能被汗水濡湿过。他把烟壳子小心地揣进兜里，没事的时候就拿出来闻闻，那是他最喜欢的味儿，淡淡的烟叶混合着儿子若有若无的气息。实在憋得难受他就和手里的农具讲话；他夸张地大声训斥不听话的鸡鸭；他蹲在墙角和浸润在雾气中的碑说上几句；他挥舞手臂对着蓬虚山“啾啾”地追赶着那只瘸腿的老鹿，不让它停下来。

“跑吧，你这个老滑头，总有一颗子弹会追上你呢……咱好歹得多活几个年头。”

巴暮不停地咕哝。

那畜牲好像和巴暮也有了联通，呦呦鹿鸣，声声浑厚。当然这都是在睡梦中。

清明脚下，被碑脚压住的野草已旁逸而出，地里的豆苗冒出缕缕行行的浅绿，巴暮才带着碑和一刀纸上山。

石碑躺在板车里轰轰隆隆颠簸，巴暮停下来拔了一些鲜草垫在碑下。山路不算难走，巴暮手里脚下使着劲，车轱辘一声迫一声，上了一道梁，又下了一道梁。瘦细蜿蜒的山路上，板车油油地走着，不紧不慢，不慌不忙。

鹧鸪声声，刺破了山间的薄雾。季候已走在小阳春里了，处处万物向荣，生气勃发。米粒大的嫩芽已抽新绿，各色玲珑饱满的花苞，在薄雾中犹犹豫豫胀开来，恍如一个个色彩斑斓的梦。

巴暮在蓬盛的春气中走得神清气爽，轻松自如，最后一段路板车没法走，他只得躬身驼碑前行。碑挺沉，巴暮的手指抓破了被汗水濡湿的油纸，一种宽厚的温润、清凉迅即由指尖弥散全身。那一定是上好的青石，巴暮停下来干脆把油纸揭掉，他想让自己的身体毫无阻隔地贴近这种温润。

乌黑的青石碑通体呈现在巴暮眼前，碑身上方龙凤戏珠，他瞅了一眼碑面左侧，不禁惊住了，上面刻着：

父 焦巴暮　母 吴龙女　弟 焦长春　弟媳 韩阿娇　敬立

巴暮跌坐在路边，嗓子眼有些哽。这么多人猝不及防一齐奔到了跟前，挨挨挤挤，仿佛烘托出一种从未有过的热闹和圆满。

葩耳朵

腊月这天，银地醒来赖着不起床，蜷在被窝里赌气。

昨夜，银地嚷嚷要和母亲睡，不等母亲开口，金地张口就拒绝："那怎么行，踢着妈妈肚子可了不得。"银地翻了金地一眼："要你管？"母亲放下碗，并不说话，腮帮子一鼓一鼓，慢慢咀嚼着嘴里的食物，像极了家里待产反刍的老母羊。"再说，夜里你老是不安分，踢被子。"金地又补了一句。银地瞪了瞪金地，噘嘴："你哪只眼看见了？明明自己踢，诬我。"金地鼻子哼哼，飞快地刷着碗筷，懒得反驳。

戗戗完，银地满含期待的目光迎向母亲。

"去，迎你爸去。"母亲抹抹油汪汪的嘴。

银地有点失望，朝黑魆魆的窗外望了望，缩了缩脖子。金地"扑哧"一笑，丢下碗，麻利地往炉子里添了两块柴，拎了电筒开门，炉里的火苗跟着跳，刚平静，却又跳——金地和父亲一前一后推门进来。

父亲跺了跺脚，似乎在酝酿肚子里的话。待接过金地端来的面条，才说："庆历那边没个准，说不上话，工钱也说不死。"母亲"噢"了一声，木了许久，然后一手拃腰，起身，扶墙，挺肚进屋。"改天再问问大金那边，"父亲冲母亲的背影补了一句，"去年也有人跟了他去别的锯木场找活。""算了，"母亲说，"都是谁的人，你又不是不知道，明摆着怕得罪马海泉。"

父亲有点懊恼，这次回来前辞工，也是没法子，干活不利索，女人又见肚，想想，不等东家开口，就辞了，现在看来落下麻烦。

银地目送着母亲一迈一迈地进屋，脑瓜里又闪出了圈里的老母羊。

父亲扒拉完面，催银地去睡。银地僵在黑处。金地趴在父亲耳边嘀咕了几句，然后笑嘻嘻地过来拉银地，被银地甩开。

这一夜，银地蜷缩在被筒里，碰都不让金地碰。

天气陡地冷了许多，湖面上刮来的风凛冽而坚硬，黑风怪一般，扑得窗户"嘭嘭"怪叫。父亲猫在避风处劈柴，和往年一样，父亲在离家前要劈许多柴火，码满了耳房才肯罢手。劈柴声听上去有些飘浮，不知是被黑风怪吹散产生的错觉，还是父亲握斧的左手不够灵活。

银地支着耳朵，捕捉隔壁母亲的动静，但没有任何声响。窝在被褥里好没意思，想起床，可又不甘心。平日和姐姐拌嘴，大家都向着她，可今天，都不睬她。金地在厨房大呼小叫唤大家吃早饭，像踩蛋的母鸡。不用看银地也能猜到，一定又是面糊糊。但母亲的那份说不准，花样常新。不过，母亲的那份有不少落进了银地的肚子。母亲反应大，总是吐。

屋门开了，母亲去了厨房。劈柴声也跟着歇了。屋外安静了下来。

“吃吃吃，吃个屁。”银地嘟囔了一句，用被褥罩了头，将金地的饶舌拒之耳外。

银地隐约感到，母亲这次回来，有些不一样，怎么不一样又不好说，反正不能像以前那样死乞白赖不管不顾地缠着母亲，无端地，她有了顾虑，有了怯意，甚至——陌生和畏惧。

吃完，父母在隔屋说话，叽叽咕咕，声音很小。奶奶在屋里呻唤，奶奶总是喊痛，却说不上到底哪里痛，也不肯去抓药，只求菩萨。银地想自己会不会有一天也会老成奶奶这个样子……

正胡思乱想，屋外金地短促而尖锐的惊叫拔地而起，像被谁踩了尾巴。银地一哆嗦，呼啦爬起来趴在窗户上，看见父亲箭步向羊圈奔去。转瞬，父亲又神色慌张地跑了出来，把刚出来的母亲堵回屋。

银地胡乱地套上衣服，划拉上鞋，旋风般地冲向羊圈。

那一幕令人骇然：老母羊僵直地躺在壁角，身旁一团团被亮膜和血水裹了的血肉。

“可惜了。”父亲叹了一口气，转身推来斗车。奶奶闻风过来，絮絮叨叨埋怨：“这么多人，连下羔子都没照料好……造孽造孽。”父亲没好气地戗道：“羊老了，下不动……”仿佛意识到什么，父亲赶紧噤声，挥手命金地扶奶奶进屋。奶奶倔强地推开金地的手。被拒绝的金地转身又去撵银地：“没你事，回屋。”银地尽管冷得牙齿跟老母鸡一般咯咯叫，但她一点也没有回屋的意思。她抻了细脖瞪着羊圈幽暗处，像是要瞪出啥名堂来。

父亲和金地匆匆将死去的母羊和羊羔抬进斗车，用草遮严实，嫌不够，又划上一圈麻绳。收拾停当，父亲左手和右手腕并用拉起车正要走，银地却一惊一乍嚷开了。顺着银地手指的方向，大家发现阴暗处一只羔子露出半个脑袋。

“活的。”金地的尖叫满含了惊喜。

“阿弥陀佛，阿弥陀佛。”奶奶激动得走来走去。

“快，抱出来看看。”银地催促。

金地蹲下身，挣扎了一番，最后用脚将那团肉疙瘩绊了出来。丑狠了，脑袋窄扁，五官局促，像没长全，又像是落草受过挤压。银地撇撇嘴：“丑死了，丑死了。”奶奶用拐杖杵了杵，羊羔战栗着爬向黑处。“难产的孬羊，”父亲说，“怕是没用。”说完抱起丑羊，试图让它站起来，小东西摇摇晃晃扑倒在干草上。“扔掉吧。”父亲俨然已经作出决定。奶奶第一个站出来反对：“罪过罪过，好歹也是一条活物。”父亲继续说：“不干不净的东西，总不好。”金地隐约猜到了父亲的心思，他怕晦气。奶奶显然没有想到这点，依然在絮絮叨叨坚持：“不可作孽，菩萨会保佑的。”银地也摇着父亲的手央求。金地把丑羊绊回草丛：“过几天看能不能缓过来。”父亲没再坚持，转身去推车。银地从耳房里找来一件破棉袄。丑羊并不领情，顶掉身上的棉袄，低声咩叫。

“乖乖，肯定是饿了。”奶奶说。

父亲躬身拉车，走得急促，金地扛着铁锹要紧步才能跟上。路上遇到好几个问话的人，父亲头也没抬搪塞过去。将出村，父亲在汽车轰鸣中猛一抬头，看见马海泉正在指挥一辆装满家具的车倒进自家的院门。避闪不及，只得硬着头皮往前。马海泉也看见了他们，犹豫了片刻，撇下司机迎了过来。

“回来啦，”马海泉边走边招呼，“进屋坐坐？”

“不了。”父亲似乎不想多谈。

金地叫了一声叔。马海泉惊讶道：“嗬。长这么大，快不认识了。”

金地有点羞涩，眼前的海泉叔比前些年精神多了，相比，父亲却老了许多。

马海泉递给父亲一支烟。父亲用右手仅有的拇指和食指接过来，却不抽。

马海泉瞟了一眼父亲的手，微微一怔，张了张嘴，欲言又止。

“……听说怀上了？”马海泉问。

“这一胎是个小子。”父亲愧笑道。

“好事，改天让桐花去瞅瞅。”

“没啥好不好，年纪大，犯愁。”

司机像是遇到了麻烦，在朝这边喊。马海泉边走边回头说：“二十六过屋，要来吃酒。”

父亲把烟别在耳朵上，拉车倾力向前，经过马家新屋，忍不住多瞅了几眼。

处理完秽物，父亲拐上了一条荒路，远远绕过了马海泉的新屋。

金地搞不明白父母和海泉叔的恩怨。四五年前吧，父亲和海泉叔好得跟一个人似的，两人虽不是族亲，但也算一奶同胞，海泉叔的娘不下奶，叼奶奶的奶长大，这是老辈人无人不晓的事。海泉叔脑子灵光，海泉叔养羊，父亲也跟着养，海泉叔种烟叶，父亲也跟着种，可养羊种烟叶能挣几个钱呢，又总是病灾，挣不了几个钱。海泉叔后来靠上小舅子去了锯木场，据说靠近哈萨克斯坦，一年难得回来一趟。第二年，父亲也去了，村里好多人都跟了去，海泉叔带过去的人，东家没二话，都听他的。每次回来，海泉叔拎点心来看奶奶，一口一口地叫“干娘”。村人都说海泉叔宽厚仁义。当然这是几年前的事情，父亲被锯了三根手指，负气离开了锯木场后，两家就很少来往，偶尔，海泉叔回来，还会使娃拎了点心过来，但少登门。

丑羊的状况有点糟糕，不吃不喝，哀叫。因为瘦，愈发地丑，那双终日耷拉着的并不怎么出众的耳朵，在丑陋嘴脸衬托下，倒也显出几分好看来。金地给它取了个名儿：葩耳朵。银地不知何意，顺嘴跟着叫唤。在银地的缠磨下，金地换了几种口味的奶粉，两人合力将羊嘴掰开往里灌，却半洒半吐。奶奶熬好的玉米粥，也提不起小东西的胃口。奶奶让抱到别家去寄养借奶，羊羔离不开母羊，离不开羊群。这不失为一种好办法，但养羊的已不多，掰指头都能数过来。奶奶让金地去打听，金地不情愿，像她爸，脸皮子薄，开不了口求不来人。奶奶虎起脸："你不去我去。"说完拄拐作势要出门。金地拦住奶奶，学着奶奶的语气嘻嘻笑，使不得，天寒地冻的若跌一跤，岂不是"罪过"。前些日子，叶老师的老娘挨户给村里的老姐妹送羊肉，不料路上滑倒，身子骨就像一堆勉强支撑的零部件，在坚硬的路面重挫下，唏里哗啦全瘫下了，再也没站起来。

金地拉着银地悄悄在村里踅摸了一圈，也巧，还就是海泉叔家的羊这几天下了羔子。其他几家要么过了哺乳期，要么还未产羔。金地回来给奶奶汇报，奶奶笑眯了眼，压低了嗓门道："赶紧抱老二家去吧……小东西等不得了。"话未落，银地便一阵风跑进羊圈将葩耳朵抱了出来。奶奶在葩耳朵雪白的背上涂了一块胭脂红，做个记号也讨个吉祥。临了，金地却忸怩了，不肯去马家。也是，两家正拗劲，如何开得了口。正左右为难，母亲抚肚出来，吊了脸道："人家不念情，你们倒忠奸不分自讨没趣。"说完喝令银地把葩耳朵抱回羊圈。银地不敢不从，磨磨蹭蹭望着奶奶。奶奶默了半晌，轻声说："事情都过去了，咱应该向前看是不，这样拗着也不是个事。"母亲哼唧一声："我倒想往前走一脚，可人家不领情……三根血淋淋的指头，三万块钱就打发了，敢说没昧下？”奶奶灰了脸，咕哝道：“小的时候吃奶，他可老实，不争不抢，给一口是一口。”母亲啐道：“没钱的时候，一口一个干娘，有钱了，连咱家门都不认得。”

奶奶勾了头，躬身进屋。

金地捅了捅银地，银地噘起嘴很不情愿地将葩耳朵抱回羊圈。

奶奶又出来了，颤颤巍巍拖出一个颜色模糊的塑料圈椅。金地过去帮忙，奶奶朝母亲努努嘴。坐下后，母亲紧绷的脸稍稍缓和，金地讨好地给母亲捏身子——母亲总是和奶奶一样喊腰酸背痛——片刻，母亲在暖阳中舒舒服服眯上眼。

“妈，乱哩。”

母亲恍惚睁开眼，银地拿了梳子和头绳，散着头发站在面前。

“刚才还好好的，转个身咋就疯了。”

“成心弄乱的呗。”金地心直口快。

“给树枝挑了。”银地狡黠地看着母亲。

“待会儿我帮你押吧。”金地爽快地说。

“不。”银地很干脆地拒绝。

母亲端直了身子，张开腿。银地朝金地吐了吐舌头，搬来小凳子坐在母亲腿前。银地喜欢母亲给她押辫，数条细小的麻花辫，头绳颜色还不一样，美气。母亲管这叫新疆辫，在锯木场跟一个新疆姑娘学来的。

母亲先将银地干结的头发梳顺，然后用嘴咬住梳子，两只手将头发分成若干大小相等的区域，再用梳齿勾出界线……母亲粗壮而温暖的手指在银地发间穿梭游走，银地感到一种说不出的舒适和惬意。她的后脑勺靠在母亲隆起的肚皮上，隔着厚厚的棉衣，她似乎隐约听到了母亲肚子里微微的响动。这种奇妙的感觉令银地兴奋异常，耳朵不由自主地向母亲的肚皮贴过去。刚贴上，被母亲双手别正，又贴过去，又被别正。

“咋回事……没法弄哩。”

“睡着了吧？”金地讥笑。

银地摸着头刚想反击金地。母亲却“哇”的一声干呕，把银地推开，又“哇”了一阵，却啥也没“哇”出来。

“啥味？”母亲蹙眉。

金地和银地抽了抽鼻子，对望了一眼。

“羊臊味？”母亲狐疑的目光落在银地身上。

银地有点尴尬，撩起衣服，左闻闻，右闻闻，像是为证清白，又凑了过去。

“不要过来。”母亲厉声呵斥。

银地僵住了。在屋里上香的奶奶过来解围：“要死，说了羊圈莫蹲得太久，还不快去洗手换衣服。”边说边朝银地挤咕眼。

“扔了扔了，”母亲手指羊圈，有些歇斯底里，“赶紧扔了。”

“扔吧扔吧，反正活不成了。”银地眼里储满了泪，悻悻地往院门外走，赶巧和回来的父亲撞了个满怀。父亲抓住差点跌倒的银地，笑呵呵地说：“闹啥闹，疯疯癫癫。”

银地顶着未押完的辫子，不好意思出门，只得抹了泪，坐在树下，打量着跟在父亲身后背着药箱的男人。来人是镇上的礼医生，父亲的同学。半个月前父母从锯木场赶回来的第二天，父亲就把他请到家里来过。

礼医生照例询问母亲的饮食起居，然后拿出听诊器和血压计随母亲和父亲进屋。再出屋，父亲脸上镀上了一层铁锈。礼医生把父亲拉到一边，压低了声音嘀咕了一阵。一旁的奶奶和金地竖起了耳朵，唯恐漏掉半个字。银地对他们的谈话并无兴趣，也听不懂从礼医生嘴里反复蹦出的“难产”是啥意思。她似乎想起了什么，飞快地跑向羊圈。礼医生正要拔腿走的时候，银地抱着葩耳朵跑了出来。父亲板起脸责备银地胡闹。礼医生蹲下身，摸了摸趴在地上的葩耳朵，和蔼地说，估计是破伤风，得让它吃东西，吃了东西才能活。

夜里，金地坐在被窝里接着为银地押新疆辫。已经忘记了白天不愉快的银地，忍不住和金地分享她的喜悦。“像蛤蟆一样咕叫。”银地这样形容母亲肚子里的声音。“对了，他有踢到我头，好大的力气噢。”银地煞有介事地摸了摸头，像是把她的头真的给踢疼了。金地叹了一口气，说：“力气大就好，妈也少受罪。”银地没听明白，她觉得金地这段时间好奇怪，总会冒出一两句听不懂的话，而且还和奶奶一样，学会了叹气和“罪过”。“受啥罪啊？”银地追问。“难产啊，说了你不懂。”金地说。“你懂？明明是听礼医生说的，你懂你说啊。”银地一副不屑的样子。金地被激住了，一时又找不到恰当的比喻，脱口说：“像咱家老母羊……生不下来。”银地缩在被窝里瞪大了眼睛，呆了好久，才惊恐地说：“那妈妈是不是会死？生下的阿弟是不是和葩耳朵一样也活不下去？”金地“呸呸”地打断银地：“胡说八道，我只是打个比方，打比方你知道吗？”银地似懂非懂“噢”了一声。金地的这个比方，折磨了银地一夜。第二天起来，银地睡眼惺忪地对金地说：“姐，我们一定要让葩耳朵活下去，好么？”金地愣了愣，像父亲那样摸了摸银地的头说：“是得想想法子。”

姐妹俩法子未想出，葩耳朵却岌岌可危。

这天天还没亮，在厨房做捞饭的金地看见父亲提了土箕直奔羊圈，金地钻进屋赶紧把银地推醒。父亲把葩耳朵装进土箕，再在上面盖了一层干草，猫身出来却被姐妹俩堵了个严实。

“夜里叫，瘆得慌。”父亲说。

“不要——”银地尖叫。

“回头我给你买两只。”父亲又说。

“我不要——”银地高声尖叫。

“回头我给你买两只。”父亲拨开金地银地。银地“哇”的一声跌坐在地上。拜菩萨的奶奶闻声过来了——自礼医生来过后，奶奶烧香拜佛的次数明显增多——奶奶拄着地皮慢腾腾地说：“扔了便扔了，不干净的东西，菩萨不会怪罪。”奶奶竟然变了卦，葩耳朵性命难保。金地急中生智：“要不，回头我们去扔吧。”父亲瞅瞅金地，又瞅瞅耍泼的银地，丢下一句“回头别让我再看见这东西”，便走了。

吃完早饭，姐妹俩提着土箕磨磨蹭蹭出门。

在僻静处，金地拿掉葩耳朵身上的干草。葩耳朵看样子真的快要死了，头耷拉着，连银地细嫩的手指头都不吸。

“它不想死呢。”银地充满了忧伤。

看见姐妹俩，桐花有点意外，堆了笑要把她们让进屋。金地不肯进屋，站在门口窘迫地说：“婶，咱家母羊殁了，想到你这讨口奶，行不？”桐花嗔了金地一眼：“瞧你这孩子，就放这养，亏不着它。”金地银地喜形于色，忙不迭说谢谢。桐花朗声道：“谢啥谢，像你们爸妈，生分。”说着将金地拉到一边说话：“前阵听讲你妈怀上了，还好么？”金地点点头：“见肚了，反应大。”桐花叹口气道：“你妈也不容易，当初怀你们俩没少受罪，如今这把年纪，还没想明白，还得受一茬罪。……这将来生产怎么打算啊？”金地接过话：“过完年还出门，得在外头生了……原来的东家嫌爸爸干活不利索，给辞了。这几天在四处找活哩。”桐花叹口气：“也怪我们……当初，唉！你妈那个直性子，容不得人开口呀。”金地点点头，半带恳求的口吻说：“婶，你和叔上我们家坐坐嘛，事情总能讲个通。”桐花寻思说：“话虽这样讲，可你妈那个脾气，磨不开……对了，你们找来你妈知道不？可不敢给她讲，年纪大怀娃动不得气。”

挨到天黑，桐花带金地银地来到羊圈。桐花先在羊群噗上几口白酒，防止母羊通过气味分辨出自己的羔子，然后从母羊奶子里挤出一点奶涂抹在葩耳朵嘴上。借着夜色，桐花将葩耳朵悄悄放至母羊身边。葩耳朵站不稳，桐花抱了抵到母羊奶子下。金地银地趴在羊圈边，睁大眼睛好奇地看着桐花婶做着这一切。葩耳朵似乎对溢满奶汁的奶子并无兴趣，恹恹地把嘴移开。“吃啊吃啊。”银地急得擂起小拳头。母羊狐疑地打量着身边多出来的羔子，有一刻蹽蹄子跑开，但被主人唬，只得迷惑地站住，任凭身下羔子把汁液饱满的奶子拱得晃晃荡荡。如此反复折腾了半个时辰，葩耳朵终于肯叼奶了，虽然兴头不高，但足以让人兴奋。

沉浸在兴奋中的金地突然想起了什么，“哎呀”一声拉起银地往回飞奔。

奶奶和母亲已经在做饭。金地忙接过母亲手中的锅铲，银地乖乖地坐到灶孔前烧火。当晚的饭桌上，父亲带回来一个坏消息：村里几家在锯木场做工的人都找过了，没有谁能给下准话。母亲放下筷子：“残夫孕妇，怨不得别人。”父亲看了看母亲，想说啥，终是忍下了。母亲似乎看破了父亲的心思，又说：“别费劲，咱不求他。”

年根儿，各种喜事接踵而来。马海泉也在准备进屋，日子早定下了，腊月二十六。据被马家请去写“红帖子”的叶老师回来说，写好的帖堆满了八仙桌，头两份就是镇书记、镇长。听者咂舌，拐弯抹角打听，那一堆“红帖子”里面是否有自己的那份。叶老师只是笑，半字不吐。

最初几天，姐妹俩有空就偷偷去马家老屋看葩耳朵。桐花为办席的事情，忙得不落脚，虽说一切交给了“主席团”操办，可有太多的细节需要操心。女人嘛，只能在男人真金白银的阔绰下省一点是一点，钱再多，也不是大风刮来的。桐花不在，姐妹俩倒省去了许多不便，一径奔羊圈。葩耳朵已经开始吮奶了，母羊虽有疑虑，但也慢慢接受了这个“养子”。可怜的是，葩耳朵无法站立，只有在母羊归圈的时候叼上几口，饱一顿饥一顿。银地心疼，每天要跑几趟马家，抱上葩耳朵追着母羊。

银地的快乐似乎要溢出来，进进出出，“咯咯”的笑声银子般洒落一地。这让金地感到怦然心惊，好几回，银地眉飞色舞地给她描绘葩耳朵，正兴起，金地却神色慌张，银地回头，一脸狐疑的母亲不知何时站在她身后。银地的快乐犹如淬水的铁块，“嗤嗤”冷却。

父亲劈柴的节奏明显慢了下来，斧头常抡空。劈一阵，丢下斧出门，转悠一圈，又劈一阵，出门又转悠一圈。母亲看不下去了，道：“失魂了还是落魄了？穷家小户，人家眼里从来就没有咱。”被戳了心思，父亲讪然，勾了头，嗫嚅道：“好歹也是叼一个奶的兄弟……”

父亲终究没有等来马海泉坐席的“红帖子”。夜里，鼓乐齐鸣，礼炮震天。

村里，好久没这么热闹。

金家这顿晚饭注定索然无味。银地小嘴不停，边吃饭边不时把头凑过去和金地嘀咕，根本没注意到父母的脸色。“你们叨叨啥？”母亲忍不住了，“有啥好高兴的，等着挨饿吧……爸妈这个样子还要出门受罪。”银地觑着父母，赶紧闭了嘴。“瞒着我做啥了？”父亲警觉起来。银地低了头，支支吾吾。“这是怎么啦？别吓着了娃。”奶奶责备父亲。“快说！”父亲不依不饶。“啥也没干。”银地突然仰起脸，一副凛然。“还嘴硬。”父亲虚扬巴掌，目光凌厉。瞒不过去，金地只有坦白：“我们把葩耳朵抱到海泉叔家了。”话未落，母亲“啪”的一声把筷子拍在桌上，气咻咻地说：“好个冤家，神神叨叨不归屋，原来干这等好事去了，这是要成心气死我么？”说着抓起筷子往银地脸上扫了过去。银地躲闪不及，稀里哗啦摔倒在地。银地爬起来，瘪了嘴，想哭却不敢哭，身子一抽一抽的。一旁没吭声的奶奶不落忍，赶紧打圆场：“是我让他们抱老二家去的，要罚就罚我吧。”母亲气结，哆哆嗦嗦说不出话来。父亲一边使金地把银地拉出去，一边赶紧给情绪失控的母亲推背顺气。

屋外，村街上的戏班已经起板，“咿咿呀呀”唱上了。

夜里，父亲悄悄爬起来，进了隔屋。姐妹俩早睡了，银地脸上趴着的两条血印子，在夜空明灭的礼花映照下，依稀可辨。父亲伸出了手，残缺的手掌刚感受到一股温热鼻息的时候，却改变了方向——他给银地压了压踢歪的被子。

“明明自个儿踢被子，还诬姐姐。”父亲在心里嘀咕了一句。

去马家坐席看戏的人陆续散了，村路人影憧憧，打院门前扶醉而归。

转身离开，父亲无意瞅见银地枕下露出一角红色的纸壳，是谁给的压岁包呢？父亲纳闷，随手抽出来，却是一张精致的“红帖子”。急促打开，天，竟然是马海泉的过屋帖，而且是马海泉的字，虽然丑，但一笔一画，透着诚恳。父亲愣了好一阵，郁结在胸中的块垒瞬间消散，心情倏然变得如同草丛上的雪花，无比蓬松……

正月初一，落雪。雪花飞舞的村路上，有蹚雪出门的人，远了模模糊糊看不清，近了才知道是谁，熟悉或不熟悉的，相互拜个年。银地却在这般吉祥的日子里发烧。往年正月是要疯的时候，现在，她只能蜷在被褥里沉睡，她惦记着葩耳朵，好几天不见，小东西会不会挨冻受饿？昨晚噩梦连连，她梦见葩耳朵被桐花婶送了回来，母亲轻轻吹了一口气，葩耳朵云朵般瞬间消散；她梦见吹掉葩耳朵的母亲生不下阿弟，急得奶奶手持龙拐，腾云驾雾去请大慈大悲的菩萨……醒来，一身汗，两眼泪。

一股细若游丝的檀香、鞭炮和炊烟混合味儿，从门缝窗缝钻进来。一早来了客人，顶了一肩一头的雪，从窗台晃过，“干娘干娘”的唤声有些颤，有些急迫，像是海泉叔和桐花婶。银地心里一沉。完了完了，桐花婶一定是把葩耳朵送回来了，那个可恶的梦要应验了。银地满含了恐惧，她昂了头，隔着花玻璃往外瞅。并没有看见葩耳朵，父亲扶着奶奶迎了出来，接过桐花婶拎来的礼包。

在他们高高低低的叽咕声中，银地昏昏然又睡去。不知过了多久，额头一只暖和的大手在摩挲。银地迷瞪瞪地睁开眼，屋里挤满了人，父亲、母亲、奶奶、姐姐，还有海泉叔和桐花婶，都冲她笑。“醒了，醒了。”桐花婶抽回手说，“烧退了。”银地急切地想知道葩耳朵的下落，她张了张嘴，可嗓子眼发梗。桐花婶变戏法似的掏出一个压岁包，塞到银地手中。银地有点惊讶，不是已给过了么，就在几天前，可想想又不对，那是桐花婶再三叮嘱要她带给爸妈的东西，她不敢给，塞在枕下转身也就忘了。银地爬起来，急慌慌地掀开枕头，将红纸壳举起来，惴惴不安地递给母亲。母亲嗔了银地一眼，不恼还笑。

“过年添一岁，又要添阿弟，咱银地真个长大了，不再是小糊涂虫喽。”

桐花婶嗓音刚落，门被“吱吱呀呀”地顶开，纷乱的阳光中，葩耳朵顶着细碎的雪花，探头探脑出现在门口。大家回转身，见小东西四蹄轻抬，迈得有些犹疑，有些畏缩，仿佛怕踩疼了蹄下的阳光。

银地鼻头一酸，几乎要掉下泪来。

海洋馆

1

黄昏，家政公司的华带着她终于找到了“海洋花园”。小区偏欧式风格，看上去有些年头，位置也偏，若不是靠近老海洋馆，还真不好找。进电梯前，华抢过了她的两个鼓囊的帆布包，白了她一眼道，来过日子？也不嫌累。水红妹揉着酸痛的手腕，不敢吱声。两个包是她的全部家当，里面除了洗漱用品，大部分是四季衣服，可穿或不可穿的，当然也包括华给她买的那套咖啡色套裙。裙子水红妹看一眼就哆嗦，今天出门，她犹豫了很久，穿上又脱了，脱了又穿上，最终还是塞进帆布包。为此，华一路上没少给她脸色。水红妹也不知怎么替自己解脱，艰难地拎着包，紧跑慢跑跟在华屁股后倒地铁换公交，头都要炸了。

擦擦吧，这样子怎么见客户。水红妹接过华递来的纸巾。脸上的汗渍早已风干，只是两胯间湿津津黏糊糊的，异常难受。她很想伸进去也擦一把，可不敢，华瞪着她，目光如鹰隼，显然还在生她的气。

水红妹有些后悔，今天要是搞砸了，华不可能再搭理她了。她们之间并不是很熟络，她以前在医院做护工照顾病人，那活儿没有保证，有一搭没一搭，工钱虽然还行，但护士得从中抽成。为多接活儿，她不得不比别人多给一点。后来出了事，半夜瞌睡，床上的病人咽气了，尿袋和导尿管胀满了尿液。家属赖上她，最终赔了不少钱才脱身。丢事后，一个做“陪床保姆”的老乡牵线把她介绍给华，她也不晓得这个小她一轮的女人叫什么名字，只是跟着别人华呀华地叫。华也喜欢阿姨们这样叫，这个称呼，在保持着足够尊敬的同时，也透着适度的亲昵。

电梯在九楼停下，水红妹抢先一步拎起了帆布包。出了电梯华从自己的挎包里又掏出小玻璃瓶，照着她的脸和头发一通喷洒。记住我的话了？她说。水红妹捣蒜般点头。

比预约的时间晚到半小时，雇主显然等得不耐烦。华满脸堆笑道歉。屋内两男一女应该就是老头的儿女。姐姐模样的开始和华说事，沙发上的两兄弟，目光时不时越过华打量门口的水红妹。水红妹感受到某种审视和压迫，目光虚空没着没落。

老头的女儿管华要了体检单，拉着她到门外走廊说话去了。两兄弟开始抽烟、玩手机，一副百无聊赖的样子。水红妹迅速扫了一眼屋内，还算宽敞的两室一厅，老式的装修，老式的家具，透着一种年深日久的宁静。

水红妹觉得自己应该干些什么，不能就这样傻站着，这令人很不自在。她瞅了一眼门口的包，很想把它们拎进来找一个合适的地方安顿好，放在那儿堵住了别人进出。抬脚朝门口走去的时候她又打消了这个念头——门外的华还没谈好，急着把东西放进来是不是有点不合适？——但她又不能停下来，身后两个男人一定在看她，一定很好奇她想干什么。水红妹径直走去，她蹲下拉开帆布包，掏出一只钢化杯。对了，她想喝点水，她早就渴了，在路上她买了好几次饮料给华，自己只喝了一小瓶。那东西根本不管用，越喝越渴。她当然知道杯里面已经滴水未剩，也明白眼下自己给自己制造了一点小麻烦——如何找到水。客厅并没有茶壶，敞开式的厨房也没有发现茶壶暖瓶之类的东西。她站在客厅，有点小紧张，小慌乱。两个男人不时抬眼饶有趣味地瞄她，甚至还交互了一下眼神。水红妹张了张嘴但没发出任何声音，她索性举着杯朝厨房走去。在她有限的保姆工作经验里，水壶一般搁在厨房。但很快，她对自己自以为是的判断和冒险感到沮丧。厨房里根本没有水壶或者暖瓶，除了脏乱的碗筷和刀具，连水杯都没有。她内心充满了怨恨，埋怨冷漠的兄弟俩，埋怨没完没了的华，不管不顾将她一个人置身这尴尬的境地。她甚至恨恨地想她们干脆谈不拢，好早点儿把她从窘迫中解救出来。但，谈不拢显然不是她想要的结果，为了今天这个雇主，她排队等了足足俩月。

水红妹被迫放弃了喝水的念头，洗完手往回走，飘浮的目光不小心撞上了什么，心里跟着“噗”的一声响。侧对着厨房的阳台沙发上，深陷着一团瘦小的身体，几欲被宽大松软的沙发吞没。目光顺着那团身体攀援而上，是一张苍老的脸和一双浮肿的鱼泡眼。那脸，纹路深错，黑斑点点，尤其是塌陷的双颊，使他看上去像故意撮着嘴。那眼，被蹙紧的眉挤压成三角形，目光凌厉，充满敌意。水红妹的心瞬间被攫住，惊惶间，杯子“咣当”失落。

沙发上的两个男人目光离开手机朝这边看了看，皱了皱眉，重又低下头看手机。

水红妹为自己的失态而感到恼怒，弯腰捡杯，讨好似的，朝那道凌厉的目光报以羞赧一笑。

没错，这应该就是她的雇主。这么说，从她进门的那一刻起，这目光就一直在追着她。其实打进门起她也在搜寻，只是他们的目光没有交集。她急切地想印证华在路上的话：老头个小，体弱，多病。她没料到这么瘦小，相比上一家那身材高大的雇主，她忐忑的心终于妥帖了许多。

她们进来了，看上去谈得很愉快。老头的女儿变戏法似的从茶几底下拿出那只大腹便便的茶壶，边倒水边问，阿姨老家哪儿？家里都有些什么人？先前做了几年？没有了先前的窘迫，水红妹倒也对答如流：安徽萧县，五口人，儿子儿媳，孙子孙女，老伴儿前些年走了。顿了顿又说，妹子放心，我在市二院做过好多年护工，护理病人没问题的，不信你们可以去打听。水红妹惊讶自己竟能一口气说这么多，一点儿都不磕巴。似乎不好再多问，老头的女儿将手中的协议递给身边的男人，两兄弟瞄了一眼，没有作声，点头。

她们签字的间隙，水红妹去给老头倒茶。那老头，似乎并不领情，目光如弯刀，追着她，恨不得从她身上刮去一层什么。

签完字，老头的儿女交代了一番，然后和华先后走了，屋里骤然安静。老头从深陷的沙发里把自己拔了出来，拄拐笃笃进屋。看上去，他并不矮，只是有些驼，显得不高罢了。也许是因为驼背的缘故，他走路的样子又有些滑稽，身子大幅度往前倾，瘦弱的双腿却拘谨、小幅度地向前移动，总比身子的速度慢上半拍，好像，是急迫的身子拽着并不情愿的双腿在机械往前。

水红妹放松了下来，径直去了厨房。她想找点吃的，挤了半天的车，早已饥肠辘辘。没有令人满意的食物，结满冰块的冰箱里除了一些速冻食品和药品，空空如也。她下了一点面条，磕了俩蛋，自己一碗，老头一碗。正嗦嗦地吃着，感到后脊梁有一股凉意，转头，那扇开了一条缝的门立即又咔哒一声关上。

2

一夜没睡好，蜷缩在简易床上，水红妹一直在纠结要不要锁上屋门，折腾了好几次，最终，她还是把门锁死。隔屋没有半点声响，静水一般。窗外一丝风也没有，闷热难耐。不远处夜幕中，匍匐着一团团巨大的怪物般的黑影，水红妹猜不出是什么东西。天色依稀有了亮色的时候，那些身披铠甲，形似鲸鱼、海豚的黑影似从夜色中慢慢浮现。她看明白了，那不是海洋馆么。她暂住的这间小屋，朝南，稍稍探身，就能俯视整个海洋馆的全貌。

隔壁屋门依然紧闭，厕所的毛巾滴着水。

买菜回来，老头在看电视，见水红妹进屋，故意将声音调大。水红妹不敢抗议，初来乍到，还是忍忍为好。在震耳欲聋的枪炮声中，水红妹做好了饭。不待招呼，老头探着身子上桌，扒着饭眼睛却没离开电视。能整小点声音么？水红妹说，闹心。老头用筷子指了指右耳，又指了指左耳。没听说过老头耳朵有问题呀，真要是半聋，将来还真是个麻烦。

吃完饭，老头把电视掐了，叫她。他说哎，你过来。水红妹正刷着碗，愣了愣说喊我么？废话，这屋里还有第三个活人么。老头戗道。水红妹挓着两只湿漉漉的手过去。这是进门以来老头主动和她说的第一句话，他叫她哎，真有意思。

刷完碗你可以走了。老头冷脸说。走？去哪儿？水红妹一时没反应过来。这可是你家儿子和闺女把我请来的，还付了工资呢。水红妹急了，昨晚她就在琢磨，老头会不会撵她走？她不敢确定，即使不撵她走，事情也不会很顺利。钱我不要了，收拾收拾赶紧走人吧。老头不耐烦地拄了拄拐。那也不成。水红妹说，付了钱，我就得做事。否则人家还不把我当什么人了。你要是不愿意，那也得等满了这个月。老头气急，鼓突着鱼泡眼说，赖着不走是吧？那行，你把生活费还我一半，咱各过各，AA制。歇了歇，又说，你住我这，房租得算点，少说也得这个数。说着举起四根指头。水红妹吓了一跳，暗忖，这老头不是善茬，算计起人来说话都不带喘了。见水红妹不吭声，老头颇为得意，眯了眼，撮了嘴，嘘嘘地吹着杯中的茶叶沫子。那塌陷的双颊，几乎成了一个倒立锥了。

晚上，趁老头蹲厕所，水红妹躲在房间给华打电话。华听出了她的退缩，斥道，现在要找一个客户多难，不能一再轻易丢掉。世上哪有那么好的事，等着你去分人家的家产？舍不得孩子套不住狼。摁掉电话，水红妹觉得挺委屈，上一家完全怨不得她，才去三天，老爷子就摸到她床边要硬来，她羞愤交加，一脚把对方给踹了。退一步讲，老爷子那一把子蛮力，根本不像是有心脏病的人，至少也得活个十年八年的，不定谁耗得过谁呢。说白了，这也是运气，她挺羡慕那个老乡，去了不到俩月，就把病床上的老头子给降服了，儿女发现苗头不对时为时已晚，俩人你情我愿把证都给领了，接下去就等着老头驾鹤归西继承遗产。

半个时辰后，老头垂头丧气从厕所出来，瞥见桌上一沓钱，半晌，没有说话。

AA制的生活其实也不错，互不干涉，互不打扰。老头一早起床，蹲厕所、洗刷、吃药，出门解决早点；上午拎着马扎下楼打打牌，或者去附近的海洋馆转悠；中午带着小酒下馆子，换着花样吃，半醉不醉回家午休；下午起来得晚，不出门，看看报纸浇浇花；晚饭比较随意，自己下点面条饺子什么的。水红妹摸清了他的规律后，晚饭通常会多做点，而且还挺花心思。老头哪里抵得住诱惑，开始十来天还忸怩，怪不好意思，后来彻底放开，还喝上了。吃完喝完不忘叮嘱水红妹记着，月末一起算。水红妹在心里就笑，试探道，要不午饭也在一起吃？图个热闹，账也不用记了。老头警惕起来，头摇得像拨浪鼓，那哪行，讲好了的，可不是儿戏。

老头的执拗反而激起了水红妹的斗志，她买了一个砂锅，备足了上好的食材，开始研究菜谱，琢磨煲汤。她倒要看看，老头能撑到什么时候。

水红妹的怀柔政策并没取得理想的效果。老头胃口明显下降，兴味索然地杵两筷子，酒也冷落了，表现出不合情理的节制。水红妹怀疑自己的手艺是不是下降了。但不能啊，同样的菜和汤，搁半月前他还吃得热汗津津。很快，她找到了原因，老头便秘，而且越来越严重。

水红妹将便秘元凶归罪于小餐馆。她搬了个椅子蹲在厕所前和老头掰扯。你想想啊，外面的餐馆哪能天天吃，哪家不是地沟油、注水肉、毒豆芽、人造蛋，这些垃圾装进肚子能不难受么？坐在马桶上哼唧了半天的老头半信半疑，将手中的开塞露丢进纸篓，水都不用冲，提裤子下楼。水红妹有些慌，这老头不会找餐馆理论去了吧。这种事，餐馆打死也不会认，只会自取其辱。水红妹悄悄跟了下去，果然，老头黑着脸快步向小区大门走去。那些老伙计，听说了后也都三三两两跟上去助阵。不多时，又都灰头土脸回来了。

晚上，水红妹整宿失眠。海洋馆门前的广场上，消暑和跳广场舞的人早已散去，喧闹了一整天的海洋馆，寂静地沉入夜的深处。

华发来短信：进展如何？暗夜中水红妹被手机提示音吓了一跳。带上这东西，让人很不踏实，不知道华什么时候会找她，尤其是短信，被老头撞见那还了得。水红妹望了望阒静的海洋馆，犹犹豫豫敲出几个字：进行中。想了想，又在前面加上“按计划”几个字。

成功地留了下来，并废除 AA 制，让她多少找回了一点儿自信，但这点自信还不够强大，不足以抵消她内心的羞耻感。老乡把她介绍给华的时候，只是说做保姆，偶尔给病人陪床暖暖脚。水红妹觉得这也没什么，在医院她也干过这些。华找了她几次后，感觉完全不是那么回事，死活不肯干。华最后作了妥协，就当处对象吧，其他的先不想，说不准还能碰上一桩好姻缘，找个好归宿。

3

“满月”那天，老头没有再提撵她走的事。想想也不可能，老头的胃已经被她给宠坏了。吃饭搁碗，百事不管，这日子哪里找。只是，老头行事谨慎，处处像贼一样防着他。

客厅原有一台红色电话机，后被移到老头屋内，好几次，水红妹听见老头躲在屋内打电话。电话那头应该是老头的孙子，似乎很小，老头被逗弄得压着嗓嘎嘎地笑。挂电话前，不忘反复叮嘱孙子保守秘密。这老头还真怪，给孙子打电话还瞒着儿女。有时，趁老头打完电话出来，笑容还挂在脸上，水红妹很想说点什么，关于孙子，他们应该有共同的话题，可话到嘴边又生生咽了回去。

处处被人提防倒也说得过去，毕竟是人家家里。但有一点水红妹受不了，老头惜字如金爱理不理。同住一屋装聋作哑怎么行，还不让人憋死？实在难受了，水红妹没话找话，今天吃什么喝什么？老头眉眼不抬，随便。再问饭菜味道怎么样？咸了还是淡了？回答说嗯。这个“嗯”不好理解，咸了淡了都可，不咸不淡也行。问多了，水红妹觉得无趣，索性闭嘴。这老头嘴上是没撵她，但这种冷暴力也够损的。

没有语言的生活不仅无聊乏味，也给水红妹的计划实施带来了阻力。不过水红妹还挺沉得住气，早料到这是一场持久战。她试着从屋里的物品中了解老头的过去，这些东西，浸染了老头气息，多少会留下些蛛丝马迹，她不放过任何一个角落，每次清扫都有收获。比如，在客厅电视柜杂乱的抽屉里找到了一个奥特曼玩具，在老头屋内床头柜里找到一根老式的女人盘发玉簪和一张黄梅戏光碟。别小看这些东西，它们足够水红妹琢磨上好半天。这些发现鼓励水红妹继续探幽寻微。后来，又有了新的发现，在橱柜和墙壁的缝隙里找到一张几年前肿瘤医院的小票，收费项目是放化疗，应是女主人的单据。一段时间下来，除老头屋里上锁的四抽斗柜，里里外外，犄角旮旯都寻摸遍了。

这天，海洋馆免费开放日，老头一早就被催下楼。水红妹想不通，不就是各种叫不出名花花绿绿的鱼嘛，天天看，有啥好看的。她想自己的孙子也许会喜欢，特别是海豚、海狮表演。

水红妹准备下楼给孙子打个电话，无意中瞥见四抽斗柜竟然忘了锁，钥匙就吊在上面。天赐良机，水红妹按捺住激动，逐层拉开。第一抽是什么呢？一股陈旧味，大致翻翻，无非是一些泛黄的书信、结婚证、账本，以及儿女们的出生证、病历本、学生证、获奖证书、日记等，林林总总，厚厚一摞；第二抽是各种旧玩具，白鲸、鲨鱼、企鹅、海豚、海马、海狮、海豹、章鱼等，塑料的、铁质的、绒毛的，热热闹闹，简直就是一海洋世界。玩具下面有一本影集，打开，前一部分全是老头和老婆年轻时和儿女在海洋馆的各种留影，他们笑容满面，幸福而陶醉。后半部分是他们在海洋馆拍的结婚周年纪念照，除了个头矮点，老头年轻的时候其实还蛮好看，他身边的女人，却丑，面容清瘦，营养不良的样子。影集后面夹有一沓泛黄的海洋馆门票、月票；第三抽还是玩具，奥特曼、机器猫、芭比娃娃、喜羊羊、光头强，有些折胳膊断腿已经用胶布胶好。不用说，这些应该是老头孙子外孙女留下的。水红妹有些失望，下面第四抽都不想看了。她跑到窗口，湛蓝的天空下，海洋馆鳞片般的玻璃铠甲在阳光下发出纷乱的光芒，人群不断被巨大的鲨鱼嘴、鲸鱼嘴形的大门吞进去又吐出来。她折返顺手拉开第四层抽屉，一张装裱了的合影赫然入目，依然是海洋馆——她搞不懂，这个家似乎和海洋馆有着千丝万缕的联系——女人挽着老头的胳膊，站在游弋的鲨鱼前，很亲密的样子。水红妹又回到第一抽把老头老婆的照片翻出来和女人对比，显然不是同一人。纳闷间，门却突然开了。

找到了吗？……让你失望了吧。老头拄拐站在门口，满脸鄙夷。

水红妹失措地将东西塞进抽屉。

他们给了你多少钱？

她完全没听懂老头在说什么。

没找什么。只是看看。

没找？你处心积虑赖我家不就是为了一个房本嘛。

仿佛被人窥视了心底的秘密，她低下头，臊了一脸。

你替我转告他们，死了这条心吧。等我哪天断气了再说。

他们？水红妹似乎明白了什么。

为消除误会，水红妹这一天都在不厌其烦地解释。老头半信半疑，吃完晚饭躲进屋给女儿打电话。话不投机，三言两语便吵吵。撂了电话出来，老头看水红妹的眼神都变了，怪怪的，看得她浑身起鸡皮疙瘩。

晚上，水红妹有些害怕，锁紧屋门，又拖了两个椅子堵住。

她找到华，把这两天的事情絮絮叨叨说了。华并没有耐心听她讲这些，不断在接电话，打电话，像是一桩遗产官司遇到了麻烦。你说完了没有？华板起脸打断她，我要的是结果，结果，对这些鸡零狗碎的不感兴趣。两个月了，你连老头的手都没碰过，谈恋爱也没这么纠结，你若不想干我可以换人。水红妹低头不语，她很想起身一走了之，咬咬牙，终究还是忍住。

往回赶的路上，华又打来电话，语气稍有缓和。她告诉水红妹，老头之前谈过一个老伴，被儿女拆散了，儿女防着外人。后来不得已，才决定给他们的父亲找个“陪床保姆”解决父亲的情感空虚问题。之前之所以没告诉她这些，担心影响她的工作。一切都告诉你了，华叹了一口气说，接下来怎么做你自己决定吧，我也懒得催，你们若真要是有缘在一起再好不过，只是将来我那份钱不能少。趁房本还在，老头清醒，你得上心。

一场突如其来的暴雨袭击了这座城市，骤雨中，那些形似鲸鱼、海豚、黑裙鱼的海洋馆似乎也有了灵气，倘若尾鳍轻轻一摆，便要倏然远去。空气中弥漫着一股若有若无的腥气，暴雨驱散了连日来的溽热，但却没驱散老头心头的焦躁，好几天都没和孙子说上话，估计是露馅了。没有了孙子的电话，老头茶饭不思，心神不宁，出门也少了。

水红妹也跟着着急，睨着失魂落魄的老头，竟然涌起了一阵莫名的酸楚和怜悯。但这种情绪仅仅持续了几天，便被老头几句话给破坏了。怎么说呢，他竟然张口管她要钱，亏他开得了口，还理直气壮，真不要脸。老头说，儿女们每个月支付给她的 2000 元工资里面，含了 300 元陪床费，这钱她不能昧了，得还。水红妹愣了好一阵脸上才有了反应，她又羞又气，顺手将剥好的豆子摔在池子里。

还就是不给了，看你能把我怎么样。水红妹恨恨地想。

索要无果，老头倒也没再提。水红妹几乎要把这事给忘记的时候，老头却醉醺醺闯进了她的房间，偏偏这天晚上，水红妹没有锁门。老头在楼下喝酒，她担心老头喝醉坏事。也不知几点，迷迷糊糊中似有异响，睁开眼，竟然是一张因扭曲变得更加苍老的脸。那脸与她只有几厘米的距离，以至于她嗅到了浓烈的酒气之下的口臭味。老头压住她，喉咙里发出急迫怪异的响声。她拼死抵抗，有一刻，她甚至瓦解了老头的进攻，将老头逼到了床角，她完全可以一脚将老头踹下去，可这一瞬间她却走神了，犹豫了……放弃了。她闭上眼，咬着牙，流着泪……死去了一般。

4

屋内显得逼仄了许多。他们小心翼翼，尽量避免同时出现在客厅、厨房、阳台这些公共空间。即使不可避免地出现在一起，他低着头，她也低着头，不去看对方的脸。除了三餐必须在家解决，老头频繁出门，这是化解尴尬最好的办法。他去得最多的地方是海洋馆，那是令他重温幸福快乐的地方。他在海底隧道徘徊、回忆，和每一条他熟悉的鱼打招呼，和笑容可掬的白鲸微笑，向表演完毕的海豚问好。这么多年，他们已经成为无话不谈、形影不离的老朋友。直到闭馆他才最后一个离开。到家时，水红妹通常睡了，屋内没有灯光，电器散发着幽幽的蓝光。饭菜就在桌上，冒着热气，似乎刚刚被热过。老头吃完饭，轻手轻脚把碗都刷了。这些，他以前从来不做。

时间缓步向前，有一些变化很有意思。譬如，老头不再故意躲着她了，慢慢变得话多了，开始打听水红妹家里的情况，有几口人，都做些啥。问她的孙子皮不皮，乖不乖。而且开始给她聊海洋馆的鱼和海豚。水红妹呢，表情麻木，不冷不热，很少接茬。再如，老头常会提点水红妹爱吃的菜和水果回来，谄媚的笑在厚厚的褶子里面深入浅出。水红妹却不领情，一笔一画全记上，有不清楚价钱的，也不问，自己跑到超市去找。

华来了短信，只有一个问号。水红妹知道华想说什么。她挣扎了片刻，黯然说，我不想干了。对方发来一个惊讶的表情，紧接着发来几个字：想好了？她说想好了。华说找时间我们聊聊吧。她没吭声。有什么好聊的呢，无非是钱。按照事先约定，如果因个人原因中途退出，她必须每月从工资中拿出200元给华。找好替换我的人吧，她说，我做完这个月。

老头在电话中请求女儿挽留水红妹，他从来没这么低声下气求过女儿。女儿转身去找两个弟弟商量，他们一致觉得父亲又开始犯浑，这保姆危险。老头得到的答复是可以让保姆留下，但前提是必须交出房本。老头咕哝了一句，撂了电话。

水红妹临走的前一天，老头一连喝了三碗枇杷百合汤。那汤实在是好喝，晚上临睡前下的料，放了枇杷、百合和银耳，润肺止咳，熬了整整一宿。老头也一宿没睡，他在弥漫的香味中倾听白鲸、鲨鱼、海豚和彩虹鱼们的呼吸声。鱼儿睡着了会是什么样子？它们会呼吸么？会打呼噜么？孩子们当年争论的问题还在困扰着他，每当夜深人静站在窗口，他常常会陷入沉思。他很想在一个有月光的晚上潜入海洋馆，看看它们睡着时的模样。

水红妹本想提醒他喝多了，可又不忍，再过两天，老头就喝不到这汤了。第四碗，老头明显慢了下来，他调整了一下坐姿，抖抖索索举起碗，抖抖索索往嘴里灌，然后抖抖索索抹掉悬在胡茬子上的汤汁，打着晃站起来。意外就在那一刻来了。他满足地打了几个饱嗝，应声栽倒。那几个饱嗝就像几颗子弹，瞬间把他给击倒了。

水红妹没有老头儿女那般失措，脑溢血这种病，她见得多了。老头毫无节制地饮食酗酒，该来的迟早会来，只是她没料到，会是这个时候。走或不走，都让人为难。走吧，说不过去，毕竟是在自己的眼皮底下出的事，是自己纵容了老头的无度。再者，这老头似乎和自己有了某种关系，虽然这种关系是那么……难以启齿；不走吧，已没了那个心劲。老头那晚的丑行，她现在想起来，依然会唇齿发冷。

病情凶险。老头被推进手术室的那一刻，她甚至恶毒地想：别出来，这样最好。

谁又能想到，老头的生命如此顽强。命是保住了，但落下了半痴半傻的毛病。住院部床位紧张，为了从走廊上住进病房，水红妹找到之前给她找活的胖护士，麻利地塞上三百块钱。胖护士瞟了一眼病人问是她什么人。水红妹脱口而出，我老头。说完把自己吓了一跳，但话已出口，由它去吧。

转入病房，老头的儿女露面的次数越来越少，水红妹打电话催他们尽快找人来接手，却是无限期地拖。可怜见的，这是不管不顾了。好在，医药费没拖欠，否则，她也会拍拍屁股一走了之。就照料到出院吧，权当行善积德，水红妹望着老头空洞的眼神，松垮耷拉的脸皮，叹一声，退一步。

回去拿衣物，却发现四抽斗柜被人撬了，东西都在，只是凌乱。水红妹冷笑。

从病房到老头家，水红妹来回穿梭了近俩月。医院没有条件做饭煲汤，她将老头托付给同室病友，每天一早赶回去买菜、做饭、煲汤、煎药。她特意多煲了几份汤多做一些菜，分食给病友。老头稍微好转一些的时候，张口就妹啊妹啊的，叫得众人好生羡慕。避开众人的目光，水红妹拿眼狠狠瞪他。那老头，却目光灼灼，似傻非傻。

有了众人的帮衬，那俩月，也不觉得难熬。当老头出院时，已是寒冬，遍地白霜。她提着东西，牵着老头过马路，车流中，老头缩手缩脚不敢迈步，惊慌失措间竟然哭了。

回家的第三天，老头的儿子儿媳、女儿女婿和孙子外孙来了。这个屋似乎很少有过这样的团圆，屋内萦绕着一股劫后余生和久别重逢的温馨。老头挤眉弄眼，举着玩具不停地向他的孙子外孙们招手。他的孙子外孙们，畏葸不前，远远地躲着。他们不能确认，眼前这个奇瘦无比的老头，是不是他们的祖父外祖父。

中午在饭馆吃，说是聚聚，给老爷子压压惊。虽然有小孩子嬉闹，饭还是吃得闷。一入座，老头两眼放光，注意力迅速从孙子外孙们身上转移到桌上。水红妹给老头夹了一些吃得动易消化的菜，老头并没吃，青筋暴突的手畏畏缩缩向离他最远的肉食伸了去。水红妹本想制止，老头的女儿说想吃就让他吃吧。那只枯瘦的手不再犹豫，哆哆嗦嗦把一盘羊肉端了过去，肉汤洒了一桌。水红妹只得帮忙，正一口一口喂，猛然发现大家都在看着她，眼神异样。她忙将调羹塞回老头手中。老头哆哆嗦嗦，划拉着，羊肉怎么也挑不起来。他索性把嘴凑了上去，胡乱地往嘴里扒拉，发出夸张而难听的咀嚼声。吃到后面，老头丑相百出，汤汁鼻涕糊了一手，一嘴。众人顿失胃口，放下筷子。水红妹抽了几张纸，本想替老头擦了，想想又塞在老头手中。

还没进家门，老头内急，脸上的黑斑都憋红了，再摸轮椅坐垫，湿乎乎。水红妹拿了干净的棉裤将老头扶进厕所，正欲从里面把门带上，老头的女儿却摆手道，让他自己来吧，不能老指望别人，回头你走了我们几个哪有这般功夫。水红妹愣了愣，走？去哪儿？习惯了围着老头转，她竟然忘记了自己的身份。是呵，两个月前，她还一遍遍催促老头的儿女。她尴尬地退出厕所，搬了凳子坐在门口。你忙你的去吧，老头的女儿又说，我看着就是了。

本想挨到老头蹲完厕所出来再走，但老头依然在里面挣扎，毫无缓解的迹象。水红妹放弃了，结完工资，提着两个帆布包下楼。在电梯间，水红妹想起自己来时的模样，一身薄衫两个包，恍惚，半年就过去了。她不晓得老头这会儿有没有从厕所出来，她后悔走的时候没有交代一声，老头很容易坐麻神经起不来，而且老头怕羞，不会轻易喊人。她想起在医院第一次给老头用开塞露的情景，老头脸红脖子粗，头抵在两胯间，百般不就。她板起脸呵斥，老头才捂住下身犹犹豫豫撅起尖瘦的屁股。她把脸别开，两手摸索着找到那地方，再摸索着把开塞露用进去。她能感受到老头那地方一阵急剧收缩，随即这种收缩蔓延至全身，最后变成痛苦的痉挛。开塞露都未及抽出，那地方一阵恣意喷射，溅了她一手……

还真是贱。无端想这些干吗？

上了公交，水红妹给华发了一条短信。离开的时候告知一声，这是尊重，虽然这个客户她早已放弃。华回了短信：一直等着你们喜事儿呐。她微笑着回过去：让您失望。我得回医院重操旧业。公交过了几站，华才回：心慈手软，你还真干不了这个。

谁又能想到，不到一个月，水红妹又回到了“海洋花园”。老头在电话里犹如找到娘的孩子一般呜呜痛哭。妹啊，妹啊，你去了哪里啰？这一声妹，满含了责备与深情，从电话那头晃晃悠悠荡过来，荡得水红妹心里发颤，鼻腔发酸。

顾不上和病人家属解释，水红妹撵上公交匆匆就赶过来了。

屋内弥漫着一股挥之不去的异味。蜷缩在床上的老头，只余一副形销骨立的皮囊。才二十来天，令人恍若隔世。苦于脱不了身的保姆在不停地抱怨。

水红妹异常平静地对老头说，把房本给他们吧。

老头撮着干瘪的唇，耷着沉重的眼袋，似有百般不甘，好一阵，才颤颤巍巍从抽屉拿出一只白鲸的绒毛玩具。在等待老头儿女赶来的间隙，水红妹翻看了老头的电话记录。七八天前，老头就在不断地拨打她的电话，只是每次都拨错了一两个数字。

剪开那只颜色已经发黑的白鲸肚子，老头的儿女看见了房本。这令他们好气又好笑，费尽心思寻找的东西，竟然被他们的父亲藏在脏兮兮的玩具里面。

5

冬天最难熬。老头怕冷，却又习惯不了电热毯。水红妹想了各种办法，都不奏效。睡不暖的老头晚上频繁起夜，好多回，水红妹被持续迷茫的笃笃声敲醒，起来，见老头找不到自己的屋门，拄了拐在客厅磨圈儿，单衣薄裤冷得簌簌发抖。而且，由于受寒，老头老毛病又犯了，喉管不断发出细如发丝的啸叫。

只能给他捂了，像当初在医院一样，睡在老头的脚下。这招还管用，只是老头不安分，喜欢闹。为了让老头安静下来，同时打发过早上床而带来的漫长冬夜，水红妹规定每天晚上睡觉前必须唠上一阵。讲什么呢，水红妹给老头讲自己的儿子、孙子和村子里张家长李家短，都是再熟悉不过的人和物，虽琐碎，但水红妹讲得有声有色。老头爱听，偶尔还会哩哩啰啰发问。后来，轮到老头讲，老头给她讲海洋馆的鱼。水红妹不太爱听，讲来讲去都是鱼，只不过换了名字和颜色罢了。她威胁说不好好讲就分开睡。老头舍不得，费劲巴力地想。后来，还是水红妹给他出了主意，她说你的故事比我多，你的故事多得可以装下四个抽屉。

笨重的四抽斗柜，让老头找到了目标。

回忆对一个损伤了脑神经的病人来说，显然不是一件愉快的事情。他把出生证、结婚证、毕业证、病历、证书、票据、影集、玩具……一件件摆到桌上。有些东西之间具有勾连性，可以相互启发，相互佐证。老头静静地坐在桌前，一件件摩挲，一点点琢磨。水红妹进来时，老头手里总是捏着东西，勾了头，面容倦怠，目光低垂，入定了一般。

到了晚上，老头徐徐打开话匣子，他的语速很慢，吐字也不够清晰。他给她讲他的儿女，他说，你也看到了，我那儿女，他们小的时候多么讨人喜爱……他们都喜欢海洋，我们……举家从城南搬到这里。我们每个礼拜都去海洋馆，你不知道……他们有多快乐，我们有多快乐。谁能想到呢，现在——老头到后面控制不了自己的情绪，那就不是“讲”，而是“骂”了，他不但骂儿子还顺带着把自己的老婆也骂了，他抱怨老婆怎么给他生下这忤逆的东西。

除了儿女，他还回忆起死去的老伴，以及可爱的孙子。他脸上的愠色慢慢退去，两眼闪着光芒。虽然有些啰嗦，水红妹总体还是满意。她等着老头讲最下面一个抽屉的故事。

老头停止了他的讲述。完了，他说，一辈子的事。水红妹不甘心，拉开第四层抽屉，合影不见了，里面空无一物。回身，老头脸上掠过一丝不易觉察的笑。本想揭穿，想想作罢。

明天，我们去看看吧。老头凝望着窗外黑魆魆的海洋馆，据说要搬了呢。

是么？水红妹有点惊讶。前一阵还只是传言。

它们也老了。老头收回目光，离开窗前。

水红妹觑着灯影里的老头，不再说话。

这晚没故事，水红妹早早睡下了。明天去海洋馆，老头是不是也会和她在白鲸前合影呢？水红妹一晚上都被这个问题纠缠，竟然睡迷了，似梦非梦间，感觉床边一团黑影，那黑影躬着身，一只手在她的脸上来回摩挲，她几乎感受到对方温热的鼻息。水红妹又惊又怕，说不出话喊不出声，她捏了拳头，照着黑影杵了过去。一声短促的海豚般的惊叫，黑影栽倒在地。水红妹听出来是老头，着慌了，翻身亮灯。老头瑟缩着爬起来，扶墙而立，卑下而不知所措地笑。

第二天，水红妹早早换上华送她的那套咖啡色套裙，等着老头出门，可老头半天不动，对她的穿着也视而不见。她有些生气，索性躺床上眯着。后来，后背被什么硬物杵着，顺手一抓，却是拐杖。她吓了一跳，翻身，老头怒目金刚般立在床边瞪着她。这死老头，还记仇呢。水红妹觉得好笑，虎脸扬起了巴掌。老头怯怯地抽回拐，显出一副伶仃模样，躬身缩到一边去了。

老头的行为举止变得越来越像动物。海豹一样眯了眼笑，拖着双腿双手，一摇一摆学海狮走路。两只枯瘦的手，除了吃喝，一直捏着拳，稍有不顺，发出海豚般的怪叫以示抗议。水红妹意识到可能摔坏了脑子，早晚用毛巾给老头热敷。可不管用，好端端喂着汤，老头却仰头噘嘴将汤如鲸鱼喷水般喷了出去，怒道，烫死我么。水红妹苦笑，烫不死，你命大着呢。我死了你都不会死。水红妹不知道哪句说错了，在她转身去添饭之际，老头一记黑拳往她后脑捣去。天旋地转，水红妹一个趔趄瘫在地。

妹啊。老头瘪着嘴一副哭腔，你不能死。

这一拳，水红妹疼呲了，强忍了泪爬起来安抚道，不死不死，死了谁照看你呢。

老头破涕为笑。

冬末，病情依然没有好转的迹象。检查回来的那天，水红妹心灰意冷，坐在公交车上冷冷地看着傻笑搞怪的老头。她心里从来没有这般绝望过，间歇性精神病，他可能记不住你的好，也无所谓你的坏。最糟糕的是，他甚至有一天都会不认识你，忘记你。这种病，让老头已经变得越来越暴戾，不知道他挥舞的拐杖什么时候会砸下来，更不知道这种日子何时是个头。

这趟开往海洋馆的公交车，她再熟悉不过。一路上，她在挣扎，要不要陪老头到终点站？走吧，下一站就下车，她在心里命令自己、逼迫自己，让一切痛苦和羞辱就此戛然而止。她整理好头巾，裹紧了衣服，将装有病历及磁共振胶片的袋子留在座位上。车停稳了，她却被钉住——她终究不敢，更不忍。余光中，她发现老头有些不对劲。他仄着个身子，捂着下身，五官痛苦地虬曲在一起。旁座的乘客纷纷用手捂嘴逃离。水红妹扒拉开老头的双手，一阵恶臭冲腾而起。

她在心底叹息一声，几乎是连拉带拽将老头推下车。

在路边的小树林，水红妹将老头擦干净，然后脱下自己的棉裤给他换上。不长不短正好将就，只是过于肥大罢了。再上公交车，水红妹感到双腿间冷风嗖嗖，她把身上的外套脱下裹在膝上，然后闭上眼假寐，她只是不想让周围嫌恶的目光探究出她与老头的关系，更不想看见身边这张傻呵呵不问尘世的老脸罢了。她也许太累，竟然昏昏沉沉睡了过去。激灵中猛然醒来，确定未到海洋馆站，才放妥心。她垂下沉重而干涩的眼睑，意外发现身上裹着老头的棉衣，而那老头，缩了脖子蜷着身子，如寒风中的枯叶，在离自己很远的座位上瑟缩着。

老头知道疼人了。水红妹心里泛起一丝惊喜，犹如荒涯上破土的一笔嫩芽。她将衣服给老头穿好，别过脸，望着窗外次第而过慈悲的灯火，忍不住潸然泪下。

往天上划的船

1. 阿太死了

阿太死了。

就在昨夜。

这一夜，出奇的安静，阿太的抗议和呻吟完全没有了往日的撕裂和愤怒，哼哼唧唧，最后归于寂静。蹲在她身边的鸭子，仿佛也起了恻隐之心，集体闭了嘴。

天色灰蒙。我套上衣服，抢在祖母前头，旋风一般“噔噔”下楼。

我的鸭子并没有如我担心的那样被黄鼠狼拖走，床上的阿太，也没如她所愿那般变成黄鼠狼。她那严重萎缩了的身子，蜷在开满雏菊的被面里，了无声息。我唤了一声阿太，她并没理我，或者像往常那样，用比鸟爪还干瘦的手拍着床沿回答。朦胧的光亮中，却见她梗着脖子，双眼紧闭，干瘪的嘴向上硬硬地张着，露出崎岖难看的牙床。她这种样子我见过多次，那是祖父给她喂鸭汤的时候，她努力张嘴接着，唯恐洒掉半点，像极语文老师教我们“啊哦衣乌衣”时的嘴形。

祖母伸出两根指头，轻轻碰了碰菊花丛中那只虬枝般的手爪，接着从地上捏起一根鸭毛，置于阿太鼻前。

“今个儿不用去赶鸭了。”

祖母“噗”的一声吹掉手上的鸭毛，拍着身上的衣服往外走——祖母身上永远散发着一股挥之不去的鸭粪味儿——她一定是去老六家，给祖父打电话报信。

我盼着的这一天又要来了，最快下午，最迟晚上，祖父、父亲和母亲将会和往常一样急三火四地赶回来。我好久没有见到他们，最近的一次是两个月前的春上，阿太因为没有喝到鸭汤和祖母怄气——我的二十六只鸭子，有三分之一已化为汤汁落入阿太干瘪的肚子，我屁都没吃到一个——拒绝进食的阿太陷入了昏迷，祖父、父亲和母亲从城里匆匆赶了回来。可谁又能想到呢，阿太和许多次一样，喝了鸭汤后又缓过劲来，又能拽着祖父的手有气无力地说笑。

祖母在老六家打完电话，并没有回家，而是上了渡桥，往河对面快步走去。没猜错的话，她一定是去喊刘天命。刘天命虽是个名声很臭的乡医，但号诊把脉不是问题，尤其是不上不下还吊着一口气的人，经他一看一摸就知能挨多久，少有差池。

祖母健步如飞，越走越轻松，好比卸下了千斤担，步调和往日判若两人。

我不想跟着祖母，我得去赶鸭。那些忍了一晚的鸭子，早已焦躁不安。地上拉了无数泡或干结或热乎的鸭屎，臭气都要顶破房顶啦。赶鸭出门前，我很想把阿太的嘴合上，那样硬硬地张着既难受又难看。阿太是个有洁癖的人，她闻不得鸭屎味听不得鸭叫，恨不得死后变成黄鼠狼将鸭子拖个精光。我凑近床，阿太的嘴巴竟然闭上了。我会心一笑，心里直乐。

七月的桐木河河床裸露，沿岸堆积的生活、建筑垃圾散发着浓重的异味，被挤占的河道变得越来越狭窄，有早起的人在河边刷马桶挑水浇菜地，几个噗噗捶衣的老妇女，看见我伸长了脖子：

“死了不？”

我剜了她们一眼。

“精了怪。”

镇上的人，似乎都很关心阿太的生死。他们一定是烦透了，这个老得快要成精了的老女人，每天深夜都发出类似鸭叫的声响，他们盼着她早点死去，可每次，狡猾的阿太总是化险为夷，从死神的魔掌中顺利逃脱。这样一来，阿太倒是帮了我，她在险境中一次又一次把祖父和父母从城里唤鸭子一般唤了回来，我一次次如愿看见了他们，这几乎成了我们心照不宣的秘密。当然，作为感谢，我必须编出各种理由杀死鸭子，殷勤地为阿太端上一碗黄亮亮香喷喷的鸭汤。

渡桥上，刘天命反背着双手，躬着身子跟在祖母身后往家里走。

桥下洗菜的妇女，挥舞着手“呵嘘呵嘘”地将试图溯流而上的鸭子往回赶，走不远的鸭子只能困在下游浅水区觅食。

我坐在榕树下想自己的心事。这会儿，阿太一定成功骗过了老谋深算的刘天命，祖父、父亲和母亲应该匆匆走在回家奔丧的路上。事后，我该怎么骗过祖母，让阿太喝上新鲜的鸭汤呢？把鸭子毒死、摔死？谎称被畜生咬死？这些用过的办法不再好使。我琢磨不出一个头绪，乏了，头一歪便打起了呼噜。这一觉竟然睡到了午后，热辣的太阳将我烤醒。河荡里空荡荡，没有一只鸭子。它们兴许是回去了，河里没了水草没了鱼，根本填不饱肚子，无非是出来撒个欢洗个澡。

我拖着赶鸭棍无精打采地往回走。老远，看见有人蹲在屋前，就着滚烫的热水正奋力剥一只鸭子。

“爷——”

祖父在弥漫的水汽中眉眼微抬。

屋里只有暗自垂泪的祖母，和一群失措的鸭子。

“我爹我娘呢？”

“忙呢，八十多亩菜地。”

我有些怅然。

祖父掂起剪刀，将剥光了的鸭子从腹部刺啦刺啦剪开，伸手一掏，一串葡萄般鲜艳欲滴的鸭蛋，再一掏，一把带血的内脏。祖父将鸭子洗净，先用开水焯一焯，再捞起来放入高压锅，将准备好的八角、生姜、大蒜如数抛进去。

在香味开始四处逃逸的时候，我钻进屋看了一眼依然在厚颜无耻沉睡的阿太，我很想摇醒她，告诉她祖父已经回来了，鸭汤开始四处飘香啦。我故意敞开屋门，也许，只有这馋人的香味才能把她唤醒。

但直到滚烫的鸭汤凉下来，阿太依然无声无息。

晚饭过后，祖父在阿太门口搭了一张床，我抱了枕头，坚持要和祖父一块守夜。

“蚊子会把你抬走的。”祖父企图把我赶回祖母的蚊帐。我不从，用被单把自己裹得严严实实。我不想听祖母无休止的唠叨，为了那只被宰杀的下蛋的母鸭，她一定会唠叨到蚊子们都感到厌烦为止。

祖父不睡，一边吃烟一边为我驱赶蚊子，我不断地醒来、睡去。有一次醒来，发现祖父并不在我身边，他坐到了阿太床边，他们好像在小声、断断续续地说着话，声音比蚊子还小。我迷迷糊糊，很想听清楚他们在说些什么，可沉重的瞌睡像坠铅一般把我向夜的深渊拉拽。

2. 斧锯声声

我被一阵急促的锯木声惊醒。

河滩上，榕树下，祖父正光着膀子奋力锯一段圆木，皮下的肩胛骨随着一上一下的动作不断地突起，细碎的锯末子在阳光下翻飞。

“爷在干什么？”

“从四鹿家回来就折腾上了。”深深浅浅的困惑同样布满了祖母沟壑纵横的老脸。

四鹿是开棺材铺的，我们都叫红匣子铺。

我脑袋里轰的一声响，下意识地捂住嘴，惊慌地往阿太屋里瞥了一眼，然后迅速收回了目光，仿佛稍加迟疑，便会被某种东西摄了魂魄。其实我什么也没看清，里面黑乎乎的寂静无声。

“阿太死了？”

“再不死，就该我了。”祖母咕哝。

我万分沮丧地往河滩走。

祖父的身边堆满了一段段旧木头，它们无一例外地爬满了蛛网一般的裂缝。

“阿太——真要死了？”

我的声音颤着，还带着哭腔，一定很难听。

祖父看了我一眼，弯了中指，刮去额上的汗：

“人累了，终究要回去。”

我很想把我和阿太之间心照不宣的秘密告诉祖父，很想说，阿太不会死，她只是想喝碗鸭汤，只是和我一样，想见到你们。

祖父歇了锯，他看上去对锯出来的木板并不满意。

“我得上山一趟。”说完这句话，祖父便一手提了明晃晃的斧头，一手提了两端依然锈迹斑驳的锯，涉水朝河对岸的青山走去。

下午，阿太总算醒过来。在一碗鸭汤的滋润下，阿太原本苍白塌陷的双颊似乎有了点血色。

但祖父并没有停下来，斧锯声声。

精神稍稍好转的阿太把祖父唤到跟前，有气无力地说："我儿，刚刚，我又看见你爹了，他在那边孤苦无依，吃不饱穿不暖挨饿受冻，还得给地主老财没日没夜地干活，身边连一个端茶倒水的女人也没有……"祖父帮阿太揩去眼角的泪，细声道："前些日子我也梦见他老人家了，他在那边可好，日日下馆子喝酒吃菜，不醉不归。"阿太脸上挤出一丝苍白的笑容："我儿，你可别哄娘开心，得空你去他坟前烧一刀……我的大限到了，该走了。安安静静，不闹腾。"阿太说罢，使我去把祖母唤来，她要把难闻的衣服、被单换掉，如果不麻烦的话，她还想擦个澡。

"要干干净净去见他，不能埋汰自个儿。"阿太说。

祖母将烧好的擦澡水端进去，转个身又端了出来。阿太嫌锅烧的擦澡水飘着油星味儿，要用河里的温水擦身子。阿太哪里晓得，她躺在床上的这几年，桐木河和她一样每况愈下，已取不出一瓢清水。

祖父一声不响地将飘着油星的水倒进鸭食盆，默然转身往河边走。

河滩上祖父钉出来的东西倒扣在两条长凳上，像一条大鱼的骨骼，怎么看也不像红匣子。这让我紧揪的心似乎好受了一些。那会是什么呢？我百思不得其解，完全没心思赶鸭，围着忙碌的祖父转悠。

3. 讨水

这是一个阵雨过后的凌晨，一双大手把我从睡梦中拽起来。我睡眼惺忪地被那双大手牵着，磕磕绊绊地来到河边。夜色中，我眼前横卧着一条头方尾尖两头翘的家伙。

“船——”我忍不住惊呼起来。

“是的。”祖父说。

听上去是一个天大的笑话，祖父为何要费劲巴力在老得流不动的桐木河岸钉一条船？

“你听到了什么？”祖父问我。

我侧了耳朵。阵雨似乎带来了一点生机，被雨淋湿的桐木河岸，水珠正在草叶上悄然滚落，叫不出名的夏虫舒展身子拱土而出。为数不多且饥饿难耐的地鼠、四脚蛇、刺猬、狗獾等穴居动物爬出洞，窸窸窣窣穿行在雨后的草丛里碰运气。河间，偶尔能听到“啪”的一声，听上去黏稠无力，应该是困在淤泥里的鲫鱼弹跳而起的声音。这些声音若有若无，需要用心去捕获。当然，还有一些显然能听得见的声音。比如耳旁温热而潮湿的风声以及对岸一递一递的鸡鸣，除此之外，再没有别的声音。

“用不了多久，我们现在听到的这些都会消失……我同你这般大的时候，夜里最喜欢躺在床上听屋外的水声，像动听的歌，哗啦啦，哗啦啦，日夜不息。最喜欢下河徒手抓鱼，喜欢闻空气中飘荡的鱼腥味。那个时候，河水真是阔气，挨河的吊脚屋都停满了打尖歇脚的船。当年你阿公娶阿太，用船摇回来的，顺着桐木河，摇了两天三夜。”

祖父说的这些，我自然听阿太讲过，我还听说那条作为阿太嫁妆的船，后来跑起了货运养活了一家人，在桐木河上穿梭了几十年，只可惜后来毁于一场大火。那种年月，船是必不可少的工具，可眼下，祖父为啥要在桐木河钉这么一条船。

祖父像是看穿了我的心思，摸摸我的头说，我们去一个地方。

我们沿河溯流而上，在桐木河古码头，祖父坐在斑驳的青石板上吃了两颗烟，然后拍拍屁股继续前行。祖父走得快，脚底生风，敞开的衣服随着他的步调前后摆动。出了桐木镇，月亮下去了，身后传来早起的人卸下自家店铺门板的声音。

“爷，咱去哪里？”

“我也不知道。”

“那咋办？”

“顺河走。”

我只有闭嘴，我被祖父弄得隐隐有了兴奋和期待。

几颗烟工夫，天开始放亮，青山隐隐。我们在一路蟋蟀蛙鸣中前行，踢踏踢踏的脚步不时惊飞路旁草丛中的鸟雀，或者几只叫不出名字的山鼠。祖父走得快，一声不吭超过我，然后在前面的山坡上或树下，吃烟，等我。

翻过好几个山头，穿过两个村庄，路过一大片稻田。在一处陡坡，我实在走不动了，蹲下来喘气。祖父上了坡才发现我没跟上来，他折返回来，伸出大手，我摇头，依然蹲着。我失去了继续往前走的兴致，我不知道越来越陌生的桐木河会将我们带往哪里，看上去没有尽头。祖父转到我身后，“嗨”的一声将我抱起来稳稳地骑在他的双肩上。我一下子就蹿高了，瞬间变成了一个小巨人。

“你看见了什么？”祖父边走边问。

“我看见田地、牛羊、村子和树木。”

远方地势变得愈加平坦，穿行于田野、村庄和山林间的桐木河慢慢变得开阔起来，但水流依然很响，祖父说过，水流愈响，水势愈小，真正的大水，沉着稳重从不张扬。

“还有呢？”

“还有一条土墙。”

“那就快到了。”

我并不知道远处那道横跨在前方的土墙究竟是什么东西，慢慢走近了一些，才发现，那是一条土坝，干瘦的桐木河一头扎在土坝下面，消失不见。

“爷，是土坝。”

祖父没有吭声，他似乎已经没有力气回应我，为了保持体力，他尽量低着头。在祖父一点一点接近土坝并往上走的时候，一线泛着白光的水际在我头顶慢慢升腾起来，旋即，那一线水际慢慢变得阔起来，最后连成了一片汪洋。

“水，大水。”我大叫。

我从来没见过这么大的水，课本上描绘的大海应该就是这般模样吧，浩浩渺渺，微风涌浪，一眼望不到头。晨起的阳光投在水面，闪着粼粼的、炫目的波光。我被深深震住了，甚至有些恐惧不安，我害怕从那湛蓝的闪烁着粼光的深水里，突然跃出一只三眼水怪，将我和祖父拖入水底。

“爷，我怕。”

“怕什么？”

“水妖。比水牯还大。”

“你见过？”

“小贱见过。”

“小贱是谁？”

“四鹿的孙子。”

“哄人。”

祖父把我从肩上放下，直奔大坝水闸。两根手腕粗爬满锈迹的钢筋吊着的水闸水泥板，卡在闸槽间，稳稳地将浩荡的大水护在水坝内。水闸缝隙间长出的水草，油油地在水底招摇。

水闸和堤坝上残留的水位痕迹，显示水库曾经的最高水位。水闸边有一间控制水闸的砖房，祖父围着紧锁的房子转悠了半天，显得有点束手无策。

后来，祖父带着我往水库边的村子走去。村子不大，叫梧村，我们向人打听，在对方说出管水的那一家人的姓名并给我们指路后，祖父却露出了讶异、迟疑的神色。踌躇了许久，我们没有顺着那人给我们指的路找过去，而是掉头往回走。快要出村子，祖父又牵着我折返了回来，看准了门前一丛青竹，找到管水的那一家。

屋内一桌人正在吆五喝六打牌，男男女女，女主人迎了出来，打量了一眼祖父，愕然。祖父脸露尴尬之色，将女人唤到一旁说话。

他们并没说上几句话，女人始终吊着个脸瞅着别处，祖父低声细语，看上去很不自然。屋里打牌的一伙人也不时往这边张望。临了，祖父讨了女人的电话号码，拉上我，匆匆离开。

4. 阿太从来没有这么好看过

阿太进入弥留之际。

祖父开始准备阿太的后事，他命祖母把阿太的老衣拿出来晒，然后去了一趟刘天命家，从刘家出来，转身又去了四鹿家的红匣子铺。

祖母把在河边看船的我唤回来，盘问我昨天和祖父一早去哪里了？我警惕起来，昨天在回来的路上，祖父特意叮嘱过，不许和祖母说实情。去林子里逮鸟。我随口应道。祖母虎起脸，鬼！我装出很无辜的样子。祖母瘪了瘪嘴，换了一副口气说你肯定不知道你爷为啥钉船吧……祖母分明在诱惑我，我有点动摇，那条船像谜一样煎熬了我这么多天。我觑了一眼祖母，慢吞吞地说，我们去了土坝水库……祖母愠怒，然后去了梧村，找了一个老女人吧！我脱口而出，你怎么知道？祖母冷笑一声，那女人年轻时可不正形，把你爷名声都败了，若不是你阿太用拐把她打走，兴许就没有你啰。我没听懂，也没有兴趣去刨问，抓住转身想走的祖母说，你还没说那条船呢！祖母敲拍着脑门说，看我这记性……其实也没啥，你阿太矫情，临了，想坐船见你阿公，你阿公就在河边上，十里地……这样也好，搭了船安安静静地来，又搭了船安安静静地去，少了烟熏火燎吹吹打打的闹腾……

我壮着胆进了阿太的房间。床上的阿太，石头一般沉寂，雏菊被面裹着的身子骨，一直往小里缩去。一束束有着谷粒般色泽的阳光，从窗户、门洞中打进来，洒在被面上，那些陈旧细碎的花儿，在婴儿般清新的阳光中散发出陈腐的气息。

祖父依然在阳光下忙碌。他钉的船快要完工了，正在进行最后两道工序：刮泥膏和刷漆。刮泥膏是技术活，虽卯榫合缝，但必须保证每一条细小的缝隙都要刮进泥膏，一遍不行，还得两遍三遍。在等待泥膏风干的间隙，祖父找来两根旧木，刨了两根桨。随后将船整体先上一遍清漆，再将船身刷成红色，船舷涂成天蓝色。

这么漂亮的船，我却不愿意多看一眼。

令人讨厌的刘天命提着一个布兜来了。他径直进了阿太的屋，我被祖母挡在屋外，我躲在门外往里瞧，看见刘天命摸了摸阿太的手和脚——祖母说过，人升天时是从脚下开始发冷发硬——然后拈着山羊胡冲祖父母微微一点头。我的心跟着“咯噔”一声失重般向下坠去。

很快，祖父和刘天命用两条木凳和几块早已备好的门板，在堂屋靠墙处搭了一个简易的板床。他们像抬一截风干了的枯木将阿太抬出屋，搁在门板上。做完这一切，祖父躲开祖母上楼给梧村女人打电话。我和祖母支起耳朵，但根本听不清楼上的声音，只是感觉到祖父一直在解释、恳求，声音断断续续。祖母阴着个脸，将一只鼓出一泡屎的鸭子一脚踢飞。那可是一只在下蛋的鸭子，她竟下得了手。祖父下来了，冲刘天命摇了摇头。刘天命嘴里咬着被口水濡湿了大半截的香烟，两手撕着白布条说，老太太也不省心，临走还出难题……多少年没碰上，我记得也只有后街的喜老头，水上船上晃一辈子，临了也不肯上岸，摇船出殡，那条船也烧给他了。

祖父没有接话，动作僵硬地往我身上缠着孝绳，然后给自己缠上一条，摁着我一起跪下给阿太磕头。

该净身。祖父领着我去河边取水。

河边的红船吸引了好多好奇的人来观看，镇上的人都在议论祖父钉的这条色彩艳丽的红船。作为一种捕鱼或者交通工具，木船早在桐木河断流的几十年前就消失了，现在，快要枯死的桐木河边，突然冒出这么一条红船，实在是一件令人匪夷所思的事情。人们在祖父母那里吃了闭门羹后，跑来向我打听，我实在没有兴趣向他们描绘这条船的用途，我只会让他们感到更加失望和无趣。

祖父轰跑了几个试图爬上红船的小屁孩，然后在沿河垃圾异味中径直往渡桥下走去。

我看见了祖父所说的那一汪汪清澈的河水，分布在桥墩下的数个水洼里，被野草遮蔽，这是几天前阵雨后的馈赠。祖父点了一挂鞭炮，扒开野草，轻轻地舀起一瓢水，一个水洼只取两瓢，很快，我们有了半桶清澈温热的河水。

“过几天，我们……就要进城吗？”往回走的路上，我问祖父。

“你爹那边催得紧，总是忙……县城总是个好地方。”

“爹娘不可以回来种菜么？”

“傻。乡下种菜，给谁吃？”

我失望至极，眼泪几乎要下来。可我不能哭鼻子，祖母之前就告诉我，阿太去世是喜丧，镇上还没有谁活得比阿太年岁长。

门板上的阿太，已经褪去了衣服，身上只盖着几张黄纸。裸露的阿太皮包着骨头，硌得人眼睛生疼。祖母把我赶上楼，刘天命要开始为阿太净身。

我没有丝毫的恐惧，透过楼板缝往下瞅。

刘天命往取来的河水里放入了艾草一类的东西，然后捏起一撮草灰在阿太身上象征性地擦了擦。一旁站着的祖母，似乎不满意，转身找来干净的布为阿太重新擦身。祖母的动作有些拘谨，幅度也小，仿佛担心惊醒了阿太。慢慢地，动作幅度大了，也有了力度，就像往常给阿太擦澡一样，从头到脚，一点一点，脚趾缝都不放过，口里还在不停地絮絮叨叨。

拭擦完身子，刘天命动手给阿太穿老衣。这是一个烦琐的过程，先是将阿太由下而上全身裹上一层洁白的细纱，然后剪开纱露出四肢和头。再穿上红肚兜，绣着寿字的红肚兜真是好看，给阿太梳头的祖母也忍不住多看了几眼。祖母给阿太盘了一个饱满秀气的发髻，再拴上发簪。祖父这会儿拿出一双绣花鞋，我见过这双鞋，得病前，阿太总会从箱底摸出来看一看，或者晒一晒，那是她出嫁时穿过来的鞋，只穿过一水。祖母端详着手中的鞋，竟然有些发呆。许久，似乎是端详够了，才躬了身慢慢给阿太穿鞋，穿着穿着，祖母竟撩起衣襟抹开了泪……

穿好老衣，定好妆，刘天命用一根红头绳在阿太头上绕了一圈，最后在额前打了一个三花瓣的梅花结。

阿太从来没有这么好看过。

5. 往天上划的船

大水不知道什么时候来，也许——永远也不会来。

河滩的红船漂浮在如水的月色中。它和我们一样在静静地等待，等待作为一条船的使命，在水中漂起来那神圣的一刻。祖父的脚步不安地敲打着地面，壁角的鸭子也被不明的焦虑所笼罩。

“……看吧，亏了你还觍着个脸去求。”

“我就晓得是这个结果，当年我们也没让她难堪。”

“老太太看来没这个命，做了一辈子好人，临走，坏在了一个老女人手里……”

祖父心烦气躁，索性往河边去。祖父的身影一点一点没入夜色，直至完全消失，最后，只能隐约看见一点烟火在黑夜里明明灭灭。

我也支撑不住了，在祖母的絮叨中沉沉睡去。直至被一双大手急促地捉起来时，依然不知道是夜里什么时候，只听得祖父在兴奋地喊：“来了，快，来了。”然后是一片急促的脚步声以及鸭子们的骚动声。我迷糊着眼，划拉上鞋下楼。我仿佛听到了细碎的流水声，绵延不绝，从祖父母不断弄出响声的间隙中汩汩淌入，梦境一般轻盈清澈。

祖父抱起阿太往外走，像怀抱一个巨婴。

“快点，别磨蹭。”祖母给我披上孝衣，塞给我阿太的牌位。

夜深沉，月亮躲进了云层，星星却热闹得很，挨挨挤挤，冲我们可劲地眨巴眼。漫天的星光也抵不上半个月亮，看不清脚下的路，我只能踉踉跄跄走在他们前头下到河滩。祖母撒着纸钱念念有词，不断提醒阿太下坡过桥。

自河边传来的流水愈加清晰，哗啦啦哗啦啦，一听就晓得是先到的头水，它们将冲刷掉河道里的垃圾，为后面到来的大水开路。

把阿太平放在船上后，祖父和祖母拉着我齐刷刷跪下磕头。跪拜完，祖父在前面拉，我和祖母在后面推。那船一定是有了灵性，几乎没费什么力气，便被轻易推下水。河道开始阔了，水涨起来了，船被一点点抬高。我和祖父上了船，祖母不放心，对我千叮咛万嘱咐端好牌位，一路不可回头看，说完转身去喊刘天命和四鹿赶往墓地。

一线光晕在熹微的天际慢慢酝酿。

水势浩荡，稳稳向前。祖父将我抱上船坐在船尾，随即翻动船桨，船离岸徐徐而去。出了桐木镇，河道开阔了许多，两岸的夜景山形变得陌生起来，先前的垃圾异味慢慢淡去，取而代之的是两岸隐隐的花香。并不能看清楚是些什么花，祖父说过，有些花，总喜欢在夜间隐秘开放，不是每个人都能看到它们盛开的模样。

四周真是安静，祖父身子往前一仰一倾，船桨入水的声音显得清冽而空旷。偶尔有一两声短促而黏稠的泼剌在船舷不远处响起，我却忘了祖母的叮嘱，扭了头去捕捉，水面却空无一物，只剩下一圈圈或慢慢平息或不断向四周扩展的浪纹。

阿太像睡着了一般，双眼紧闭，一脸安详，看不出丝毫的痛苦或者愉悦，时间在她脸上已经停止了脚步。我盯着阿太紧闭的干瘪的嘴，心里默念着和阿太曾经有过的很多遍对话：

我想我爹我娘了。我说。

我想孩子们了。阿太说。

我想我爹我娘了。我又说。

我眼一闭，他们就回来啦。阿太说。

哼，你一定是想喝鸭汤。

阿太狡黠地笑。

……

我鼻腔陡然一阵酸涩，突然就哭了，无所顾忌地嗷嗷大哭。祖父坐在船头，油油地使桨，并没有阻止我，甚至都没有回头。天边那一线光晕已经化成一团亮光，满天的星光洒落河中，迷离的泪眼中，我猛然发现，我们不知何时已离开了水面，满载一船的星辉，一桨一桨往星空烂漫的天上划去。

图书在版编目（CIP）数据

周鱼的池塘 / 文非著. -- 北京：作家出版社，2018. 12
（21世纪文学之星丛书·2017年卷）
ISBN 978-7-5212-0305-9

Ⅰ. ①周… Ⅱ. ①文… Ⅲ. ①短篇小说 - 小说集 - 中国 - 当代 Ⅳ. ①I247.7

中国版本图书馆CIP数据核字（2018）第294857号

周鱼的池塘

作　　者：文　非
责任编辑：史佳丽　李亚梓
特约编辑：赵　蓉
装帧设计：守义盛创
出版发行：作家出版社有限公司
社　　址：北京农展馆南里10号　　**邮　　编**：100125
电话传真：86-10-65067186（发行中心及邮购部）
86-10-65004079（总编室）
E-mail:zuojia@zuojia.net.cn
http://www.zuojiachubanshe.com
印　　刷：北京玺诚印务有限公司
成品尺寸：142×210
字　　数：198千
印　　张：8.375
版　　次：2019年5月第1版
印　　次：2019年5月第1次印刷
ISBN　978-7-5212-0305-9
定　　价：39.00元